BASTEI LÜBBE

Ken Englade

Schülerliebe

Ins Deutsche übertragen
von Bernhard Willms

TRUE CRIME
Der wahre Kriminalfall

BASTEI
LÜBBE

BASTEI-LÜBBE-TASCHENBUCH
Band 13 400

Erste Auflage:
August 1992

Deutsche Lizenzausgabe 1992
Bastei-Verlag Gustav H. Lübbe
GmbH & Co., Bergisch Gladbach
Originaltitel: Deadly Lessons
Lektorat: Dr. Edgar Bracht
Titelfoto: AP/Wide World Photos
Das Titelfoto zeigt von links nach
rechts: Pam Smart, Billy Flynn und
Gregg Smart
Satz: KCS GmbH,
2110 Buchholz/Hamburg
Druck und Verarbeitung:
Brodard & Taupin, La Flèche,
Frankreich
Printed in France

ISBN 3-404-13400-1

1

Donnerstag, 1. Mai 1990
Derry, New Hampshire
20 Uhr 30

Sie warteten in der Dunkelheit, zwei miteinander verbündete Teenager, die nicht einmal alt genug waren, um in jeden Film gehen zu dürfen. Der eine hieß Pete und der andere Bill.

»Wo, zum Teufel, bleibt er?« flüsterte Pete.

»Ich weiß auch nicht«, murmelte Bill, »aber ich wünschte mir, verdammt noch mal, er würde sich ein wenig beeilen.«

Er reckte und streckte sich kurz und rückte ein wenig zurecht, was er sich da in den Hosenbund gesteckt hatte: einen Revolver mit kurzem Lauf, den ein anderer Freund, J. R., aus der Kollektion seines Vaters gestohlen hatte.

»Jetzt erzähl mir noch einmal, wie das alles ablaufen soll«, verlangte Pete.

»Du wirst dich hinter die Tür stellen, und ich verstecke mich an der Treppe, wo er mich nicht sehen kann. Sobald er dann die Tür öffnet, ziehst du ihn hinein, und wir werfen uns zu zweit auf ihn. Dann schneidest du ihm die Kehle durch.«

»Richtig«, erwiderte Pete und umklammerte fest das Messer mit der langen Klinge, das er vorhin an sich genommen hatte, als sie durch die Küche gekommen waren.

Im Raum war es fast dunkel: Nur durch ein kleines Fensterchen drang noch ein wenig Licht vom Parkplatz aus herein. In diesem Halbdunkel hätte man die beiden für Brüder halten können, und genauso bezeichneten sie sich auch stets – als Brüder im Geist, wenn schon nicht als Brüder von Geblüt. Sie waren völlig gleich gekleidet – Sweatshirts und ausgetretene Segeltuchschuhe, und jeder von ihnen trug Gummihandschuhe über den Fingern, die sie zuvor mit durchsichtigen Klebestreifen umwickelt hatten. Aber auch ihre martialische Aufmachung konnte den frischen, kindlichen Ausdruck auf ihren Gesichtern nicht auslöschen, einen Ausdruck, der in krassestem Gegensatz zu dem Grund stand, aus dem sie sich jetzt im Haus Nr. 4 E auf dem Mist Morning Drive aufhielten.

Bill stand ungeduldig in der Küche. Er kaute nervös auf der Unterlippe und starrte gebannt auf das Fenster, als handele es sich um einen Fernseher, der gerade auf seinen Lieblingskanal, MTV, eingestellt war. Doch da gab es kein Bild und keinen Laut bis auf das Wummern des eigenen Herzens und das unterdrückte Winseln eines Hundes, ein schmerzvolles Winseln, das nach und nach erstarb, bis es gänzlich aufgehört hatte, wie Bill erleichtert feststellte.

Pete saß am Eßtisch und hantierte nervös mit dem langen Messer herum, dessen Griff er in seiner panischen Furcht, irgendwo Fingerabdrücke zu hinterlassen, mit einem Küchentuch aus Papier umwickelt hatte.

Sie wechselten nur wenige Worte. Es gab ja auch keinen Grund mehr zu irgendeiner eingehenderen Unterhaltung. Seit der achten Klasse waren sie die besten Freunde, und über die Jahre hinweg hatte sich zwischen ihnen ein geradezu blindes Vertrauen eingestellt. Das hatte dazu geführt, daß einer die Gedankengänge des anderen genau kannte, fast wie bei einem alten Ehepaar. In diesem Augenblick wäre eine andere Unterhaltung als die über den Gegenstand und den Grund ihres Hierseins schlicht sinnlos gewesen. So warteten sie einfach nur schweigend ab.

Dies war Bills dritter Anlauf, Gregory Smart zu stellen und ihn zu töten. Die beiden anderen Pläne hatte er verpfuscht, und wenn er auch diesen wieder nicht erfolgreich durchführen sollte, dann wäre es zwischen ihm und Pam aus. Sie hatte ihm unmißverständlich erklärt: Wenn du es diesmal wieder nicht schaffst, dann hast du mich zum letzten Mal gesehen. Es war eine ganz vertrackte Situation, zumal für einen Sechzehnjährigen, der zum ersten Mal in seinem jungen Leben regelmäßig überreichlichen Sex genoß. Und nicht nur das, die Quelle seiner Verzückung war eine ältere Frau, eine schlanke, bildschöne Zweiundzwanzigjährige, die noch vor zweieinhalb Monaten absolut unerreichbar schien.

»Was meinst du, wie lange wir noch hier warten müssen?« fragte Pete und gab sich alle Mühe, so gelassen wie nur möglich zu klingen.

»So lange, wie es eben nötig sein wird«, erwiderte Bill. »Hast du alles bei der Hand?«

Pete deutete auf den dunklen Schatten auf dem Boden gleich neben der Küchentür. Dort lag ein schwarzer Kopfkissenbezug, vollgestopft mit CDs und Modeschmuck.

»Alles da, um sofort abzuhauen. Das einzige, was noch fehlt, ist Gregg.«

Wie auf ein Stichwort erhellten in diesem Moment zwei starke Autoscheinwerfer das Fenster. Ein Motor stotterte etwas kurzatmig näher.

»Das ist er!« sagte Bill aufgeregt. »Das ist ein Pritschenwagen.«

Wie Marionetten an ihren Fäden huschten die beiden Jungen in ihre vorher abgesprochenen Positionen. Doch in ihrer Aufregung vertauschten sie die Positionen: Bill sprang hinter die Tür, und Pete versteckte sich auf der Treppe. Das grelle Licht, das den Raum kurz taghell erleuchtet hatte, erstarb von einem Augenblick auf den anderen zusammen mit dem Motorgeräusch. Sekunden später hörten sie, wie eine Autotür geöffnet und wenig später wieder zugeschlagen wurde. Kurz darauf waren dann Schritte zu hören. Die beiden Jungen vernahmen, wie ein Schlüssel ins Schloß gesteckt wurde, und dann standen sie stocksteif und wie eingefroren da, als die Tür geöffnet wurde.

Gregg Smart, ein vierundzwanzigjähriger Versicherungskaufmann, der gerade seine Abschlußprüfung bestanden hatte, über ein Meter achtzig groß und hundertsiebzig solide Pfunde reiner Muskeln schwer, die er sich beim Fischen, Skilaufen und Radwandern durch Neuenglands Wälder antrainiert hatte, stand auf der Schwelle.

»Halen!« rief er, um dem Hund zu signalisieren, daß er heimgekehrt war.

Aber anders als sonst tauchte der Hund nicht sofort auf, und er meldete sich auch nicht. Auf Greggs Stirn erschien eine tiefe Sorgenfalte, als er mißtrauisch die Brauen zusammenzog. Aber noch bevor er sich auch nur rühren konnte, langte Bill bereits nach ihm und riß ihn ins Innere des Hauses.

Gregg schrie aus Leibeskräften und versuchte, in Richtung der Tür davonzulaufen. Doch Bill war einfach zu schnell für ihn. Er packte ihn an der Schulter und schleuderte ihn gegen die Wand. Und dann schlug er wie wild auf ihn ein, und es war ihm völlig gleich, wo er Gregg traf.

Als Gregg den Arm in die Höhe riß, um das Gesicht zu schützen, trat Pete einen Schritt vor und packte mit der linken Hand in seine Haare. Mit einem kurzen, heftigen Ruck schlug er Gregg hart mit dem Kopf gegen die Wand, worauf dessen Widerstand sofort zu erlahmen begann. Pete ließ Greggs Haare noch immer nicht los und zwang ihn auf die Knie.

Gregg begann laut zu winseln.

»Halt's Maul!« verlangte Pete. »Du sollst die Schnauze halten!«

Gleichzeitig hob er die freie Hand, die noch immer das Messer umklammert hielt. Er achtete sorgfältig darauf, daß Gregg die Klinge auch deutlich sah, bevor er die Spitze unter das Kinn hielt, um ihm auf diese Weise deutlich zu machen, daß es nur in seinem ureigensten persönlichen Interesse sein konnte, nicht so viel Lärm zu machen.

»Habt ihr Halen was getan?« fragte Gregg, wobei seine Augen vor Furcht hin und her rollten.

»Mach dir um den Köter mal keine Gedanken«, knurrte Bill, der gar nicht verstehen konnte, wie sich jemand in einer Situation wie dieser ausgerechnet um einen Hund sorgen konnte, »dem geht's prächtig.«

»Bitte, tut ihm nichts«, flehte Gregg. »Ich gebe euch, was ihr haben wollt.«

»Gib mir deine Brieftasche«, verlangte Pete.

Er holte sie aus der Tasche und reichte sie Pete, der sie gleich an Bill weitergab. Der holte die Banknoten heraus und warf sie dann achtlos auf den Boden.

»Ist das alles?« fragte Pete. »Gib mir deine Kette.«

»Ich habe keine Kette«, stotterte Gregg. »Nehmt euch, was ihr haben wollt. Aber laßt mich am Leben. Bitte, bringt mich nicht um!«

Doch Pete hatte einen goldenen Schimmer an Greggs Finger bemerkt, als der Mann ihm die Brieftasche überreicht hatte.

Gregg starrte ihn ungläubig an. »Nein!« sagte er mit Nachdruck. »Das kann ich nicht.«

Angesichts dieser unerwarteten Zurückweisung war Pete einen Augenblick unsicher, wie er sich verhalten sollte. »Was meinst du mit ›nein‹?« fragte er, sichtlich beeindruckt vom Widerstandswillen seines Opfers.

»Meine Frau würde mich umbringen«, erwiderte Gregg. »Das ist nämlich mein Ehering.«

Diese einfache Feststellung entnervte Pete sichtlich, und das schien unter den obwaltenden Umständen doch recht seltsam. Die Hand, die das Messer hielt, begann zu zittern, und er blickte ausgesprochen konfus drein. In diesem Augenblick zog die Furcht durch seinen ganzen Körper wie ein elektrischer Schock, und seine Entschlossenheit, Gregg die Kehle durchzuschneiden, schwand von einem Augenblick auf den anderen dahin.

Bill, dem der plötzliche Umschwung in der Haltung seines Freundes nicht entging, bewegte sich ein wenig, um Pete in die Augen sehen zu können. Ohne ein Wort deutete Bill auf seine Taille, wo die Pistole in seinem Hosenbund steckte. Die Botschaft war eindeutig. Pete nickte.

Noch während Bill den Revolver zog, spannte er bereits den Abzug und senkte die Mündung sofort mit zitternder Hand so weit, bis sie nur noch wenige Zentimeter von Greggs Hinterkopf entfernt war und genau auf eine Stelle direkt hinter seinem linken Ohr deutete. Er stand hinter Gregg und damit außerhalb von dessen Gesichtsfeld.

»Gott vergib mir«, sagte Bill leise, während er den Abzug durchzog. Ein innen hohles Bleimantelgeschoß vom Kaliber .38, ein Projektil, das beim Aufschlag zerbirst und dabei die größtmögliche Zerstörung anrichtet, jagte mitten hinein in Greggs Gehirn. Er starb, ohne auch nur den Schuß gehört zu haben, der ihn tötete.

»O mein Gott«, würgte Pete, als ihm klarwurde, daß er den Kopf eines Toten in der Hand hielt. »Komm, laß uns von hier verschwinden.«

Sie überwanden den Schock bemerkenswert schnell, drehten sich auf den Absätzen herum und jagten zur Hintertür. Bill stürmte zuerst in Freie, gefolgt von Pete. Als er durch die Tür rannte, nahm Pete auf seinem Weg den Kopfkissenbezug samt Inhalt vom Boden auf, ohne auch nur eine Sekunde stehenzubleiben. Er war nicht mehr als zwei Schritte hinter seinem Freund, als sie über einen verlassenen Parkplatz hetzten, der die Ansammlung kleiner Häuser von der Rückseite eines Einkaufszentrums namens Hood Plaza trennte, weniger als die Breite eines Fußballfeldes entfernt. Während sie rannten, entledigte sich Pete des Messers, während Bill anfing, sich die Handschuhe abzustreifen. Als sie am Müllschlucker hinter einer Arztpraxis anlangten, blieben sie kurz stehen. Bill warf seine Gummihandschuhe in Richtung der gähnenden Öffnung. Einer fiel hinein, der andere daneben auf die Erde. Später sollte er dann von einem der ermittelnden Staatspolizisten entdeckt, aber wieder fortgeworfen werden, weil der Beamte ihn zunächst für ganz normalen Abfall aus der Arztpraxis hielt.

Sekunden später erreichten sie dann eine Landstraße, die hinter dem Einkaufszentrum verlief. Kaum waren sie dort angelangt, da fuhr auch schon ein Chevrolet Impala an den Straßenrand und hielt an.

Bill erreichte als erster den Wagen. Er kletterte hinein, gefolgt von seinem Freund Pete, der hinter sich die Tür ins Schloß knallte und J. R., dem Fahrer, zurief: »Fahr zu! Fahr! Nun fahr schon!«

»Warum so eilig?«

»Wir haben einen umgebracht, wir haben einen umgebracht.«

J. R. sah seinen Freund an, der totenbleich im Gesicht war. Ich muß ihn beruhigen, dachte J. R. Am besten bringe ich ihn irgendwie zum Lachen. »Hey«, sagte er, »laß uns singen.«

Als J. R. Derry die Landstraße 102 entlangfuhr, die direkt zum Highway Nummer 101 führt und sie nach Osten in Richtung Seabrook brachte, wo sie wohnten, verfiel er in ein Potpourri der neuesten Hits, die er alle so falsch sang, daß einem die Ohren weh tun mußten.

Ohnehin war die ganze Situation derart sonderbar, daß Bill einfach nicht anders konnte, als leicht zu grinsen. Schon wenig später begann er zu kichern. Guter Gott, dachte er, es ist doch schön, wenn man Freunde hat.

Ein paar Häuser vom Wohnsitz der Smarts entfernt veranstaltete Fred Lombardi an diesem Abend eine Feier für seinen jüngsten Sohn. So etwa gegen zehn Uhr abends, ziemlich genau zu dem Zeitpunkt, als die Wagenladung singender Teenager ihren Einzug in Seabrook hielt und Lombardi mit seinen Gästen das fällige ›Happy Birthday‹ anstimmen wollte, wurde er von dem schrillen Schrei einer Frauenstimme jäh unterbrochen.

Was zum Teufel hatte denn das zu bedeuten, wunderte Lombardi sich. Es geschah zum erstenmal, daß eine Frau mitten in der Nacht in dieser kleinen Vorstadtsiedlung einen derartigen Schrei ausstieß. Die kleine Ansammlung hölzerner Einfamilienhäuser, kaum eine Meile vom Hauptquartier der städtischen Polizei entfernt, wurde ganz überwiegend von jungen Paaren bewohnt, die den ganzen Tag hart arbeiteten, früh schlafen gingen und ebenso früh wieder aufstanden und sich im übrigen praktisch nur um ihre eigenen Angelegenheiten kümmerten. Abgesehen davon, daß gelegentlich jemand das Radio etwas zu laut aufdrehte oder ein anderer sein Auto mit quietschenden Reifen startete, herrschte hier immer ziemliche Ruhe.

Als er hinausrannte, stieß er fast mit Pamela Smart zusammen, die gerade aus der Richtung des Hauses auf ihn zulief, das sie und ihr Ehemann Gregg seit fast einem Jahr bewohnten.

»Was ist denn los?« fragte Lombardi besorgt. »Ist etwas passiert? Was haben Sie nur?«

»Mein Mann!« erwiderte sie. »Er ist ermordet worden! Er ist tot.«

Lombardi, der nicht ganz sicher war, ob sie überhaupt wußte, was sie da sagte, wollte sofort zum Haus der Smarts. »Ich seh' mal nach«, sagte er. »Vielleicht ist es ja nicht ganz so schlimm, wie Sie glauben.«

»Nein!« schrie Pam unbeherrscht los. »Gehen Sie nicht dort hinein. Das würde überhaupt nichts nützen. Er ist tot. Ich weiß es.«

Lombardi sah zu dem Haus hinüber, das sie gerade verlassen hatte. Es lag dunkel und verlassen da wie das Innere eines geschlossenen Kleiderschrankes. Unwillkürlich schoß ein Gedanke durch seinen Kopf. Wie konnte sie wissen, daß er tot war? fragte er sich. Sie hatte ja nicht einmal die Lichter angemacht.

»Ich denke, ich sollte mir das doch zuerst einmal ansehen«, sagte er und ging weiter auf die Tür zu. »Vielleicht kann ich ihm noch helfen.«

»Bitte«, bettelte Pam. »Gehen Sie nicht dort hinein. Rufen Sie lieber die Polizei.« Und dann fragte sie ihn, was noch sonderbarer war: »Warum müssen sie das unbedingt tun?«

Lombardi starrte sie an. »Was haben Sie da gesagt?« fragte er verwundert.

»Warum müssen sie das unbedingt tun?« wiederholte sie.

Lombardi hob die Schultern. Sie muß unter Schock stehen, dachte er sich. Sein Sohn, der den kurzen Wortwechsel verfolgt hatte, lief zum Telefon und wählte 110.

2

Derry ist keine sehr große Stadt, sie hat nur zweiunddreißigtausend Einwohner, und viele Leute sind miteinander näher bekannt. In Derry muß man nicht unbedingt Politiker sein, um allgegenwärtig zu sein; auch ein Vertreter für Industrieversicherungen kann hier in eine Vielzahl von Privathaushalten gelangen. An jenem lauen Abend im Mai, als einer von Greggs Nachbarn die Polizei rief, wählte ein anderer die Nummer von William und Judith Smart, Greggs Eltern. »Sie sollten vielleicht einmal herüberkommen«, sagte der Anrufer zu Greggs Vater, »ich glaube, Gregg ist krank oder so was.«

Da Greggs Eltern nur einen Block von ihrem Sohn entfernt wohnten, trafen sie fast gleichzeitig mit der Polizei ein. Fast, aber nicht exakt.

Als William und Judith und ein weiterer Sohn, Dean, ankamen, stand an Greggs und Pams Tür bereits ein Polizist und hielt Wache. Der Beamte verweigerte den Neuankömmlingen unter Hinweis auf seine Befehle den Zutritt und war auch nicht bereit, irgendwelche Auskünfte zu erteilen.

»Um Gottes willen«, flehte Dean, ein dünner, bebrillter dunkelhaariger Mann, der aussah wie ein Student in den ersten Semestern, »kann uns denn nicht mal jemand wenigstens sagen, was mit Gregg los ist?«

Fünfzehn Minuten später erfuhren sie die Neuigkeit und waren sprachlos entsetzt, alle – bis auf Pam, die, soweit sich später ein jeder erinnern konnte, keine einzige Träne vergoß.

Nachdem Greggs Leiche fortgebracht worden war, kehrten William, Judith und Pam in das Haus von Greggs

Eltern zurück, da das Gebäude, in dem der Mord geschehen war, von der Polizei versiegelt worden war.

»Großer Gott«, stöhnte William, als er später in der Küche am Tisch saß, »wie konnte das nur passieren?« Er zwirbelte sich gedankenverloren den weißen Schnurrbart, während er auf die Kanne heißen Kaffees vor ihm auf dem Tisch starrte. Mit seinem Bart, der gesunden Gesichtsfarbe und den tiefen Falten auf der Stirn, die ihn aussehen ließen, als habe er stundenlang in die Sonne geblinzelt, entsprach William sehr viel eher der Vorstellung von einer Gestalt aus einem Westernfilm als der eines erfolgreichen Versicherungsvertreters, der er in Wirklichkeit war.

Judith, seine Frau, war nahe daran, zusammenzubrechen. Sie war groß und blond und trug das Haar modisch kurz geschnitten. Sie schien untröstlich. Noch bevor vierundzwanzig Stunden ins Land gegangen waren, mußte William sie ins Hospital bringen, um sie ruhigzustellen.

Die einzige in der Gruppe, die absolut ruhig blieb, war Pam. In ihrer Kleidung, die sie auch während der Arbeit immer trug und die ganz darauf abgestellt war, aufzufallen, wirkte sie spröde und kühl, während sie ruhig und gelassen an ihrer Tasse nippte. »Ich wollte, mir könnte jemand sagen, wie es Halen geht«, sagte sie wie aus heiterem Himmel.«

Judith blieb der Mund offenstehen. Ihr war es einfach unbegreiflich, daß ihre Schwiegertochter sich Sorgen um ihren Hund machen konnte, während ihr Mann als Opfer eines Mordes im Leichenschauhaus aufgebahrt war. Sie war kurz davor, eine entsprechende Bemerkung zu machen, doch dann besann sie sich eines Besseren. Pam ist nun mal Pam, sagte sie sich selbst, und Pam sprach grundsätzlich aus, was ihr gerade so durch den Kopf gehen mochte, nur um ihre wahren Gefühle nicht offenbaren zu müssen. In den drei Jahren, die sie Pam nun kannte, hatte Judith gelernt, sie als zwar sehr exzentrisch, im Grunde ihres Wesens aber gutmütige Person zu sehen, und sie hatte sich damit abgefunden, daß die Frau ihres Sohnes ein sehr verschlossener Mensch war, der selten Emotionen zeigte. Sie hatte nun mal einen etwas eigenwilligen Charakter, hatte Judith sich gesagt, wie zum Beispiel ihr energisches Beharren darauf, ihre Kleidung nach Farben zu ordnen, oder ihre Angewohnheit, schmutzige Wäsche erst zu falten, bevor sie sie wohlgeordnet in einen der Wäschekörbe legte, die in dem großen Wandschrank standen, einer für die weiße Wäsche, einer für die bunte. Oder der Umstand, daß Pam ihr ganzes Leben nach einem fest umrissenen Plan gestaltete und fuchsteufelswild werden konnte, wenn ein unvorhergesehenes Ereignis ihr eine Abweichung aufnötigte. Aber ein jeder hatte wohl ein Anrecht auf seine ganz persönlichen Verrücktheiten, hatte Judith sich stets gesagt, und Pam schien die Richtige für Gregg zu sein, auch wenn sie mitunter ein wenig zu schnell beleidigt war.

William dachte, Pam stehe noch immer unter Schock und wisse nicht, was sie sagte. »Erzähl uns, was du weißt«, forderte er sie auf.

»Ich weiß überhaupt nichts«, sagte Pam kühl. »Ich mußte zu einer Versammlung der Schulpflegschaft, und als ich nach Hause kam, fand ich Gregg tot auf dem Fußboden liegen.«

Judith blies hörbar durch die Nase. »Ich kann es einfach nicht glauben«, sagte sie. »Ich kann einfach nicht glauben, daß er tot ist. Er war so voller Leben; er war so glücklich darüber, wie sich alles anließ. Nächste Woche – gestern in einer Woche – hättet ihr euren ersten Hochzeitstag gehabt, und er hatte Großes aus Anlaß dieses Tages vor.«

Gregg hatte seinen Eltern erzählt, daß er diesen Tag mit einer Party feiern wollte und daß er und Pam geplant hatten, später noch nach Florida zu fliegen, um dort ein wenig am Strand zu faulenzen. »Wenn es etwas gibt, das Pam wirklich liebt«, hatte er seinen Eltern erzählt, »dann ist es, am Strand zu liegen und sich die Sonne auf den Bauch scheinen zu lassen. Sie ist eine echte Sonnenanbeterin.«

William schüttelte den Kopf. Es machte einfach keinen Sinn. Morde waren selten in Derry; der Mord an Gregg war der erste des Jahres 1990. Und wie sich noch zeigen sollte, würde er auch für dieses Jahr der einzige in der Stadt bleiben, aber das konnten die Smarts in diesem Augenblick noch nicht wissen. »Warum, glaubst du, wurde er ermordet?« fragte William seine Schwiegertochter in dem verzweifelten Versuch, einen Grund für die Tragödie zu finden, die seine Familie getroffen hatte.

»Einbrecher«, erwiderte Pam vage. »Sie waren gerade dabei, das Haus auszuräumen, als Gregg zurückkam und sie überraschte. Und da haben sie ihn eben umgebracht.«

Später würde William sich die Frage stellen, woher Pam das wissen wollte. Sie hatte doch kaum einen Fuß über die Schwelle gesetzt; ja, sie hatte nicht einmal Licht gemacht, bevor sie schreiend auf den Parkplatz hinausgerannt war. Wie hätte sie da wissen können, daß das Haus ausgeraubt worden sein sollte? Aber zu diesem Zeitpunkt lösten ihre Worte noch kein Mißtrauen bei ihm aus.

Wenn er richtig nachgedacht hätte, so wäre William vielleicht auch die Frage gekommen, warum ein Einbrecher ausgerechnet in den frühen Abendstunden auf Beutezug hätte gehen sollen, zu einer Zeit, wo er damit rechnen mußte, daß alle Leute zu Hause waren, und wo die Anwesenheit eines Fremden doch sofort jedem auffallen mußte, zumal in einem so kleinen Häuserkomplex wie dem, in dem Gregg und Pam lebten: Die meisten Bewohner waren Arbeiter und Angestellte, die um diese

Tageszeit längst wieder am heimischen Herd weilten. Einbrüche waren im übrigen auch recht selten in Derry, speziell in der Gegend, in der das junge Paar wohnte, und wenn dort jemand hätte einbrechen wollen, wäre die richtige Zeit dafür der helle Tag gewesen, wenn jeder aus der Siedlung seinem Job nachging, und nicht die frühen Abendstunden.

Später sollte sich die Polizei ganz genau dieselben Fragen stellen und noch einige andere dazu, Fragen, die William und Judith nie in den Sinn gekommen wären, wie etwa die Frage, was Gregg möglicherweise getan haben könnte, um einen Einbrecher – immer vorausgesetzt, bei dem Mörder handelte es sich um einen Einbrecher – so weit zu treiben, daß dieser zum Mittel eines Mordes griff. Einbrecher trugen in der Regel keine Waffen bei sich, wie die Polizei aus Erfahrung wußte. Und alle Kriminalstatistiken wiesen klar und deutlich aus, daß Einbrecher nur unter geradezu dramatischen Umständen zu Mördern wurden. Und selbst wenn sie mordeten, taten sie es kaum einmal im Stil einer Hinrichtung, wie es hier bei Gregg Smart der Fall gewesen war.

Von allem Anfang an vermuteten der Polizeichef von Derry, Edward Garone, und seine Ermittler, daß sie etwas sahen, was ein anderer wollte, daß sie es sahen, und nicht etwas, das der Wirklichkeit entsprach. Aber es sollte einige Tage dauern, wenn nicht Wochen, bis alle diese Theorien hinreichend durchdacht waren, um erste Umrisse eines konkreten Verdachts sichtbar werden zu lassen. Bis dahin aber hatten sowohl die Ermittler wie die Familienangehörigen die Fakten zu akzeptieren: daß ein junger Mann, der gerade begonnen hatte, sein Leben zu formen, brutal von einer unbekannten Person oder auch mehreren ermordet worden war, und zwar aus einem Grund oder auch mehreren Gründen, die gleichermaßen mysteriös blieben.

Doch nicht jeder in der Familie war bereit, diesen Status quo zu akzeptieren. Dean Smart, der älteste von William und Judiths drei Söhnen, stellte sich selbst auch immer wieder dieselben Fragen wie seine Eltern und die Polizei. Im Unterschied zu diesen aber kam er sehr viel früher zu einem ausgesprochen radikalen Schluß. Weniger als vierundzwanzig Stunden nach dem Mord an seinem Bruder Gregg besprach er die ganze Angelegenheit mit seiner Verlobten, und die Diskussion führte immer wieder zu demselben Schluß: Die Geschichte, die Pam zum besten gab, paßte vorne und hinten nicht zusammen.

»Irgendwas stinkt da ganz erbärmlich«, sagte Dean. »Ich kann bloß noch nicht den Finger auf den wunden Punkt legen. Ich will hoffen, daß ich mich irre, aber ich komme einfach nicht darüber hinweg, daß ich das Gefühl habe, als wenn Pam irgendwas damit zu tun hätte.«

Doch über dieses Gefühl redete er – vorläufig mit niemandem sonst. In der Öffentlichkeit nahm er Pam noch Wochen nach dem Mord in Schutz.

Wie auch immer – in jener ersten Nacht hatte im Haus der Smarts die Trauer der Skepsis noch nicht Platz gemacht. William, Judith – und offenbar auch Pam – kämpften darum, je nach der eigenen Wesensart, mit der Tragödie fertig zu werden. William brütete vor sich hin. Judith schluchzte. Und Pam schien auf einem anderen Stern zu wandeln. »Ich wünschte, sie würden mir sagen, was aus meinem Hund geworden ist«, sagte sie. »Ich möchte einfach nur wissen, ob er wohlauf ist.«

Erste Gefühle von Unsicherheit und Ungewißheit drängten sich den Smarts wenige Tage später auf, als Greggs Leiche für die Beerdigung hergerichtet wurde. William und Judith trafen Arrangements für zwei Trauerfeierlichkeiten, eine in Londonderry, wo Gregg aufgewachsen war, und eine in Derry, wo er bis zu seiner Ermordung gelebt hatte. Die Feierlichkeiten in der St.-Thomas-von-Aquin-Kirche von Derry am 4. Mai lockten an die vierhundert Trauergäste an.

Vor dem eigentlichen Begräbnis fand noch eine Totenwache statt, zu der sich ebenfalls eine große Anzahl von Freunden und Verwandten einfand. Unter diesen waren auch zwei Teenager, Bill und J. R., die eigens von Seabrook aus gekommen waren, immerhin eine Autofahrt von gut einer Dreiviertelstunde entfernt.

Doch den Leuten fiel anläßlich der Totenwache weniger das Erscheinen von Bill und J. R. auf, die außer Pam ohnehin niemand kannte, sondern sehr viel eher das Verhalten von Pam Smart. Ausgerechnet anläßlich dieses letzten Dienstes für ihren Mann agierte Pam in einer Weise, die auch andere Leute als nur ihre nächsten Verwandten und Bekannten aufmerksam werden ließ. Während Greggs Leichnam in einem offenen Sarg in einem allgemein zugänglichen Raum des Peabody Beerdigungsinstituts in Londonderry aufgebahrt lag, wartete Pam in einem angrenzenden Zimmer. Als Freunde und Verwandte kamen, um Gregg die letzte Ehre zu erweisen, blieb Pam beharrlich draußen, um sich für jeden sichtbar von den Smarts abzusondern. Als man sie schließlich aufforderte, in den Raum zu gehen, in dem Greggs Leichnam lag, um ihm ein letztes Lebewohl zu sagen, weigerte sie sich so lange, ihn zu betreten, bis ein Bediensteter des Beerdigungsinstituts hineingegangen war und den Deckel des Sarges geschlossen hatte. Um nichts in der Welt war sie zu bewegen gewesen, einen Blick auf die sterblichen Überreste ihres Mannes zu werfen.

Dieses ungewöhnliche Verhalten wurde von verschiedenen Leuten bemerkt, doch blieb es tagelang unerwähnt, bis man anfing, die Ereignisse der ersten Stunden nach Greggs Tod aus einer anderen Perspektive zu betrachten. Lange bevor der Sommer vorbei war, sollten sich die Umstände von Greggs Ermordung mehr und mehr in einem ganz neuen Licht zeigen.

3

Eigentlich seit dem Augenblick, wo sie die Leiche ihres Mannes entdeckt hatte, war Pams Benehmen sonderbar gewesen. Doch es sollte noch Tage dauern, bis jene, die von diesem schlimmen Fall betroffen waren, erste kritische Überlegungen anstellten und zwei und zwei zusammenzuzählen begannen. Rückblickend betrachtet muß man sich fragen, wie es möglich war, daß niemandem schon viel früher etwas aufgefallen war. Wie auch immer, die Antwort auf diese Frage mag zum Teil in der Lebensphilosophie liegen, die in ganz New Hampshire gang und gäbe ist, in einem Staat, der sich viel darauf zugute hält, Individualismus und persönliche Freiheit stets hochgehalten zu haben.

Das Motto des Staates, wie es sich überall gedruckt wiederfindet, so auch im Titel der einflußreichsten Zeitung des Staates, dem *Manchester Union Leader,* lautet ›Leb frei oder stirb‹, ein Bonmot, das General John Stark zugeschrieben wird, einem Soldaten aus Londonderry, der im Freiheitskrieg die Schlachten von Bunker Hill und Bennington mitgemacht hatte und der später das Kommando über den Nordabschnitt der Kontinental-Armee übernahm. Dieses Motto würde später noch eine erschreckend ironische Bedeutung für Pam gewinnen. Aber in New Hampshire gilt das individuelle Recht eines jeden einzelnen, anders als die übrigen zu sein, sehr viel, selbst dann, wenn ein Mord begangen wurde. Es sollte noch sehr lange dauern, bis Judith Smart jemandem außerhalb der Familie gegenüber erwähnte, daß es ihr überaus merkwürdig vorgekommen war, wie Pam in der Nacht der Ermordung ihres Ehemannes auch nicht eine einzige Träne vergossen hatte, in jener Nacht, in der alle anderen in Trauer aufgelöst gewesen waren; wie Pam sich wegen ihres Hundes mehr Gedanken zu machen schien als um ihren toten Mann. Es sollte sogar noch Monate dauern, bis Judith sich wieder daran erinnerte, daß Pam sich geweigert hatte, den Leichnam ihres Ehemannes anzuschauen, oder daß ihre Schwiegertochter schon zwei Tage, nachdem ihr Ehemann ermordet worden war, seine persönlichen Sachen, achtlos in eine schwarze Plastiktüte gestopft, zurückgegeben hatte. Und es sollte ihr noch mehr widerstreben, offenlegen zu müssen, wie geschockt sie war, als sie kurz nach Greggs Ermordung Pam in ihrer neuen Wohnung besuchte und nirgendwo auch nur ein einziges Bild von Gregg entdecken konnte.

Zu jener Zeit dachten William und Judith Smart, sie seien die einzigen, denen das alles auffiel, sie dachten, daß ihre Sichtweise von Trauer verdüstert sei und sie das Leben nicht mehr durch eine objektive Linse sähen. Was sie nicht wußten, war, daß auch anderen das merkwürdige Verhalten Pams auffiel, und wenn diese auch zögerten, offen auszusprechen, was sie dachten, so registrierten sie die einzelnen Vorgänge doch um so genauer, um sich später wieder an sie zu erinnern, nachdem die Situation sich von Grund auf geändert hatte.

Nehmen wir zum Beispiel nur die Schlagzeilen in den Zeitungen. Obwohl alle regionalen Zeitungen über das Verbrechen berichteten, war die Berichterstattung doch recht zurückhaltend wegen der Nachrichtensperre, die die Polizei von Derry über diesen Fall verhängt hatte. Sie teilte der Presse nicht viel mehr mit, als daß ein Mann namens Gregory Smart in seinem Haus erschossen worden war.

Als Beispiel mag hier die Story dienen, die am 3. Mai unter dem Titel *Familie in Derry durch einen Mord vernichtet* im *Nashua Telegraph* erschien, zwei Tage, nachdem sich der Mord ereignet hatte. Der entscheidende Absatz lautete: ›Captain Loring Jackson von der Polizei in Derry sagte, das Verbrechen sei möglicherweise nicht auf einen zufälligen Überfall oder einen mißglückten Einbruch zurückzuführen. Zu möglichen Motiven oder zusätzlichen Verdachtsmomenten wollte er sich jedoch nicht weiter äußern.‹

Wie sich später zeigen sollte, versuchte Jackson damit nicht, die Medien in die Irre zu führen; er wollte lediglich sicherstellen, daß er seine Ermittlungen in Ruhe fortführen konnte. Wenn auch die Polizei zu Anfang nicht recht wußte, was sie von diesem Verbrechen halten sollte, so war sie doch sicher, daß sich die Dinge keineswegs so eindeutig verhielten, wie sie nach außen hin schienen. Daher beschlossen die Verantwortlichen, bevor sie nicht die entscheidenden Fragen geklärt hatten, lieber gar nichts zu sagen.

Unnötig mitzuteilen, daß die Polizei keine sonderlichen Sympathien für Pam hegte. Schon sechsunddreißig Stunden nach der Ermordung ihres Ehemannes, noch bevor er beerdigt war, fing sie an, mit allen möglichen Nachrichtenagenturen der Region zu telefonieren, um sich für Interviews über seinen Tod anzubieten.

Tami Plyler, eine Korrespondentin des *Union Leader*, interviewte Pam am 9. Mai, acht Tage nach Greggs Ermordung. Pam empfing die Journalistin leger in Jeans gekleidet und dekorativ auf das Sofa im Haus ihrer Mutter in Canobie Lake hingestreckt und referierte ganz unbefangen:

»Ich denke an alle unsere Träume und daran, daß sie jetzt nie mehr Wirklichkeit werden können«, zitierte die Journalistin die junge Witwe später. »Aber ich lebe noch, und ich habe noch immer Träume. Ich will versuchen, nur die Zukunft zu sehen und meine Träume doch noch in die Tat umzusetzen.«

In dem Bericht über das Interview schrieb Tami Plyler später, sie sei von Pams innerer Stärke über alle Maßen beeindruckt gewesen: Pam schien entschlossen, ihr Leben ungeachtet der Tragödie, die sie getroffen hatte, weiter zu leben. ›Sehr ausführlich sprach sie‹, schrieb Tami Plyler, ›über ihre Absicht, im Namen ihres Mannes eine Medienkonferenz einzuberufen‹, auf der sie Rede und Antwort stehen wollte. ›Wer immer an dieser Konferenz teilnimmt‹, sagte Pam, ›dessen Leben werde ich, da bin ich ganz zuversichtlich, beeinflussen, und Gregg nicht minder.‹

Schon vor dem Plyler-Interview war Pam in Zeitungen und im Fernsehen mit der Bitte zitiert worden, jedermann, der mehr über das Verbrechen wisse, solle sein Wissen den Ermittlern mitteilen. In ihrem Gespräch mit der Reporterin von *Union Leader* ging sie indes noch einen Schritt weiter.

»Die Leute drängen mich, eine Erklärung zu finden, warum ein derart sinnloses Verbrechen geschehen konnte«, sagte Pam. »Die Leute möchten, daß ich erkläre, warum ich dafür keine Erklärung habe. Sie suchen für sich selbst nach einem Grund, und ich kann ihnen keinen nennen. Ich wollte, ich wüßte den Grund, aber ich kenne ihn nicht, und das macht alles nur noch schlimmer.«

Sie habe die Katastrophe nur durchgestanden, sagte sie, weil sie innere Reserven bei sich entdeckt habe, von deren Vorhandensein sie zuvor nichts gewußt habe. Andere Menschen, so sagte sie weiter, hätten diese innere

Kraft ebenfalls, nur seien sie sich ihrer nicht bewußt, bis sie sie bräuchten.

Als Tami Plyler sie fragte, ob sie eine Botschaft an andere habe, die sich einer vergleichbaren Situation gegenübersähen oder in der Zukunft gegenübersehen könnten, sagte Pam: »Ich würde ihnen raten, alles in Ruhe zu überdenken und die Fragen, die sich ihnen aufdrängen könnten, nicht einfach beseitezuschieben und sich statt dessen immer vor Augen zu halten, daß das Leben keineswegs stets fair mit einem umgeht.«

Nancy West, eine Journalistin der *Sunday News* in New Hampshire, einer Wochenend-Sonderausgabe des *Union Leader*, erhielt ebenfalls ein Interview von Pam, nachdem sie der trauernden Witwe zugewinkt hatte, als sie diese die Straße hatte hinunterfahren sehen. Obwohl dieses Interview mehr als einen Monat später als das von Tami Plyler veröffentlicht wurde und inzwischen schon etliche signifikante neue Entwicklungen in den Ermittlungen eingetreten waren, glichen viele der von Pam vorgebrachten Gedanken jenen des Plyler-Interviews.

Ihr Leben mit Gregg sei, so sagte sie, ›bilderbuchmäßig‹ gewesen, und nichts von dem, was sie in der Zukunft noch tun könne, werde den Vergleich mit dem standhalten, was sie mit ihrem Ehemann verbunden habe. »Ich würde so gern versuchen, mein Leben neu zu beginnen«, sagte sie, »weil Gregg es sicher so wollen würde.«

›Sie schien an jenem Tag alles andere als eine glückliche Frau zu sein‹, schrieb West später, ›trotz ihres Versuchs, optimistisch zu scheinen. Alles, was sie tat und sagte, schien sehr kontrolliert, und sie selbst wirkte ein wenig verunsichert.‹ Allerdings gestand West auch ein, daß sie weder in Pams Worten noch in dem, was sie tat, einen Hinweis darauf gesehen habe, Pam könnte in ein schweres Verbrechen verstrickt gewesen sein.

In einem Interview mit dem *Telegraph* aus Nashua wurde Pam gefragt, wie sie es nur schaffe, so beherrscht zu bleiben. Sie erwiderte: »Ich habe die Zuversicht, daß sich für mich alles zum Guten wenden wird, und ich verfüge über eine wirklich starke Persönlichkeit. Ich weiß, daß, was immer ich auch für den Rest meines Lebens tun mag, Gregg immer ein Teil von mir sein wird. Körperlich ist er wohl von mir gegangen, aber aus meinem Herzen ist er nicht verschwunden.«

Sie und Gregg, sagte sie, hätten sich auf eine Reise nach Florida vorbereitet, weil sie ihre Beziehung hatten auffrischen wollen. »Vor genau einem Jahr hatten wir alles für unsere Hochzeit vorbereitet, und darüber waren wir so froh und glücklich gewesen, und wir haben uns so sehr auf unsere gemeinsame Zukunft gefreut.«

Insgesamt gesehen waren alle Reporter, die sie interviewen konnten, nach ihrem Gespräch mit Pam überaus beeindruckt von ihrer großen Ernsthaftigkeit. Ein Journalist allerdings nahm einen gänzlich anderen Eindruck aus seiner Begegnung mit der jungen Witwe mit.

Bill Spencer, der sich bei WMUR-TV in Manchester auf Kriminalfälle im weitesten Sinne spezialisiert hatte, wurde von Pam bereits weniger als zwei Tage nach dem Mord an Gregg kontaktiert. Spencer hatte zu jenem Zeitpunkt wegen der Nachrichtensperre der Polizei absolut nichts in der Hand, das zu berichten sich gelohnt hätte. Aber als Pam ihn am Telefon hatte, führte sie bitterlich Klage darüber, daß die Polizei sich geweigert habe, der Öffentlichkeit mitzuteilen, daß Gregg das Opfer eines Raubüberfalls geworden und von den Einbrechern erschossen worden war.

Spencer machte sich gewissenhaft Notizen, während Pam redete, und als sie geendet hatte, hatte er noch eine Frage, allerdings keine das Verbrechen betreffend, sondern eine bezüglich ihrer Strategie.

»Warum haben Sie mich angerufen?« wollte er wissen und fragte sich, warum ausgerechnet er als Empfänger eines solchen heißen Tips ausersehen worden war.

Das sei ganz einfach, erklärte Pam. »Ich bin immer wieder fasziniert von ihren Reportagen über Morde und Mörder, und ich hätte mir nie träumen lassen, selbst einmal in einem Kriminalfall eine Rolle zu spielen.«

Eher noch die Art, wie sie es sagte, als das was sie sagte, jagte Spencer damals einen kalten Schauder den Rücken hinunter. Später einmal würde er erklären, daß er sich schon in diesem allerersten Augenblick die Frage stellte, welcher Art wohl die Verwicklung Pams in den ganzen Fall sein mochte.

4

Am meisten schien noch Greggs Mutter Judith von seinem Tod betroffen zu sein. Ihre beiden anderen Söhne, Dean und Rick, waren loyale, liebende Kinder, aber es war jener Gregg gewesen, der schon als Kind immer darauf bestanden hatte, seinen Vornamen mit zwei ›g‹ zu schreiben, zu dem sie in den letzten Monaten ein innigeres Verhältnis entwickelte hatte. Er war ein echter Spätstarter gewesen, aber als seine Talente sich dann endlich doch Bahn brachen, machte Judith dies so glücklich, wie sie nie zuvor gewesen war.

Gregg war stets ein freizügig denkender junger Mann gewesen, der das Vergnügen liebte und der die meiste Zeit seines Lebens seinen eigenen Weg gegangen war. Während viele seiner Altersgenossen als Teenager geradezu unglaublich ehrgeizig waren, um Stammplätze in Mannschaften der verschiedensten Sportvereine kämpften, Pokale sammelten und Clubmeisterschaften anstrebten, hatte Gregg die High-School im benachbarten Londonderry nahezu unbemerkt durchlaufen. Sein Bild fand sich in den Annalen der Schule lediglich aus Anlaß der Abschlußfeier 1983, aber das war es dann auch schon. Während andere Studenten ganze Kolonnen von Namen und Bezeichnungen unter ihren Portraits führten, die Auskunft über Auszeichnungen und erreichte Meisterschaften gaben, stand unter Greggs Foto neben seinem Namen lediglich seine Adresse, und das reichte ihm vollkommen.

Gregg war ein scheuer, ruhiger, sehr zurückhaltender junger Mann, den seine Lehrer als durchschnittlichen Schüler beschrieben und der das Angeln dem Fußballspielen und Radwandertouren dem Geschichtsunterricht vorzog. Nur in einer Hinsicht unterschied er sich in keiner Weise von anderen Gleichaltrigen: Er hatte eine große Vorliebe für Rockmusik. In dem Bestreben, den Heavy-Metal-Heroen jener Tage nachzueifern, ließ er sich das Haar bis auf die Schultern wachsen und kaufte sich eine Gitarre, auf die er stundenlang wie wild eindrosch.

Trotz seiner erkennbaren Vorliebe für die Anonymität war Gregg ein begeisterter Partygänger und ein glühender Verehrer des anderen Geschlechts. Außerdem hatte er einen ausgeprägten Sinn für Humor. Einmal lud ihn einer seiner Freunde zu einer sogenannten Überraschungsparty ein, und das wurde in der Tat eine Riesenüberraschung für ihn, denn sein Freund hatte alle fünf Mädchen dazu eingeladen, mit denen sich Gregg damals regelmäßig traf. Statt nun aber in Verlegenheit zu versinken, machte Gregg sich überhaupt nichts daraus. Es geschah dann ja auch auf einer Party – einem Silvestertanz, um genau zu sein – zum Abschluß des Jahres 1986, daß der damals einundzwanzigjährige Gregg eine lebhafte, niedlich anzuschauende neunzehnjährige College-Studentin mit Namen Pamela Anne Wojas kennenlernte. Trotz ihrer deutlich erkennbaren Verschiedenheiten im Wesen, Verschiedenheiten, die später immer deutlicher zutage treten sollten, sprang bei ihnen beiden sofort der bewußte Funke über.

Pamela, die von ihren Freunden Pame gerufen wurde (gesprochen ›Pämmie‹) stand mit ihren beiden Füßen in zwei verschiedenen Welten: New Hampshire und Florida.

In Florida geboren, hatte Pams Vater John mit ihrer Mutter Linda und ihrer älteren Schwester Beth in Miami gelebt, bis Pamela in die achte Klasse kam. Damals machte sich John Wojas, Pilot bei einer privaten Fluggesellschaft, Sorgen wegen der zunehmenden Kriminalität im Süden Floridas und hielt Ausschau nach einem für sich und seine Familie besser geeigneten Ort. Seine Wahl fiel schließlich auf den kleinen Ort Canobie Lake in der Nähe von Windham mitten im südlichen New Hampshire, einer Gegend, die von Miami kaum verschiedener gedacht werden kann. Pelze und Birkenwäldchen ersetzten Palmen und Pinien. Statt des Atlantischen Ozeans gab es nur einen relativ kleinen, fast kreisrunden Südwassersee, an dessen Ufern zweistöckige Holzhäuser statt der in Florida üblichen Backsteinhäuser im Landhausstil standen. Einzäunungen bestanden in New Hampshire im allgemeinen aus übereinander geschichteten Feldsteinen im Gegensatz zu den gegen Hurrikane errichteten Drahtzäunen, die für Miami so typisch sind. Statt McDonald's gab es die *Canobie Muschel Stube,* und der ganze Stolz der Gemeinde war ein kleiner Vergnügungspark am Seeufer, dessen Attraktionen im wesentlichen ein paar Tretboote und ein Miniatur-Raddampfer waren, die an Sommerabenden den See bevölkerten. Auf der Suche nach

Einsamkeit, Ruhe und einem gesitteten Ort, an dem seine beiden Töchter aufwachsen konnten, hatten John und Linda Wojas ein komfortables Zweihunderttausend-Dollar-Haus gekauft und waren gerade rechtzeitig eingezogen, als Pam sich anschickte, in die High-School einzutreten.

Eine der weniger erfreulichen Seiten von Canobie Lake war, daß der Ort keine eigene weiterführende Schule hatte. Als ihre Kinder daher die neunte Klasse erreichten, mußten die Wojas nach Derry fahren, an die zwölf Meilen weiter nördlich, wo sie die *Pinkerton Academy* besuchten, eine private Schule, bestehend aus einer Anzahl wahllos zusammengestellter Gebäude, teils aus alten, handgeformten Backsteinen errichtet, teils als modernere Holzkonstruktionen erbaut, die über einen kleinen Hügel im Osten der Stadt verstreut lagen. Wie Canobie Lake hatten auch noch einige andere kleinere Kommunen rings um Derry weder die Mittel noch überhaupt die Neigung oder das Bedürfnis, eine eigene High-School zu errichten, und so schlossen die Stadt- und Gemeindeverwaltungen mit Pinkerton einen Vertrag, demzufolge das Institut alle Schüler und Studenten, die um Aufnahme nachsuchten, aufnehmen mußte. Es war eine Situation nicht unähnlich der vieler anderer ländlicher Regionen in anderen Staaten, wo die Teenager eine zentrale High-School besuchen. Der einzige Unterschied lag hier eigentlich darin, daß Pinkerton eine private Schule war.

Die Tatsache, daß die Pinkerton-Schüler aus verschiedenen Ortschaften der Umgebung von Derry kamen, wirkte sich sehr wahrscheinlich positiv für Pam aus, denn so wurde sie nicht so leicht zur Außenseiterin, wie dies vielleicht unter anderen Umständen der Fall gewesen wäre. Wegen dieser relativen Vielfalt und wegen ihrer gleichermaßen mit Geist wie Natürlichkeit gepaarten

Herzlichkeit paßte sich Pam sehr schnell New Hampshires eng gefügter Gesellschaft an, obwohl sie doch als südlicher Import gelten mußte.

In ihrem ersten Jahr bei Pinkerton wurde sie bereits in verschiedene Funktionen gewählt, so auch in das Karnevalskomitee; dazu erwarb sie sich Jahr für Jahr eine Ehrenauszeichnung für besondere Leistungen auf dem College.

Mit Beginn ihres zweiten Jahres auf dem College wählten ihre vierhundertundfünfzig Mitschüler und Mitschülerinnen sie sowohl als Sprecherin wie auch als Mitglied des Studentenausschusses; gleichzeitig begann sie eine drei Jahre andauernde Karriere als Cheerleader der Basketballmannschaft. In ihrem dritten Studienjahr trat sie dann auch noch dem Cheerleading-Team der Footballabteilung bei und begann ein Verhältnis mit dem Co-Kapitän der Mannschaft, einem Muskelprotz mit dem Spitznamen *Sausage* (›Bratwurst‹). In ihrem High-School-Jahrbuch findet sich ein bemerkenswertes Foto, auf dem sie in einem Sweater zu sehen ist, auf dem der Name ihrer Schule gedruckt ist, und in dem langen senkrechten Strich des ›P‹ von *Pinkerton* steht von oben nach unten ihr Name *Pame* zu lesen. Weiterhin gab sie in ihrem letzten Jahr auf dem College auch noch Nachhilfeunterricht in Spanisch und engagierte sich in der Initiative *Studenten gegen Alkohol am Steuer.*

In jener Zeit wäre der einzige Hinweis darauf, daß Pam womöglich von der Normalität abweichen könnte – und das wäre nicht einmal ernstzunehmen gewesen, wenn man einmal bedenkt, daß praktisch jedes junge Mädchen auf der Welt dieselben Gefühle hegte –, ihre Leidenschaft für die Rockmusik gewesen. In den Pinkerton-Annalen wird sie mit der Äußerung zitiert, ihr größter Wunsch im Leben wäre es, einmal eine ganze Nacht lang mit David Lee Roth durchzutanzen, der zu jener Zeit der Hauptsänger einer Heavy-Metal-Band war, die sich Van Halen nannte. Was bei ihr in diesem Zusammenhang anders als bei anderen jungen Mädchen war, das war der Umstand, daß sie nie aus dieser Besessenheit herauswuchs. Als sie später ihren eigenen Wagen – einen silberfarbenen Honda CRX – bekam, taufte sie ihn mit einer Metallplatte auf den Namen ›Halen‹. Halen war auch der Name, den sie ihrem chinesischen Shih Tzu gab, einem verhätschelten kleinen Hund – ähnlich einem Pekinesen – mit langem seidigem, rötlich-braunem Fell und einem buschigen, gebogenen Schwanz, der sich über die Kruppe des Tieres legte. Auch als sie schon erwachsen war, waren es diese beiden Dinge, die ihr Leben bestimmten: ihre unbezähmbare Leidenschaft für Rockmusik und ihr Hündchen.

Ironie des Schicksals: Gerade ihre Leidenschaft für Rockmusik machte sie zu Beginn so attraktiv in Greggs Augen.

Ohne zuvor noch das College zu besuchen, stürzte Gregg sich nach Abschluß der High-School sogleich ins Arbeitsleben und arbeitete in der Schwerindustrie am Fließband, während er sich ansonsten mit Musik und Frauen als seinen wichtigsten Nebenbeschäftigungen durchs Leben treiben ließ. Sein langes Haar und seine unbekümmerte Art erinnerten Pam an Jon Bon Jovi, einen populären Rockstar jener Zeit. Es mag körperliche Anziehung gewesen sein oder was sonst auch immer, aber von der Nacht an, da sie sich begegneten, waren Gregg und Pam ein Paar.

Nachdem sie ihren Abschluß auf der Pinkerton Academy gemacht hatte, glaubte Pam genug triste graue Neuengland-Winter erlebt zu haben, und sie fing wieder an, voller Sehnsucht an den Sonnenschein Floridas zu denken, den sie schrecklich vermißte. Als daher für sie die Frage nach einem College anstand, entschied sie sogleich, daß dieses College keinesfalls nördlich der Mason-Dixon-Linie liegen würde.

In der Erinnerung an ihre Kindheit in Florida beschloß sie, sich in der Staatsuniversität von Florida einzuschreiben, die sich in der Hauptstadt Tallahassee befindet. Die FSU (Florida State University), einst eine reine Mädchenschule, hatte sich großes Ansehen in der Welt der Hochschul-Leichtathletik erkämpft. Pam war schon seit langem eine Bewunderin von Barbara Walters und anderen in der ganzen Nation bekannten fest etablierten Frauen im Fernsehen, und so entschloß sie sich, eine Karriere im Rundfunkjournalismus zu versuchen. Obwohl die FSU an die fünfhundert Hauptfächer in elf verschiedenen Richtungen in der Fachschaft Kommunikation anbietet, befindet sich darunter erstaunlicherweise kein einziger Kurs für Journalismus. Daher wählte sie als ihr Hauptfach ein etwas sonderbar als ›Medien-Darstellung‹ bezeichnetes Fach, das sich offensichtlich eher mit dem Verhalten vor der Kamera beschäftigte als mit journalistischen Belangen. Pam aber reichte das. Ihr schwebte vor, eine Karriere vor den Augen der Öffentlichkeit anzustreben (eine Absicht, die sich dann ja auch auf allerdings gänzlich andere Weise verwirklichte), und so stürzte sie sich von allem Anfang an mit derselben Energie in das Universitätsleben wie einst in das ihrer Schule bei Pinkerton.

Mittlerweile hatte sie indes gelernt, ihre Energien ein wenig zielgerichteter einzusetzen und immer wenigstens mit einem Auge auch ihre angestrebte Karriere anzuvisieren. Cheerleading betrieb sie überhaupt nicht mehr; dafür arbeitete sie aktiv in der Arbeitsgruppe Rundfunk mit. Als erstes ging sie zum Direktor der Radiostation für Studenten der FSU und schlug ihm einen speziellen Programmteil für die Studenten vor, die ihre eigene Leidenschaft für Hardrock teilten. Der Manager war so beeindruckt von ihrem Schwung und ihrer Begeisterung, daß er ihr eine eigene Ein-Stunden-Sendung pro Woche gab, die sie dann ›Metal Madness‹ (Heavy-Metal-Wahnsinn) nannte. Sich selbst bezeichnete sie dabei als die ›Maiden of Metal‹.

Gleichzeitig arbeitete sie für WCTV, die örtliche Zweigstelle der CBS, obwohl ihre Tätigkeit dort eigentlich nur bestand, Telefonanrufe außerhalb der üblichen Bürozeiten anzunehmen. Unermüdlich wie sie war, hatte sie noch einen dritten Job als Botengängerin für das *Bureau of Economic Analysis.* In ihrer freien Zeit organisierte sie Wohltätigkeitsveranstaltungen in der *Tallahassee American Legion Hall,* um für Safer Sex zu werben, und überzeugte auch diverse Bands aus der Umgebung, für diesen Zweck kostenlos aufzutreten.

Weit davon entfernt, über ihren diversen Verpflichtungen das Lernen zu vernachlässigen, wurde sie zu einer echten akademischen Spitzenkraft. Als sie im August 1988 ihren BA (Bachelor of Arts, ›Baccalaureus Artium‹, vergleichbar dem ›Magister‹ deutscher Universitäten) in Kommunikation erreichte – sie hatte das normalerweise auf vier Jahre angelegte Studium in drei Jahren absolviert –, erhielt sie das Prädikat ›cum laude‹.

5

Wenn sie nicht gerade all ihre Energien auf ihre diversen schulischen und sonstigen Aktivitäten richtete, pflegte Pam regelmäßig den Kontakt mit Neuengland. Die Reisevergünstigungen, die ihr Vater als Pilot genoß, kamen ihr dabei sehr zustatten und ermöglichten es ihr, häufig von Florida nach New Hampshire zu fliegen, wodurch sie viel

Zeit mit Gregg verbringen konnte. Doch diese Liebe über eine so weite Distanz hinweg wurde nach und nach immer aufreibender erfreulich, und so beschlossen sie, das Reisen einzustellen. Da Gregg damals weder einen Job noch einen Studienplatz hatte, der ihn hätte halten können, zog er nach Tallahassee.

Als die Zeit seiner Abreise näherrückte, halfen ihm William und Judith, den Mercury Cougar zu packen, den er damals besaß. Danach packten sie in ihren Toyota, was noch übriggeblieben war, und folgten ihm nach Süden. In Tallahassee angekommen, kaufte Judith noch das Notwendigste ein, damit er und Pam sich ihr eigenes Apartment einrichten konnten. Danach half sie den beiden auch noch, ihre neue Wohnung einzurichten.

Nachdem dann alles soweit geregelt war, nahm Gregg einen Job bei einer Garten- und Landschaftsbau-Gesellschaft an, während Pam sich auf die Arbeit an ihrem akademischen Abschluß konzentrierte.

Nach allem, was ihre Freunde später den Journalisten erzählten, verstanden Gregg und Pamela sich geradezu himmlisch. Im Januar hob Gregg alle seine bescheidenen Ersparnisse, die er sich bis dahin erarbeiten konnte, von der Bank ab und kaufte einen bescheidenen Diamantring für Pam. Im Frühjahr fragte er sie dann, ob sie ihn heiraten wolle, und sie stimmte begeistert zu.

Etwa zu jener Zeit bildete sich eine erste Wolke am Himmel ihres Glücks; Gregg wurde langsam erwachsen. Ihm wurde bewußt, daß er keine große Zukunft haben würde, wenn er sich nicht ein wirkliches Ziel setzte, und so beschloß er, Versicherungskaufmann zu werden wie sein Vater. Um dieses Ziel aber erreichen zu können, würde er etwas tun müssen, das er für immer überwunden geglaubt hatte: er würde lernen müssen. Während Pam wie gewohnt mit ihren verschiedenen Aktivitäten ihre Kräfte bis an die Grenzen beanspruchte, verbrachte

Gregg seine freie Zeit damit zu lernen, um das Examen zu bestehen, die Voraussetzung dafür, Versicherungen verkaufen zu dürfen. Er bestand es dann auch.

Als der Tag näherrückte, an dem Pam ihren Abschluß machen würde, fingen sie an, die Frage zu diskutieren, was denn nun nach der Universität folgen solle. Gregg, der den Schnee und das Skifahren sehr vermißte, wollte nach New Hamsphire zurückkehren. Pam, die die Sonne liebte, wollte in Florida bleiben. Überraschenderweise gab am Ende Pam nach. Nach bestandenem Examen packten sie also wieder die Koffer und machten sich mit der um ein Mitglied gewachsenen Familie, dem kleinen Hündchen Halen, einem Geschenk Greggs aus Anlaß ihres bestandenen Examens, nach Norden auf.

Zurück in New Hampshire, mieteten sie ein Einfamilienhaus auf dem Misty Morning Drive und zogen ein. Es lag nur einen Häuserblock vom Haus von Greggs Eltern und einen fünfminütigen Fußmarsch von Pams alter High-School, der Pinkerton Academy, entfernt. Sie möblierten ihr neues Heim nach der damaligen Mode einschließlich einer weißen Ledercouch, die nach Pams Meinung die Quintessenz von Eleganz und Komfort darstellte.

Obwohl Pam wußte, daß Gregg sich als Versicherungsvertreter bei derselben Firma bewerben wollte, für die sein Vater sein ganzes Leben lang gearbeitet hatte, der Metropolitan Life of Nashua, traf es sie wie ein Schock, als Gregg sich die Haare schneiden ließ. Für Pam war das ein bedeutsamer Wendepunkt in ihrer Beziehung zu Gregg. Statt wie Bon Jovi sah Gregg nun mit seinen kurzgeschnittenen Haaren aus wie irgendein beliebiger Neuengland-Yuppie.

Trotz des Schocks, den Gregg ihr auf diese Weise versetzte, verfolgten die beiden ihre Heiratspläne weiter. Am 7. Mai 1989, als Gregg vierundzwanzig und Pam zweiundzwanzig Jahre alt waren, wurden sie im Rahmen einer großen Zeremonie in der Katholischen Kirche *Sacred Heart* in Lowell, Massachusetts, gleich hinter der Staatsgrenze, getraut. Einundfünfzig Wochen später wurde Gregg ermordet.

Gregg, der bis zu diesem Zeitpunkt so ganz ohne alle Ambitionen gewesen zu sein schien, stürzte sich jetzt mit demselben Enthusiasmus in den Verkauf von Versicherungspolicen, wie Pam es früher mit ihren Aktivitäten bei Pinkerton und auf der Universität getan hatte. Er entwickelte sich zu einem derart aggressiven ›Hausierer‹, daß man ihn bei der Metropolitan allgemein den besten Neueinsteiger des Jahres 1989 für seinen District in New Hampshire nannte.

Vielleicht, um seinen potenten Kunden ein gutes Beispiel zu geben, wurde Gregg selbst einer seiner besten Kunden. Er und Pam hatten sich kaum fertig eingerichtet, als er auch schon zwei Policen über sein eigenes Leben mit einer Gesamtversicherungssumme von über hundertvierzigtausend Dollar abschloß.

Pam hatte weiter ein Auge auf den Journalismus im weitesten Sinne geworfen, und deshalb bewarb sie sich um einen Job in der Nachrichtenredaktion der größten und einflußreichsten Fernsehstation von New Hampshire, der WMUR in Manchester, einer Filiale der ABC. Da sie aber über keinerlei entsprechende Berufserfahrung verfügte, lehnte die Station sie ab und schlug ihr vor, ein wenig Erfahrung zu sammeln und es dann noch einmal zu versuchen. Statt dessen jedoch nahm sie einen Job als Pressesprecherin des Schulamtes Hampton an, einer kleinen Küstenstadt südlich von Portsmouth.

Dies bedeutete für sie eine tägliche Fahrt von gut zweimal einer Dreiviertelstunde ab Derry, doch es war jedenfalls schon einmal ein Einstieg, und wenn es etwas gab, woran es Pam nie gefehlt hatte in ihrem Leben, dann war es Entschlossenheit. Zudem erlegte ihr diese Position durchaus eine nicht zu unterschätzende Verantwortung auf. Sie hatte ihr eigenes Büro in einem Gebäude direkt gegenüber dem Parkplatz der Winnacunnet High-School, einer Ansammlung roter Backsteingebäude am Alumni Drive, der direkt zum Highway 51 führte. Heute ist diese Gegend ein Wohngebiet für die Mittelklasse, doch war sie hundertsechzig Jahre lang, beginnend im Jahre 1638, das Zentrum der Stadt. Eine alte Schrifttafel nahe der Schule beschreibt die Gegend als eine Plantage, die damals den Namen Winnacunnet Plantation trug, und erläutert, daß die nahe gelegene Landing Road früher ein in die Wildnis gebauter Fahrweg gewesen war, der von einem der Stadtgründer, dem Reverend Stephen Bachiler, angelegt worden war, um Versorgungsgüter vom Hafen aus hierher zu transportieren.

Als Pressesprecherin war Pam verantwortlich für die Produktion und Verteilung von Lehrvideos, die in ihrem Schulbezirk eingesetzt werden sollten. Dafür hatte sie zwei Hilfskräfte, eine Sekretärin und einen Auszubildenden.

Darüber hinaus volontierte Pam, das Musterbeispiel an Übereifer, als Mitarbeiterin eines lokalen Antidrogenprogramms mit dem Namen ›Selbstachtung‹, an dem mitzuwirken Pflicht aller Schüler des ersten Jahrgangs der Winnacunnet High School war. Es gab noch andere freiwillige Helfer, wie etwa Schüler höherer Jahrgänge, die schon in diesem Programm gearbeitet hatten und die nun den jüngeren halfen. Es war dieses Programm, das letztendlich verantwortlich für die meisten von Pams Schwierigkeiten wurde.

Im Gegensatz zu dem Eindruck, der in späteren Reportagen vermittelt wurde, war Pam nie Lehrerin gewesen.

Sie hat nie ein entsprechendes Zertifikat erworben, und sie hat nie vor irgendeiner Klasse gestanden. Aber das war damals auch nicht erforderlich, um regelmäßigen Umgang mit den Schülern zu pflegen.

Trotz der Fassade, die sie vor der Öffentlichkeit aufrechterhielten, bekamen Gregg und Pam etwa sieben Monate, nachdem sie geheiratet hatten, Probleme.

Ganz offensichtlich überzeugt davon, daß sich ihr Gatte zu einem waschechten Yuppie mauserte, fing Pam an, ihre ganze Beziehung mit gänzlich anderen Augen zu sehen. Obwohl er sich noch immer sehr für Rockmusik interessierte, ließ Greggs Begeisterungsfähigkeit für die lauten Klänge doch langsam nach. Er hatte einige sehr gute Musikanlagen einschließlich einer aufwendigen Anlage in seinem Wagen, und noch immer konnte man ihm eine Freude mit einem neuen Album machen oder mit einem Oldie, wie etwa Van Halens *1984*, einer LP, auf der sich auch ein Klassiker mit dem Titel ›Heiß auf den Lehrer‹ (*Hot for Teacher*) fand; aber die Musik war nicht mehr der Mittelpunkt seines Lebens. Ihre Stelle nahm mehr und mehr der Verkauf von Versicherungspolicen und das Zusammensein mit Freunden ein.

An den Wochenenden traf er sich immer öfter mit Freunden im Windham Depot, um von dort gemeinsam mit ihren vierradgetriebenen Autos in die Wälder zu fahren. Oder aber er ging lieber mit Freunden zum Skilaufen als mit seiner Frau. Und wenn ihm danach war, Musik zu hören, fuhr er jetzt immer häufiger nach Boston, wo er sich mit seinen Freunden aus früheren Tagen traf, die dort gemeinsam mit örtlichen Bands musizierten.

Seinen Eltern gegenüber erwähnte Gregg seine Eheprobleme nie. Er erzählte ihnen im Gegenteil, daß zu seinen Plänen für die nächste Zukunft auch der Kauf eines eigenen Hauses gehörte, um aus der Abhängigkeit als Mieter herauszukommen und sich so zu etablieren wie die Leute, mit denen er zusammenarbeitete. Er fing sogar schon an, über die Gründung einer Familie nachzudenken. Wenigstens sagte er das. Doch zuvor mußte er Pam noch davon überzeugen, und er wußte, daß das alles andere als einfach sein würde.

Was die ganze Situation noch komplizierter machte, war die Tatsache, daß er anfing, sich für andere Frauen zu interessieren. Als er einmal im Dezember auf einer Geschäftsreise war, lernte er eine andere Frau kennen. Es war eine Bettgeschichte für eine Nacht, eine Affäre, die weder ihm noch der Frau unter die Haut ging. Aber dieses Abenteuer fraß an seinem Selbstverständnis. Es dauerte dann auch nicht mehr lange, und er beichtete den Seitensprung seiner Frau.

Dies war nach Ansicht eines Freundes, dem er sich einmal anvertraute, ein schwerer Fehler. Nach allem, was Gregg ihm damals erzählte, zeigte Pam auch nicht die Spur von Verständnis für seinen Fehltritt, und wann immer sie sich danach einmal stritten – und das passierte bemerkenswert regelmäßig gegen Ende des Jahres 1989 –, hielt sie ihm diese Affäre vor.

6

Auf der anderen Seite aber legte auch Pam keineswegs immer echte eheliche Standfestigkeit an den Tag. Im Gefolge ihrer Arbeit und ihres Engagements für das Programm zur Drogenabwehr geriet sie in engen Kontakt mit einem der studentischen Hilfskräfte, einem scheu wirkenden fünfzehn Jahre alten Jungen, der eine bemerkenswerte Ähnlichkeit mit dem jungen Paul McCartney hatte. Er hatte langes Haar, das bis auf seine Schultern fiel, und jene großen, runden, traurigen Augen, wie man sie bei Kindern sieht, die so gern auf Kaffeetassen und samtenen Tüchern abgebildet werden. Außerdem spielte er Gitarre, und er hatte sich absolut und ohne Einschränkung der Rockmusik verschrieben und hier speziell dem Heavy Metal. Van Halen sei okay, gestand er Pam zu, doch seine ganze Bewunderung galt einer Gruppe mit Namen Mötley Crüe. Der Name dieses Schülers war William Flynn. Seine Familie und seine Freunde riefen ihn Bill oder Billy.

Bis zu diesem Zeitpunkt war das Leben nicht gerade freundlich mit Bill umgegangen. 1987, als die Romanze zwischen Gregg und Pam gerade begann, waren Bill und seine Eltern von Kalifornien nach Seabrook gezogen. Dies erwies sich für ihn als ein gewisser Nachteil. Seabrook ist insgesamt eine Arbeiterstadt, und seine Bewohner gelten bei den Leuten aus anderen Regionen New Hampshires als ›Brookies‹, eine spöttische Bezeichnung für Leute aus einfachen Verhältnissen oder für solche, die sozusagen auf der falschen Seite des Lebens wandeln. ›Brookies‹ werden von den anderen Leuten in New Hampshire mit derselben Verachtung behandelt, die die Bostoner für den Rest der Welt an den Tag legen.

Kurz nachdem seine Familie die Umstellungsschwierigkeiten überwunden hatte, kam Bills Vater, Teilhaber an einem kleineren Baugeschäft, bei einem Autounfall ums Leben, und seine Mutter Elaine mußte ihren Sohn allein durchbringen. Zu diesem Zweck nahm sie einen Job als Dienstmädchen an und arbeitete zusätzlich auch noch zeitweise für eine Modellagentur.

Da sie nun auf diese Weise den ganzen Tag auf den Beinen war, hatte Elaine kaum Gelegenheit, sich um die Aktivitäten ihres Sohnes zu kümmern. Das führte dazu, daß er schon mit zwölf Jahren völlig frei mit seinen neuen

Freunden umherstreichen konnte. Unter diesen waren auch Vance ›J. R.‹ Lattime und Patrick ›Pete‹ Randall. Mit den Jahren wurden die drei immer engere Freunde, und überall nannte man sie nur die drei Musketiere. Sie standen in dem guten Ruf, stets bereit zu sein, etwa einem Nachbarn bei seinen täglichen Besorgungen zu helfen, Schnee zu schaufeln oder sonstige Aufgaben zu übernehmen. Handelte es sich dabei um einen älteren Mitbürger, verlangten sie entweder gar kein Geld für ihre Hilfeleistungen oder aber sie machten es wenigstens sehr viel billiger als für andere. Bill war der um einige Monate jüngste in diesem Trio.

J. R. verdankte seinen Spitznamen der Tatsache, daß er der Junior in seiner Familie war (hat ein Sohn denselben Vornamen wie sein Vater, wird sein Vorname in Amerika grundsätzlich immer mit dem Zusatz ›jr.‹ genannt). Er hatte dunkles, lockiges Haar und ein langes, hageres Gesicht. Dazu trug er eine Brille mit dicken Gläsern, was ihn wie einen Studenten aussehen ließ, ein sicherlich beabsichtigter Effekt. Sein ganzer Stolz neben dem alten Camaro, den er nach und nach rekonstruierte, war eine Büchersammlung und in dieser eine Anthologie über Edgar Allan Poe. Mit fünfzehn Jahren lautete sein Berufswunsch: Seemann.

Wenn er nicht gerade in der Schule oder mit seinen Freunden zusammen war, verbrachte J. R. viel Zeit bei seiner Großmutter in Haverhill, Massachusetts. Mitunter begleitete er sie auch zu Wohltätigkeitsessen zugunsten der Bedürftigen der örtlichen Presbyter-Kirchengemeinde.

J. R. und seine Familie – sein Vater, Vance senior, ein Arbeiter im Kernkraftwerk von Seabrook, und seine Mutter Diane, Angestellte in einem Autohaus im nahegelegenen Exeter – wohnten in einem umgebauten Wohnwagen, der im Laufe der Zeit mehr und mehr zum bevorzugten Treffpunkt der drei Freunde Bill, Pete und J. R. wurde.

Wie es heißt, gingen die Lattimes mit ihrem Platz und ihrer Zeit sehr großzügig um. Sie nahmen noch einen anderen Teenager bei sich auf, einen Jungen im selben Alter wie J. R. mit Namen Ralph Welch.

Bevor er zu den Lattimes zog, hatte Ralph bei seinem Vater in einer Bruchbude gelebt, die in einem derart verheerenden Zustand war, daß beispielsweise Plastiktüten als Fensterscheiben dienten. Angewidert von dem Leben, das er zu führen gezwungen war, schwänzte Ralph ständig die Schule und war deutlich auf der schiefen Bahn. J. R.s Mutter, die sich mit Ralphs Mutter angefreundet hatte, bot Ralph an, zu ihr zu ziehen, und schließlich gelang es ihr auch, ihn zu überreden, wieder in die Schule zu gehen. Obwohl Ralph etwa im selben Alter wie J. R. war und obwohl er in ihm einen Bruder sah, war er mit ihm nie so eng befreundet wie mit Bill und Pete, und er schien sich auch nicht im selben sozialen Milieu zu bewegen; ganz offenkundig hatte er wenig oder gar keinen Kontakt zu Pam Smart.

Pete, ein kleiner, athletisch aussehender junger Bursche, war der Sohn eines Fischers und einer Angestellten in einem Lebensmittelgeschäft. Nach Aussagen seiner Mutter war Pete stets ein sehr lieber, netter Sohn gewesen. Er gehörte zu jener Art von Jugendlichen, die immer beide Elternteile umarmten und herzten, bevor sie das Haus verließen, ganz gleich, ob Freunde zusahen oder nicht.

Trotzdem schien er von den dreien noch am ehesten prädestiniert, auf der schiefen Ebene zu landen. Er hatte auf der Winnacunnet High-School bereits eine wenig ermutigende Laufbahn als Schulschwänzer und Müßiggänger hinter sich, so daß er schon im ersten Jahr wiederholen mußte, während seine Freunde alle versetzt wurden. Andererseits wurde einer seiner Lehrer in der örtlichen Presse später dahingehend zitiert, Pete und seine beiden Freunde – Bill und J. R. – seien ›beeindruckende‹ junge Männer gewesen.

›Bill war ein von Natur aus liebenswerter und fürsorglicher Junge‹, soll der nicht näher bekannte Lehrer gesagt haben, ›und die beiden anderen waren intelligenter, als es ihrem Alter im Grunde genommen angemessen gewesen wäre.‹

Einmal gestand Pete einem Freund – vielleicht im Scherz, vielleicht im Ernst –, er wolle einmal ein professioneller Schläger werden.

Zwei andere wichtige Personen in der Gruppe, die sich mehr und mehr unauflöslich mit Pam verbunden hatten, hießen Cecelia Pierce und Raymond ›Rayme‹ Fowler.

Cecelia war Pams Mitarbeiterin in ihrem Pressebüro. Sie war ein frisch wirkendes, aber übergewichtiges junges Mädchen von fünfzehn Jahren mit blonden Haaren und blauen Augen. In den Monaten, die die beiden zusammenarbeiteten, freundeten sie sich immer enger miteinander an. Das Mädchen sah in Pam eher eine Altersgenossin denn eine Vorgesetzte. Für Cecelia war Pam jemand, mit dem man ausgehen, zu dem man aufsehen und in den man Vertrauen setzen konnte.

Cecelia bewegte sich allerdings nicht in denselben Kreisen wie Bill, Pete und J. R. Ihr einziger Berührungspunkt mit diesen dreien war Pam.

Rayme, der fast zwei Jahre älter war als die anderen Jugendlichen, war mit Pete und J. R. befreundet, seit sie zehn oder elf Jahre alt waren. Er gehörte zwar nicht zum ›harten Kern‹, doch hörten Bill, J. R. und Pete gern seinen Rat, vielleicht weil er älter war und sie ihn für welterfahren hielten.

Es ist nicht bekannt, ob und bis zu welchem Ausmaß Bill, Pete und J. R. zu dem Zeitpunkt schon in kriminelle Handlungen verwickelt gewesen waren, als sie in Pams Dunstkreis auftauchten. Da sie noch Jugendliche sind, werden ihre Polizeiregister vertraulich behandelt.

Aus einem Vernehmungsprotokoll vom 7. Februar 1991 ergibt sich, daß J. R. die Antwort auf alle Fragen betreffend seine Beteiligung am Diebstahl verschiedener Autoradios verweigerte. Analog dazu verschanzte sich auch Bill hinter dem *Fifth Amendment* (fünfter Zusatz zur Verfassung), als er über Besitz und Konsum nicht verschreibungspflichtiger Drogen und zu Diebstahlsdelikten befragt werden sollte.

Auf der anderen Seite gestand Pete, schon Kokain genommen zu haben, als er über frühere kriminelle Aktivitäten befragt wurde.

Jedenfalls aber gab es keinerlei Hinweise, Drogen könnten bei den Ereignissen im Winter und im Frühjahr 1990 irgendeine Rolle gespielt haben. Pete, Bill und J. R. schafften es auch aus eigener Kraft, sich in Schwierigkeiten zu bringen.

7

Pam lernte Bill Ende 1989 durch das Projekt ›Selbstachtung‹ kennen. Pam hatte gerade angefangen, für den Schulbezirk zu arbeiten, und Bill kam in sein zweites Jahr auf der Winnacunnet High-School. Sie war gerade erst zweiundzwanzig und verheiratet; er war fünfzehn und ohne jede Erfahrung mit dem anderen Geschlecht. Erstaunlich eigentlich, daß es fast vier Monate dauerte, bis es zum ersten sexuellen Kontakt kam.

In der Zwischenzeit, während der Nachsommer Tag für Tag weiter in den tiefsten Winter überging, kam Pam sowohl Bill als auch Cecelia immer näher. In jenen Tagen beschränkte sich der Kontakt zu J. R. nur auf gelegentliche gemeinsame Spazierfahrten, und Pete paßte irgendwie nicht so richtig in die ganze Gruppe hinein. Es war wohl so, daß Pete sich nicht sonderlich für Pam zu erwärmen wußte, und das erklärte er seinem Freund Bill auch bei mehr als einer Gelegenheit. Aber diese Bemerkungen fielen auf keinen sehr fruchtbaren Boden.

Aus Gründen, die noch immer nicht restlos geklärt sind – womöglich weil sie einfach nur deren Gesellschaft suchte –, wurde es Pam zur ständigen Gewohnheit, Cecelia, Bill und gelegentlich auch J. R. auf ihren Streifzügen entlang der Küste zu begleiten, zu Lokalen, Einkaufszentren, Clubs, Pizzerias und Eiscafés. Üblicherweise fungierte sie dabei als Chauffeur, weil Bill noch zu jung für den Führerschein war und auch kein eigenes Auto besaß. Mitunter ging es dabei in ihrem zweisitzigen Honda recht beengt zu. Während Gregg dann mit *seinen* Freunden auf Radwandertouren oder beim Waldlauf war, amüsierte Pam sich mit den *ihren*. Der Unterschied lag allerdings darin, daß sie ihre Freunde ausschließlich aus Schülern der Winnacunnet High-School rekrutierte, die durch die Bank ein halbes Dutzend Jahre jünger waren als sie selbst.

Als Pam das Antidrogenprojekt ›Selbstachtung‹ nicht mehr genügend Vorwände lieferte, sich mit Bill zu treffen, für den sie ein großes, aber bis zu diesem Zeitpunkt nicht unbedingt sexuelles Interesse entwickelt hatte, überredete sie ihn, ihr beim Aufbau eines Handels mit Orangensaft zu helfen, den sie überall in den Staaten zu etablieren gedachte. Wenn sie das Bedürfnis verspürte, ihn zu sehen, war sie um einen Vorwand nie verlegen.

Die Verhältnisse zu Hause zeigten keinerlei Verbesserung. Um Weihnachten herum, als Gregg ihr seinen Fehltritt beichtete, bekam Pam echte Anfälle von Selbstmitleid. Von nun an fühlte sie sich nur noch stärker zu ihren jungen Freunden hingezogen.

Die Beziehung mit Bill erreichte Anfang Februar ihren Wendepunkt, als sich Pam eines trüben Nachmittags allein mit dem Teenager in ihrem Büro auf der anderen Straßenseite der Schule befand.

»Denkst du eigentlich manchmal an mich, wenn ich nicht da bin?« fragte sie ihn.

Ein verdatterter Bill, der womöglich in der Hitze eines ganz normalen Hormonstoßes eines pubertierenden Teenagers schon immer an mehr gedacht hatte, stammelte ein undeutliches Ja.

»Nun, ich denke immer an dich«, sagte Pam lächelnd und beobachtete ihn, wie sich sein Gesichtsausdruck von Verwirrung über Verlegenheit bis zu schierer Erregung wandelte.

Von da an war es nur noch eine Frage der Zeit, bis sich das Verhältnis manifestierte. Die Gelegenheit dazu kam wenig später, einen Tag nach dem Valentinstag. Gregg war zu einem Meeting von Versicherungsfachleuten außerhalb der Staatsgrenzen gefahren, und Pam richtete es so ein, daß sie Bill und Cecelia nach der Schule mit zu sich nach Hause nahm, um sich die einsamen Stunden ein wenig kurzweiliger zu gestalten. Auf dem Weg zum Misty Morning Drive hielten sie an einem Video-Verleih und holten sich einen Stapel Filme, darunter auch den Erotik-Thriller *Neuneinhalb Wochen.*

Als sie dann zu dritt auf Pams weißer Ledercouch saßen und Kim Basinger und Mickey Rourke bei ihrer Sex-Akrobatik zusahen, stieg die Temperatur im Zimmer beträchtlich.

»Hast du nicht Lust, mit mir nach oben zu kommen, um mir ein bißchen zu helfen?« fragte Pam, als der Film zur Hälfte vorbei war. Gemeinsam gingen sie dann nach oben und ließen Cecelia mit ihren Videos allein.

Pam führte Bill in das Schlafzimmer, das sie mit Gregg teilte, und legte eine Van-Halen-CD in den Player. Dann entschuldigte sie sich und verschwand im Bad.

Als sie fünf Minuten später wieder herauskam, trug sie ein türkisfarbenes Negligé, das sie sich eigens zu diesem Zweck gekauft hatte. Dann betätigte sie ein paar Knöpfe am CD-Player und ging in die Mitte des Zimmers. Aus den Lautsprechern klang jetzt in voller Lautstärke ein Van-Halen-Titel mit der Bezeichnung *OU 812* (›Oh, you ate one, too‹), eine Platte, die das Fachblatt *Rolling Stone* als ein musikalisches Arrangement beschrieb, das sich, wie die angesehene Zeitschrift sich ausdrückte, mit ›nichts Komplizierterem‹ beschäftigte, ›als einer horizontalen Rumba‹.

Während das monotone Hämmern von Pams Lieblingstitel von den Wänden des Schlafzimmers zurückprallte, fing sie an, sich das Negligé von den Schultern zu streifen. Der Song ›Black and Blue‹ wurde von Sammy Hagar gesungen, der Pams Traummann David Lee Roth als Sänger der Gruppe abgelöst hatte. Der platte Text ließ der Phantasie nicht mehr viel Raum. Anders als Roth, den der *Rolling Stone* als einen ›Meister der sexuellen Wortspielereien und der schlüpfrigen Andeutungen‹ beschrieb, war Hagar so wenig subtil, wie man es sich nur vorstellen kann. »Wenn Hagar in seinem unverhüllt schmuddeligen Song ›Black and Blue‹ bellt ›Flutschen muß es und rutschen, dann schieb ihn rein‹, dann kann man darauf wetten, daß er wohl kaum den Wechsel des Ölfilters an seinem Wagen besingt.«

Pam war desgleichen nicht an Ölfiltern interessiert. Mit ständig sich steigernder Raserei öffnete sie einen nach dem anderen die Knöpfe ihres Negligés, während Bill mit kugelrunden Augen auf der Bettkante saß. Als der Song geendet hatte, lag das Negligé auf dem Boden. Pam und Bill kurz darauf auch.

Zweieinhalb Stunden später, als der Film längst vorbei war, beschloß Cecelia, einmal nachzusehen, was sich dort oben tat.

»Ich hoffe, ihr zwei habt noch oder schon wieder die Klamotten am Leib!« rief sie auf ihrem Weg nach oben. Das hatten sie aber nicht. Sie lagen noch immer auf dem Fußboden.

Über und über rot zog sich Cecelia wieder nach unten zurück und schaltete sich durch sämtliche Fernsehkanäle. »Oben«, sagte Bill später, »machten wir die ganze Nacht Sex. Wir trieben es auf dem Boden, im Bett – einfach überall.«

Das war Bills Einführung in die Welt des Sexus. Am nächsten Morgen, als Pam sie beide zur Schule fuhr, bekam er der Lektion zweiten Teil, eine Einführung in die Welt des blanken Zynismus.

»Die letzte Nacht war großartig«, sagte Pam, »aber so können wir nicht weitermachen.«

»Und warum nicht?« wollte Bill wissen.

»Wegen Gregg. Wenn du dich weiter mit mir treffen

willst, mußt du zuerst sehen, wie du meinen Mann los wirst.«

Es war ein Thema, das sich in den folgenden Wochen immer aufs neue wiederholen sollte. Pam und Bill nahmen jede Gelegenheit wahr, die sich bot, um Sex zu machen. Sie trieben es auf den Rücksitzen in ihrem Honda, in den Wäldern, auf dem Fußboden, im Stehen, im Liegen, in einem Campingbus, der hinter J. R.s Haus abgestellt war, sogar bei Bill zu Hause, und das manchmal selbst dann, wenn Bills Mutter hinter der geschlossenen Tür war, nur wenige Fuß entfernt. Vier- bis siebenmal am Tag, wo immer sich die Gelegenheit bot. Und praktisch jedesmal, wenn sie eine kurze Pause einlegten, um Luft zu schnappen, hämmerte Pam weiter auf Bill ein. »Du mußt Gregg loswerden«, sagte sie. »Sonst müssen wir aufhören, uns regelmäßig zu sehen.«

Warum sie denn nicht einfach nur die Scheidung einreichen könne, wollte er dann wissen.

»Weil er mich nie freigeben würde«, erwiderte sie auf solche Fragen. »Er würde mir überallhin folgen; ich wäre nie in der Lage, einen Freund zu haben. Außerdem«, fügte sie hinzu, »wenn wir uns scheiden ließen, bekäme er das Haus, die Möbel und alles andere, sogar den Hund. Ich könnte aber niemals ohne Halen leben.«

Als er sie fragte, warum sie denn ihren Ehemann nicht mehr liebe, erwiderte Pam, er habe sie einmal mißbraucht, und außerdem habe er andere Frauen.

Bill war ihr verfallen, und er wußte es. Er war süchtig nach dem von ihr so überreichlich gebotenen, genußreichen Sex, und solange es ihm gelang, sie davon abzuhalten, etwas in Sachen Gregg zu unternehmen, war er ihr gegenüber im Vorteil.

Gleichzeitig aber wußte er in seinem tiefsten Innern,

daß es so nicht für immer weitergehen konnte; er würde sie entweder aufgeben oder aber sich ihren Wünschen beugen müssen.

Die erste echte Konfrontation erfolgte im April. Kurz zuvor, im März, hatte Bill ihr versprochen, er werde sich um Gregg kümmern, aber das hatte er nicht ernstlich in dem Sinne gemeint, wie sie das verstanden haben wollte, und so hatten seine Versprechungen auch keinerlei Folgen.

Sie aber fuhr fort, auf ihn einzuwirken, bis er wußte, daß er etwas würde unternehmen müssen.

Er könne es nicht selbst machen, argumentierte er.

»Dann hol dir jemanden, der dir hilft«, konterte sie.

»Ich habe nicht mal ein Auto«, sagte er; »ich hätte also gar keine Möglichkeit, zu dem Haus zu gelangen.«

»Du kannst mein Auto benutzen«, erwiderte sie.

Bill seufzte. »In Ordnung«, sagte er.

Wie Bill später aussagte, konnte er Raymond Fowler als möglichen Mittäter gewinnen. Pam hatte ihrem minderjährigen Geliebten vorgeschlagen, er solle Fowler die Teilnahme an dem Anschlag mit dem Angebot versüßen, daß er alles aus dem Haus mitnehmen könne, was er wolle.

Der Plan war, daß Bill und Rayme Pams Auto nehmen, zum Haus fahren und dort warten sollten, bis Gregg nach Hause kam. Dann sollten die beiden ihn erledigen.

Rayme gibt zwar zu, Bill begleitet zu haben, doch er sagt, alles, was er vorgehabt habe, sei ein Raubzug gewesen, aber kein Mord.

Als Bill und Rayme am vereinbarten Treffpunkt eintrafen, war Pams Wagen wie versprochen dort. Der Zündschlüssel steckte im Schloß. Bill ließ sich hinter das Lenkrad gleiten und drehte den Zündschlüssel um. Dabei schaltete sich der Kassettenrecorder des Autoradios ein. Pam hatte eine Kassette im Recorder zurückgelassen – ausgerechnet *ihre* Kassette. Und als er da wie vom Donner gerührt saß, plärrte ihm Sammy Hagar ins Ohr:

laß es uns tun
bis daß wir schwarz und blau sind . . .

Das war zuviel für Bill; er hätte am liebsten lauthals losgeschrien. Statt dessen verdarb er den ganzen Plan. Auf seinem Weg zum Misty Morning Drive verpaßte er Straße für Straße und verirrte sich heillos. Als er dann endlich an dem Haus ankam, brannten drinnen bereits die Lichter, und er wußte, daß Gregg schon zu Hause war.

Zuerst seufzte er erleichtert auf, dann wendete er Pams Wagen, fuhr zurück und erzählte ihr, er habe sich verfahren und sei zu spät angekommen.

Sie war alles andere als begeistert. »Du liebst mich nicht!« schleuderte sie ihm entgegen, als sie in ihrem Wagen saßen und auf den Ozean hinausblickten. »Du hast dich mit Absicht verfahren. Wenn du mich lieben würdest, dann hättest du es gemacht, damit wir beide auf immer zusammensein könnten.«

Bill schluckte schwer. Er wußte, daß sie recht hatte. In der Tat hatte er bisher zum Mittel der Verzögerung gegriffen in der Hoffnung, sie werde am Ende selbst von ihren Mordabsichten Abstand nehmen. Doch jetzt begriff er, daß sie ihm keine Ruhe lassen würde, bis er endlich getan hatte, was sie von ihm verlangte.

Entmutigt kehrte er zu seinen Freunden Pete und J. R. zurück, um ihnen die Situation im einzelnen zu erläutern.

»Ich hatte das Gefühl, als müßten wir ihm helfen«, erläuterte Pete später. »Er war so aufgeregt . . . und dabei wußte ich, daß er etwas Unrechtes tun wollte.«

8

Mit dem Herannahen des kalendermäßigen Frühlings nahm der Plan, Gregg Smart zu ermorden, immer konkretere Formen an.

»Nachdem er über Wochen daran festgehalten hatte, wußte ich, daß er es ernst meinte«, berichtete Pete, als er zu der Besessenheit Billys in dieser Sache befragt wurde. »Er redete fast jeden Tag darüber, und schließlich überzeugte er mich davon, daß er entschlossen war, es zu Ende zu bringen. Ich wußte, daß es ihm ernst war und daß es für mich keine Chance gab, es ihm doch noch auszureden.«

Das mindeste, was er als Freund tun konnte, war, ihm Hilfe anzubieten, sagte Pete. Und dabei gab es dann ja vielleicht doch noch eine Möglichkeit, heil aus der Sache herauszukommen.

Ein einflußreicher Faktor, so gestand er, sei Bills Versprechen gewesen, Pam werde jedem fünfhundert Dollar zahlen, der sich an der Beseitigung ihres Mannes beteilige. Angeblich sollte diese Summe aus den Lebensversicherungen über insgesamt hundertvierzigtausend Dollar kommen, die sie nach Greggs Tod kassieren werde.

Mit im Komplott war J. R., der als Fluchtauto den Wagen seiner Großmutter und außerdem die Mordwaffe beschaffen wollte.

Schließlich wurde gegen Ende April ein Datum festgelegt. Bill erzählte seinen Freunden, daß Pam sich für den ersten Mai entschieden habe, da sie wisse, daß Gregg an diesem Abend lange werde arbeiten müssen. Zudem habe sie ein Treffen der Schulpflegschaft, und das werde hinterher ausreichend erklären, warum sie nicht zu Hause war.

Der Plan sah vor, daß Pam eine Tür für Billy und Pete offen lassen werde und daß diese dann die Wohnung verwüsten sollten, um den Eindruck zu erwecken, als sei das Verbrechen von irgendwelchen Einbrechern verübt worden.

Sie konnten aus dem Haus mitnehmen, was immer sie wollten, erinnerte Bill seinen Freund noch einmal, auch die Musik- und Videoanlagen und den Schmuck. Doch gab es drei Verbote, die sie unbedingt beachten sollten:

- Nur ja kein Licht anmachen. ›Pam sagt, Gregg sei ein echter Feigling. Wenn er sieht, daß Licht brennt, kommt er vielleicht gar nicht herein‹, erklärte Bill.
- Dem Hund darf nichts passieren. Bringt ihn in den Keller, damit er von dem Mord nichts mitbekommt. ›Sie will nicht, daß Halen ein Trauma davonträgt.‹
- Lieber einen Revolver als ein Messer benutzen, weil ein Messer zu viel Schmutz hinterläßt. ›Sie will nicht, daß die weiße Ledercouch am Ende voller Blut ist.‹

Am Nachmittag des 1. Mai stieß die Durchführung des Plans auf ein leichtes Hindernis. Als Bill und Pete sich nach der Schule bei J. R. zu Hause trafen, war das Auto seiner Großmutter nicht dort. Sie habe es ihm nicht bringen können, erzählte J. R., und deshalb müßten sie jetzt nach Haverhill fahren, um es sich dort zu holen.

Kein Problem, befand Bill und rief Pam an, damit sie kommen und sie zu J. R.s Großmutter fahren sollte.

Als Pam schließlich mit ihrem CRX kam, kletterten sie und Bill in den Fond. Da dieses Modell keine Rücksitze hatte, lehnten sie sich mit den Köpfen gegen das Dach und schoben die Füße zwischen Fahrer und Beifahrer durch. Obwohl Pam ihnen gesagt hatte, sie könnten ruhig allen Schmuck mitnehmen, den sie im Haus fanden, hatte sie doch ihre Vorkehrungen getroffen, um zu verhindern, daß die beiden auch die besseren Stücke fanden. Sie trug an jedem Finger einen Ring und einige goldene Ketten um den Hals.

J. R. fuhr, und Pete saß auf dem Beifahrersitz.

Da J. R. fuhr, als habe er einen Bleifuß, mußte Pete ihn ständig ermahnen, die Geschwindigkeit ein wenig zurückzunehmen. Das letzte, was sie brauchen konnten, war, ausgerechnet wegen Geschwindigkeitsüberschreitung angehalten zu werden; immerhin hatte Pete zu diesem Zeitpunkt schon einen Revolver im Hosenbund stecken.

Auf ihrer zwanzig Minuten dauernden Fahrt gingen sie den Plan noch einmal in allen Einzelheiten durch. Pam erinnerte die Jungen abermals an den Hund und an den Revolver, obwohl Pete ihre Ermahnungen bezüglich der Waffenwahl für verkehrt hielt. Er fürchtete, die Schußwaffe werde zu viel Lärm machen, und da es sich um einen Revolver aus dem Besitz seines Vaters handelte, sah er durchaus die Gefahr, daß man seine Spur würde zurückverfolgen können. Ihm machten etwaige Blutspuren auf der Couch weit weniger Sorgen. Als es dann schließlich ernst wurde, war er aber doch nicht in der Lage gewesen, das Messer zu benutzen, und Bill hatte den Revolver nehmen müssen.

»Und vergeßt nicht«, setzte Pam hinzu, »tragt nur solche Sachen, die ihr hinterher wegwerfen könnt, und sorgt dafür, daß eure Hände geschützt sind, damit ihr keine Fingerabdrücke zurücklaßt.«

Dann gab es noch etwas, über das es sich Klarheit zu verschaffen galt. »Wie verhalte ich mich, wenn ich nach Hause komme?« fragte sie, ohne einen der beiden dabei besonders anzusprechen.

J. R. sah Pete an, der sich in seinem Sitz umwandte, um Bill fragend anzusehen. Alle drei hoben ratlos die Schultern.

»Ich meine das ernst«, sagte Pam. »Was soll ich eurer Meinung nach tun? Soll ich schreien? Soll ich von Haus zu Haus rennen? Soll ich die Polizei anrufen?«

Wieder zuckte J. R. mit den Schultern. »Benimm dich einfach ganz normal«, schlug er vor.

Von Haverhill kehrten sie dann wieder nach Seabrook zurück, wo Pam Bill absetzte und in ihr Büro nach Hampton zurückkehrte. Bis dorthin war es nicht sehr weit.

J. R. und Pete holten Rayme und Bill ab, der noch zu Hause vorbeigefahren war, um eine Sporttasche mit den Sachen zum Umziehen, den Segeltuchschuhen und den Handschuhen zu holen. Wieder gibt Rayme zu, dabeigewesen zu sein, aber er behauptet, er sei davon ausgegangen, hier gehe es um einen Einbruch. Mit J. R. am Steuer fuhren sie nach Derry und parkten am Hood Plaza Center, das praktisch dem Polizeihauptquartier von Derry gegenüberliegt.

Während sie darauf warteten, daß es endlich dunkel wurde, kauften sie noch Klebestreifen in der nahegelegenen Drogerie und aßen eine Pizza bei *Pap Gino.*

Während die Dämmerung hereinbrach, gingen Pete und Bill hinter das Einkaufszentrum, um sich umzuziehen. Als sie dann die Straße zum Anwesen der Smarts entlanggingen, begegnete ihnen eine andere Gruppe von Müßiggängern. Bill und Pete fielen in einen leichten Trott, um sich den Anschein zu geben, als seien sie Langstreckenläufer bei einem kurzen abendlichen Training.

Sie joggten rund um den Block und näherten sich der Nummer 4E von der Rückseite her. Hingekauert in die

Schatten, die das Gebäude warf, mußten sie dann etwa zehn Minuten warten, bis in der Nachbarschaft die Bewohner eines anderen Hauses ihr Auto ausgeladen hatten und in ihre Wohnung verschwunden waren.

Kaum war die Luft rein, drangen sie durch die Kellertür ins Haus ein und nahmen den nächsten Teil ihres Planes in Angriff.

Zuerst galt es, Halen einzufangen.

Der Hund, offenbar aufgeschreckt vom unerwarteten Auftauchen zweier Fremder, bellte und knurrte. Bill jagte ihn einige Male um die Couch herum, bevor er ihn endlich zu fassen bekam und in den Keller sperren konnte.

Pete, der der Hatz amüsiert zugeschaut hatte, stieg die Treppe hinauf und ging in das Schlafzimmer, wo er den Inhalt von Pams Schmuckschatulle in einen Kopfkissenbezug schüttete, den er sich vom Bett holte. Dann ließ er noch ein paar CDs von einem Player und aus einem Regal folgen und ging wieder hinunter, um Bill zu helfen, die Schubladen im Arbeitszimmer und im Wohnzimmer zu leeren, damit die Wohnung aussah, als sei sie durchsucht worden und als hätten Einbrecher nach weiteren verborgenen Schätzen gesucht.

Um zwanzig Uhr fünfzehn gingen sie nach unten. Pete war ein wenig unglücklich mit der himmelblauen Farbe des Kopfkissenbezugs vom Bett, weil sie ihm zu hell und zu feminin erschien. Deshalb schlitzte er ein Zierkissen auf, das er auf der Couch fand, und steckte Schmuck und Disketten dort hinein. Den anderen Kissenbezug legte er weg. Dann nahmen sie ihre Positionen ein, um auf Gregg zu warten.

Ganz in der Nähe vertrieben J. R. und Rayme sich die Zeit damit, daß sie am Wagen von J. R.s Großmutter einen Ölwechsel vornahmen und Radio hörten.

Als J. R. schließlich sah, wie sich seine Freunde im Laufschritt über das freie Feld, das das Einkaufszentrum von dem Häuserkomplex trennte, näherten, ließ er den Motor an und gab Gas, um sie aufzunehmen.

Nachdem sie nach Seabrook zurückgekehrt waren, trennten sie sich wieder und gingen nach Hause, wo sie sich benahmen, als sei nicht das geringste vorgefallen.

Nach Aussage von J. R. reinigte Rayme den Revolver und gab ihn J. R. zurück, der ihn in die Kollektion seines Vaters zurück schmuggelte.

Äußerlich war alles unverändert.

Als Bill ihr später Bericht erstattete, war Pam über die Entwicklung der Dinge hocherfreut. Ihr Liebhaber und sein Freund hatten nichts im Haus zurückgelassen, das sie mit dem Mord hätte in Verbindung bringen können. Sie selbst hatte ein hieb- und stichfestes Alibi, und Zeugen hatte es keine gegeben. Die ganze Aktion hatte damit alle Merkmale eines perfekten Verbrechens, wie sie voller Stolz feststellte.

Bis auf eine Gefahr – mit der sie eigentlich hätten rechnen müssen: daß einer von ihnen am Ende den Mund nicht würde halten können.

Wie sich herausstellte, war es mehr als nur einer gewesen, der den Mund nicht halten konnte; Pam selbst sollte mehr als jeder andere dazu beitragen, ihr eigenes Schicksal zu besiegeln. Doch auf kurze Sicht gesehen, schien es in der Tat, als sollten sie unentdeckt davonkommen.

9

In den Tagen, die unmittelbar auf die Ermordung Greggs folgten, entwickelten sich die Dinge für Pam und die jugendlichen Killer fast plangemäß.

Eine der Gesellschaften, bei denen Gregg eine Lebensversicherung abgeschlossen hatte, zahlte Pam fast umgehend neunzigtausend Dollar, die sie erstaunlich schnell durchbrachte. Innerhalb eines Monats hatte sie bereits die Hälfte ausgegeben, das meiste davon für ein anderes Haus in Hampton, nicht weit von der Winnacunnet High School, sowie für Kleider und Möbel. Ironischerweise war ihre schöne weiße Ledercouch bei dem Verbrechen nun doch ruiniert worden, allerdings nicht durch Greggs Blut, wie sie es befürchtet hatte, sondern durch ein schwarzes Pulver, das die Polizei überall verstreut hatte, um irgendwo verwertbare Fingerabdrücke zu finden. Doch Greggs und Pams Hausratversicherer ersetzte sie anstandslos auf einen Antrag von Bills Vater hin.

Bezeichnenderweise erreichte J. R. und Pete nichts von Pams neu erworbenen Reichtum als Entlohnung für ihre Dienste. Das soll nicht heißen, daß sie völlig leer ausgegangen wären. Pete verhökerte den Schmuck, den er aus dem Haus hatte mitgehen lassen (wovon das meiste allerdings weitgehend wertloses Doublé war) gegen Kokain, und J. R., des Wartens auf Bezahlung müde, bekam die Lautsprecher aus Greggs Pritschenwagen, wofür er Pam gegenüber erklärte, er werde auf die Hälfte des versprochenen Lohnes verzichten. Es ist nie festgestellt worden, wieviel Geld Bill aus Greggs Brieftasche entwendete oder was damit geschah. Allerdings scheint er es nie ausgegeben zu haben.

Während des ganzen Monats Mai fuhr Pam fort, sich mit Bill zu treffen. Soweit es die beiden betrifft, hätte die Affäre in der gewohnt heißen, um nicht zu sagen geschmacklosen Weise weitergehen können.

Für die anderen – J. R., Rayme, Pete, Cecelia (die sich an dem Verbrechen zwar nicht beteiligt, aber davon gewußt hatte) – ging das Leben gleichfalls wie gewohnt seinen Weg, allerdings mit einem bedeutsamen Unterschied: sie alle teilten ein tiefes, dunkles Geheimnis. Die Wahrscheinlichkeit, daß früher oder später dem einen oder anderen ein falsches Wort entschlüpfte, war geradezu überwältigend groß. Erstaunlich war eigentlich nur, daß es so lange dauerte, bis es endlich geschah.

Das Fehlen auch nur des allergeringsten physischen Hinweises ließ die Ermittler sich auf der Suche nach einer konkreten Spur lange im Kreise drehen. Die einzige konkrete Kontaktperson, die sie zu dieser Zeit überhaupt hatten, war Pam, und deren Story war schlechterdings unangreifbar. Sie hatte an einer Tagung der Schulpflegschaft teilgenommen (was sehr leicht zu verifizieren gewesen war) und war nach Hause zurückgekehrt, um ihren Ehemann dort bereits tot vorzufinden. Der Bericht der Gerichtsmedizin stellte als exakten Zeitpunkt für den Eintritt des Todes die Zeit zwischen zwanzig Uhr dreißig und einundzwanzig Uhr am 1. Mai fest, und für Pam wäre es unmöglich gewesen, die Tagung zu verlassen, nach Derry zu fahren, ihren Mann zu erschießen und wieder zu der Tagung zurückzukehren, ohne daß man sie dort vermißt hätte. Eine Autofahrt von Derry nach Hampton dauerte immerhin zwischen dreißig und fünfundvierzig Minuten.

Und doch war es schwer, einen dringenden Verdacht gegen Pam so einfach beiseite zu schieben. Schon Stunden nach dem Mord hatte sie sich von sich aus darum bemüht, von den örtlichen Medien interviewt zu werden, damit sie auf diesem Weg Hilfe bei der Aufklärung des Verbrechens erbitten könne, wie sie sagte. Auf der FSU hatte sie den Umgang mit den Medien studiert, und im Mai 1990 demonstrierte sie nun den Erfolg dieser Ausbildung. Sie präsentierte sich als im höchsten Maße glaubwürdiges, absolut sympathisches Opfer.

Obwohl die Polizei von allem Anfang an zu neunzig Prozent davon überzeugt war, es hier *nicht* mit einem mißlungenen Einbruch zu tun zu haben, wie der erste Anschein glauben machen konnte, hatte sie doch keinerlei Anhaltspunkte, was es sonst gewesen sein könnte. Die Ermittler mögen vielleicht das Gefühl gehabt haben, Pam halte den Schlüssel zu dem ganzen Puzzle in der Hand, aber bevor sie keine Indizien hatten, konnten sie nichts weiter unternehmen.

Das heißt nun nicht, daß man Pam bei der Polizei von Derry sonderlich geschätzt hätte. Ganz offensichtlich gab man sich ihr gegenüber genauso zugeknöpft wie den Reportern gegenüber, und ihre häufigen – nicht selten wütenden – Anrufe, bei denen sie Auskunft über den Stand der Ermittlungen verlangte, trugen auch nicht gerade dazu bei, sich viele Freunde bei der Polizei zu machen. Im übrigen verhielt sie sich anderen gegenüber, die vielleicht auch in der einen oder anderen Weise mit dem Verbrechen in Berührung kommen könnten, nicht weniger aufdringlich. Nach dem Mord begann Pam eine Telefon-Kampagne und redete mit jedem, der vielleicht von den Ermittlern befragt worden sein könnte, weil sie in Erfahrung bringen wollte, was denn diese wußten, um daraus vielleicht Rückschlüsse auf den Stand der Ermittlungen ziehen zu können. Aber da die Polizei nur so wenige Anhaltspunkte hatte, gab die ganze Aktion für Pam kaum etwas her.

Und doch war es wohl von allem Anfang an unausweichlich, daß die Front, die Pam und die beiden Jugendlichen errichtet hatten, brechen würde. Mitte Mai, etwa zwei Wochen nach dem Mord, bekam die Mauer die ersten Risse.

Woher diese allerersten Anhaltspunkte kamen, ist öffentlich nie mitgeteilt worden. Doch verlautete aus Kreisen, die den Ermittlungsbehörden nahestehen, daß die ersten Hinweise anonym eingingen. Sie offenbarten noch nicht alle Einzelheiten des Komplotts, gaben jedoch erste Hinweise darauf, daß Pam irgend etwas mit dem Tod ihres Ehemannes zu tun haben könnte. Es handelte sich da wohl um Mitteilungen wie ›Nehmt euch Pam doch mal näher unter die Lupe‹ oder ›Pam erzählt euch längst nicht alles, was sie weiß‹.

Trotz dieser pikanten Leckerbissen waren die Ermittlungsbehörden noch immer nicht in der Lage, den entscheidenden Schritt vorwärts zu tun. Ganz offensichtlich wußten sie nicht einmal, daß Bill, Pete, J. R. oder Rayme überhaupt existierten, aber dafür wußten sie, daß Pam sehr eng mit Cecelia befreundet war. Im Laufe des Monats Mai verhörten sie die Freundin der Witwe mehrfach, aber sie hat immer geleugnet, daß sie diejenige gewesen sei, von der die ersten Hinweise gekommen waren. Später sollte Cecilia noch kurz eine wichtige Rolle in diesem Fall spielen.

Den ersten größeren Durchbruch konnten die Ermittlungsbehörden Anfang Juni verzeichnen, und der kam völlig unerwartet wie aus heiterem Himmel. Der Hinweis kam von Ralph Welch, dem Teenager, der in die Familie von J. R. aufgenommen worden war.

Am Samstag, dem 9. Juni, ging Ralph zu J. R. ins Zimmer, wo dieser mit Pete zusammen saß. »Stimmt das etwa, was ich da gehört habe?« fragte er. »Ihr zwei sollt was mit dem Mord zu tun haben?«

Die beiden gaben sich überrascht und leugneten sofort jegliche Verwicklung in die ganze Angelegenheit. Ralph tat, als sei er über ihr Leugnen erleichtert, und verließ das Zimmer. Doch statt in sein eigenes Zimmer zurückzugehen, schlich er auf leisen Sohlen zurück und lauschte an der Tür zu J. R.s Zimmer auf die Stimmen dort drinnen.

Zuerst vernahm er J. R.s Stimme im Flüsterton. »O Gott, jetzt haben sie Bill ans Bein gepißt, und du weißt ganz genau, wer als nächster dran ist.«

Ralph nahm diese Worte sofort als Bestätigung für die Gerüchte, und für ihn stand fest, daß dieser ›Nächste‹ sein Cousin Rayme sein werde, den Pete und J. R. im Verdacht hatten, der Urheber dieser Gerüchte zu sein. Ralph riß die Tür auf und stürmte ins Zimmer, wo er sich sofort auf Pete warf, den er kannte, seit er in die Schule gekommen war.

»Ich habe euch gehört!« schrie er. »Ich habe alles gehört! Und jetzt erzählt mir die Wahrheit!«

»Psssst!« machte J. R., »du weckst noch das ganze Haus auf.«

»Erzählt mir!« beharrte Ralph.

»Ja, ja, schon gut«, schaltete sich Pete ein. »Aber laß uns nach draußen gehen. Ich möchte nicht, daß Diane vielleicht wach wird, ins Bad geht und uns dann hier hört.«

Ralph war einverstanden. Als er und Pete dann zu mitternächtlicher Stunde draußen unter den Bäumen standen, legte Pete ihm die ganze Geschichte dar, er erklärte, was passiert war und warum. Er brauchte an die dreißig Minuten, um Ralph die Kurzfassung nahezubringen.

Als er geendet hatte, war Ralph kreidebleich im Gesicht, und in seinen Augen stand das nackte Entsetzen. »Ich kann einfach nicht glauben, daß du das gemacht hast«, sagte er, »daß du wirklich einen Menschen umgebracht hast!«

»Warum denn nicht?« erwiderte Pete. »Das ist doch genau das, was sie in der Army auch machen. Da tun sie es jeden Tag.«

»Aber du bist nicht in der Army!« widersprach Ralph. »Wie konntest du das nur tun?«

Pete grinste. »Wer weiß?« erwiderte er. »Vielleicht will ich später mal ein Profikiller werden.«

Auf Ralphs Gesicht breitete sich ein besorgter Ausdruck aus. »Du willst doch wohl nicht sagen, daß du jetzt *mich* alle machen willst?« fragte er.

»Nein«, versicherte Pete ihm. »Warum sollten wir das tun?«

Wenig später ging Pete dann Richtung eigene Wohnung zurück, und als er am nächsten Morgen bei J. R. vorbeikam, traf er ihn an der Auffahrt wieder.

»Ich will nicht, daß du weiter hierhin kommst«, empfing er ihn.

Pete war so überrascht, daß er ihn im ersten Moment nur anstarren konnte.

»Du willst mich hier nicht mehr sehen?« fragte Pete.

»Ja, genau«, sagte Ralph und ging auf seinen Freund los.

Pete packte ihn um die Taille, und dann prügelten und wälzten die beiden sich gut zehn Minuten auf der Erde, bis J. R. die beiden auseinandertrieb.

»Nun kommt schon, seid vernünftig«, sagte J. R. »So löst man nicht ein einziges Problem.«

Während Ralph ins Haus zurückging, stiegen Pete und J. R. auf J. R.s Motorrad und röhrten davon in Richtung Pams Haus, wo sie, wie sie wußten, Bill und Pam finden würden.

»Wir haben ein ernstes Problem«, sagte Pete, sobald er und J. R. drinnen waren.

Was immer Pam und die anderen dort drinnen auch geplant haben mögen, es war schon zu spät, die Katastrophe noch abzuwenden.

Während die Gruppe sich in Pams Haus traf, setzte sich Ralph mit J. R.s Vater zusammen und erklärte ihm alles, was er in den letzten zwölf Stunden erfahren hatte. Als er geendet hatte, ging Vance Lattime an den Schrank, in dem er seine Schußwaffen verwahrte, und holte den .38er Armeerevolver heraus, der bei dem Mord an Gregg benutzt worden war. Er steckte die Waffe in die Tasche, und dann holten er und Ralph den Wagen aus der Garage und fuhren zur Polizei von Seabrook, wo sie die ganze Geschichte noch einmal wiederholten und den Revolver aushändigten.

Am nächsten Tag, dem 11. Juni, einem Montag, wurden Bill, Pete und J. R. von der Polizei verhaftet, als sie gerade ein Kino verlassen wollten, wo sie *Total Recall* mit Arnold Schwarzenegger gesehen hatten. Pam wurde nicht verhaftet. Noch nicht.

10

Es kann nicht überraschen, daß die Verhaftungen für New Hampshire eine Sensation bedeuteten.

Der *Nashua Telegraph* brachte die Nachricht als Aufmacher auf der Titelseite rechts oben direkt unter dem Impressum. Die Schlagzeile lautete: DREI JUGENDLICHE IM ZUSAMMENHANG MIT DEM MORD VON DERRY VERHAFTET, und als Unterzeile war zu lesen: ›Staatsanwaltschaft wird gegen sie Anklage nach dem Jugendlichenstrafrecht wegen der Erschießung von Gregory Smart erheben.‹

Der Artikel von Steve Ericson gab dank der Nachrichtensperre des *Police Department* von Derry nicht viel mehr her als die Tatsache, daß es Verhaftungen gegeben hatte. Da Pete, Bill und J. R. noch minderjährig waren, wurden ihre Namen nicht veröffentlicht, genausowenig wie Ort, Umstände und Zeitpunkt der Verhaftungen.

›Weder die Polizei noch die Sprecherin der Staatsanwaltschaft waren bereit, Fragen nach einem Motiv für den Mord zu beantworten oder zu erklären, ob es schon früher Drohungen gegen Smart oder seine Familie gegeben hat‹, hieß es in dem Bericht. Er fuhr dann fort, daß die drei am Donnerstag in einer ›nicht öffentlichen Sitzung‹ angeklagt werden sollten.

Auch der *Union Leader* aus Manchester brachte die Nachricht in seiner Frühausgabe auf der ersten Seite, wenn auch nicht an so herausgehobener Stelle wie der *Telegraph.* Die Schlagzeile in der Zeitung aus Manchester lautete: DREI VERHAFTUNGEN IM MORDFALL GREGG SMART, und in der Unterzeile las man: ›Jugendliche des Mordes vom Mai in Derry angeklagt‹. Im übrigen war die Story, die nicht einmal besonders herausgehoben gedruckt worden war, noch weniger ergiebig als die im *Telegraph.* Immerhin meldete das Blatt in einer späteren Ausgabe, es handele sich um Jugendliche im Alter von sechzehn und siebzehn Jahren, die alle die Winnacunnet High School besuchten. Dieser Artikel wies auch darauf hin, daß Pam bei dem Schuldistrikt angestellt war, in dessen Zuständigkeit die High-School lag, welche die Jugendlichen besuchten.

Am darauffolgenden Tag berichtete der *Telegraph,* daß zwei der Jugendlichen (wer das gewesen sein soll, wurde nicht erwähnt) verhört wurden und daß die Vernehmung des dritten zurückgestellt worden sei. Er fügte als ergänzende neue Information hinzu, daß auch ein Revolver entdeckt worden sei, aber der Reporter, Ericson, hatte keine Bestätigung dafür bekommen können, daß es sich dabei um die Waffe gehandelt hatte, mit der Gregg umgebracht worden war.

Dieser Tagesbericht erwähnte auch zum erstenmal Diane Nicolosi, eine Mitarbeiterin der Generalstaatsanwaltschaft, die später noch eine herausgehobene Rolle in dem ganzen Fall spielen sollte. In diesem Artikel wurde sie allerdings nur in dem Zusammenhang erwähnt, daß sie sich weigerte, einen Kommentar zu der ganzen Sache abzugeben.

Der *Union Leader,* der als erste Zeitung eine Verbindung zwischen den Jugendlichen und der Winnacunnet High School und damit zu Pam herstellte, schlug in seiner Ausgabe vom 13. Juni erneut zu. Mit einer Story, die zwei Drittel der ersten Seite einnahm, verlangte er in einer marktschreierisch aufgemachten Titelzeile: STAATSANWALTSCHAFT WILL, DASS JUGENDLICHE WEGEN MORD VON DERRY NACH ERWACHSENENSTRAFRECHT ABGEURTEILT WERDEN! Außer der Klarstellung allerdings, daß ein Erwachsener, der des Mordes ersten Grades oder seiner Beteiligung daran überführt wird, in jedem Fall die Todesstrafe zu erwarten habe, brachte der Artikel jedoch nichts Neues.

Am 14. Juni widmete der *Union Leader* wiederum einen Großteil des obersten Drittels seiner ersten Seite dem Mord mit einer Story von Michael Cousineau und Tami Plyler. Er brachte die interessante Neuigkeit, daß zusätzlich zu den drei bereits in Haft Befindlichen ein weiterer Jugendlicher verhaftet werden sollte. Obwohl auch dieser Artikel noch immer nicht die Namen Bill, J. R. oder Pete erwähnte, brachte er doch bereits deren Bilder: daumennagelgroße Porträts unter der Generalüberschrift VERHÖRT. Im Begleittext hieß es lapidar: ›Diese drei Jugendlichen aus Seabrook wurden diese Woche im Zusammenhang mit dem Mord von Derry vernommen.‹ Noch interessanter war wohl die Tatsache, daß dem Artikel auch ein Foto von Pam beigegeben war, wenn auch erst auf einer Innenseite. Auch dabei handelte es sich um ein daumennagelgroßes Porträt, und es trug als Bildunterschrift lediglich ihren Namen mit dem Zusatz: ›Die Witwe des Opfers.‹

Nach allem, was sich später herausstellte, kann es keinem Zweifel unterliegen, daß diese Entwicklungen auf Pam eine durchschlagende Wirkung hatten. An dem Tag, als der *Union Leader* die Bilder von Bill, Pete und J. R. – und Pam – veröffentlichte, gab Pam sie eine persönliche Erklärung heraus. ›Ich wollte, ich hätte Anlaß, darüber glücklich zu sein, daß es endlich wenigstens mal eine Verhaftung gegeben hat‹, hieß es darin, ›aber ich habe nicht genügend eigene Informationen, um sicher sagen zu können, ob die Festgenommenen wirklich schuldig sind.‹

Mit einem hatte sie recht: Sie hatte nicht genügend Informationen. Da die Polizei sich weigerte, Einzelheiten mit ihr zu besprechen, stürzte sie sich in eine neuerliche Telefonaktion und rief praktisch jeden an, der auch nur die kleinste Verbindung zu den Ermittlungsbehörden hatte, um dort nach Details zu forschen. Sie erreichte indes nichts.

Hätte sie jedoch Kenntnis von einem anderen Vorfall erhalten, der sich am selben Tag zutrug, wäre sie sicher in Panik ausgebrochen.

Etwa zu der Zeit, als Pam mit den einzelnen Presseorganen telefonierte, redete auch ihre bis dahin stets loyale Intimfreundin Cecelia – und zwar mit der Polizei.

Seit Wochen schon stand sie unter erheblichem Druck – von der Polizei, von Pam, ihren Eltern –, und jetzt war

Cecelia, aus welchen Gründen auch immer, zu dem Schluß gekommen, sie habe jetzt genug von dem Versteckspiel. Sie bat um eine Unterredung mit dem Polizeichef von Derry, Captain Loring Jackson, und redete sich von der Seele, was sie bedrückte. Entscheidender aber war, daß sie zustimmte, der Polizei zu helfen, ihre Freundin und Mentorin zu überführen. Als Jackson sie fragte, ob sie bereit sei, in Zukunft Gespräche mit Pam aufzuzeichnen, erklärte sich Cecelia ohne große Umschweife einverstanden. Die Probe aufs Exempel erfolgte schon fünf Tage später, am 19. Juni. An diesem Tag telefonierte Cecelia zweimal mit Pam. Beide Telefonate wurden von den Ermittlungsbehörden aufgezeichnet.

Die von der Polizei in Derry verwendete Technik war unglaublich primitiv, und die so gewonnenen Tonbänder mußten zuerst elektronisch entzerrt werden, um sie wenigstens einigermaßen deutlich verstehen zu können. Doch was sie dann enthüllten, war bemerkenswert, sowohl hinsichtlich der Unverfrorenheit wie auch bezüglich der Entwicklung von Pams Gedankengängen. Später wurden die Ermittler dann mutiger und gingen noch einen Schritt weiter, wodurch sie ihre Informantin auch einem erhöhten Risiko aussetzten. Sie versahen Cecelia mit einem Körpermikrofon und schickten sie los, damit sie sich mit Pam von Angesicht zu Angesicht unterhielt. Doch die Bänder vom 19. Juni behielten weiter ihre herausragende Bedeutung.

Das erste Band begann mit einem Telefongespräch, das Cecelia mit Pam an jenem Donnerstag um fünf Minuten vor drei Uhr in deren Büro führte.

Cecelia kam gleich zur Sache und berichtete Pam, daß Kripobeamte aus Derry über ihr Autotelefon Kontakt mit ihr aufgenommen hätten, um ihr zu sagen, daß sie unterwegs zu ihr seien, um sie noch einmal zu vernehmen.

»Ich weiß nicht, was ich tun soll«, gestand Cecelia.

Pam gab sich blasiert. »Antworte einfach auf ihre Fragen«, sagte sie.

»Und was ist, wenn sie mich wieder über dich und Bill ausfragen – ob ihr was miteinander habt und so? Soll ich dann wieder sagen, da sei nichts gewesen?« wollte Cecelia wissen.

»Nun, da war nichts.«

»Nicht?« fragte Cecelia, unsicher geworden.

»Beantworte nur einfach ihre Fragen, und damit hat sich's, verstehst du?« sagte Pam.

»In Ordnung«, erwiderte Cecelia zustimmend.

»Du weißt«, fuhr Pam fort, »daß du nicht verpflichtet bist, Fragen zu beantworten, die ... also – Fragen hinsichtlich deiner Meinung brauchst du nicht zu beantworten. Du verstehst? Fragen wie etwa ›Was hältst du von Bill?‹ oder so ähnlich.«

»Verstehe«, bestätigte Cecelia.

»Du bist nicht verpflichtet, solche Fragen zu beantworten, weil man von dir nur verlangen kann, konkrete Fragen nach konkreten Tatsachen zu beantworten.«

Pam erläuterte dann noch lang und breit ihre Ratschläge, die immer wieder darauf hinausliefen, Cecelia solle alle Fragen der Polizei nach ihrer persönlichen Meinung abblocken.

In dem Versuch, sich ein wenig deutlicher auszudrücken, fügte Cecelia hinzu, daß sie noch immer von Reportern angerufen werde. Sie erzählte, Zeitungsleute speziell von der *Eagle Tribune* hätten ihre Spur bis zu ihrer Arbeitsstelle verfolgt, wo sie auch die Arbeiter nach ihr und ihren Klassenkameraden ausgefragt hätten.

»Aber schau mal«, sagte Pam darauf, »da geht es ja nur um *Meinungen* (der Arbeiter). Verstehst du, was ich meine?«

»Schon«, erwiderte Cecelia zögernd.

Pam hatte eine neue Idee. »Ist deine Mama zu Hause?«

Cecelia verneinte.

Genau darauf schien Pam gehofft zu haben. »Ich weiß nicht, ob ich an deiner Stelle *überhaupt* auf Fragen antworten würde, solange meine Mutter nicht dabei wäre«, sagte sie. »Wenn sie (die Kripo-Beamten) dich einzuschüchtern versuchen, dann sagst du ihnen am besten einfach, du würdest jetzt so lange keine Fragen mehr beantworten, bis deine Mutter wieder da ist.«

»Okay«, erwiderte Cecelia ironisch. Dann wechselten sie das Thema. »Übrigens habe ich Ralph gestern auf der Straße gesehen.«

»Ach! Und was hat er gesagt?« fragte Pam.

»Ich habe ihn doch nur kurz im Vorbeifahren gesehen«, erwiderte Cecelia, »aber mir scheint, er läuft überall rum und erzählt eine ganze Menge dummes Zeug.«

»Was denn zum Beispiel?« wollte Pam wissen, deren Neugier sofort geweckt war.

»Daß du den Jungs tausend Dollar gezahlt haben sollst, wenn auch nicht auf einen Schlag. Ich glaube, er erzählt den Leuten, daß du ihnen tausend Dollar in Raten gezahlt hast.«

»Ich habe niemandem auch nur einen Cent gezahlt«, sagte Pam unwirsch. »Das ist alles so gemein! Das habe ich nämlich nicht getan!« Damit hatte sie durchaus recht. Sie hatte ihnen durch Bill Geld *versprochen*, aber in Wirklichkeit haben die Burschen nie etwas davon gesehen.

»Und Raymond rennt rum und erzählt dasselbe; er sagt allen Leuten, du hättest ihnen Geld gegeben, damit sie Gregg umbringen, aber . . .«

»Also, Raymond irrt sich ebenfalls«, unterbrach Pam sie.

Cecelia fragte Pam dann, ob sie mit Bill oder seiner Mutter gesprochen habe, und Pam verneinte. »Soweit ich weiß, sagt seine Mutter, daß Bill gar nichts zugibt. Und selbst wenn er es täte, würde er nur eingestehen, daß er... nun ja, daß er das und all die anderen Sachen gemacht hat – du weißt schon – und sonst nichts.«

»Ja, ja«, stimmte Cecelia zu. Sie entschloß sich, ein wenig energischer vorzugehen, um Pam zu veranlassen, sich selbst zu beschuldigen.

»Die einzige Frage, die sie (die Kriminalbeamten) wegen dir hatten, war, daß sie von mir wissen wollten, ob ich mir vorstellen könnte, daß du etwas von der Sache gewußt hast, noch bevor es passierte. Und da habe ich gelogen. Ich habe nein gesagt.«

Pam ging nicht in die Falle. »Richtig«, sagte sie, »ich habe vorher nichts gewußt.«

»Ich weiß«, erwiderte Cecelia, »aber hör mal, wenn sie herausfinden, daß ich für dich gelogen habe, dann beschuldigt man mich doch bestimmt, ich hätte...«

Wieder unterbrach Pam sie. »Du lügst doch auch gar nicht für mich. Du hast in keiner Beziehung die Unwahrheit gesagt. Du weißt gar nichts. Wo zum Teufel ist also das Problem?«

»Okay«, sagte Cecelia kleinlaut.

»Ich meine, wenn dir jemand sagt, du lügst, und wenn du dann behauptest, du sagst die Wahrheit, dann steht dein Wort gegen das des anderen, und damit hat es sich.«

»Okay.«

»Wenn sie dich fragen, ob du dich einem Test mit einem Lügendetektor unterziehen würdest, was ich mir aber gar nicht vorstellen kann, dann sagst du einfach, du würdest dich vorher mit einem Anwalt beraten wollen, und jeder Anwalt wird dir garantiert davon abraten.«

Die nächsten paar Minuten wurde Pam sehr weitschweifig und sprang von einem Thema zum nächsten. Sprach sie in der einen Minute von dem Orangensaft-Handel, den sie angefangen hatte, redete sie gleich darauf schon wieder von dem WMUR-Journalisten Bill

Spencer, der versuchte, eine Kopie des Videos in die Finger zu bekommen; und gleich anschließend redete sie über Ralph und Raymond.

»Woher sollten Ralph und Raymond etwas wissen?« fragte Pam. »Vielleicht hat einer behauptet, sie wüßten was oder so. Du verstehst, was ich meine? Man wird doch nicht wegen Mordes verurteilt, nur weil einer *meint*, man sei schuldig.«

»Ich weiß.« Cecelia seufzte. »Die ganze Sache ist so verrückt. Ich wünschte mir, ihr zwei hättet euch statt dessen einfach nur scheiden lassen.«

»Du wünschst dir – was?« fragte Pam.

»Daß ihr zwei euch statt dessen einfach nur hättet scheiden lassen. Damit wäre alles so einfach gewesen.«

»Nun ja, wie auch immer«, sagte Pam nachdenklich. »Also gut, wir reden später noch mal darüber, denke ich.«

In der nächsten Unterhaltung, fast zwei Stunden später, erzählte Pam Cecelia zuerst einmal ausführlich, wie leid es ihr tue, ihr so viele Unannehmlichkeiten zu verursachen, vor allem, weil sie die Ursache dafür war, daß sich die ganze Journalistenmeute jetzt auf ihre, Cecelias, Fährte gesetzt habe. Aber wenn die Presseleute erst begriffen haben würden, daß sie, Cecelia, gar nichts wisse, würden sie sie schon wieder in Ruhe lassen, versprach Pam ihr. Und dasselbe gelte auf jeden Fall auch für die Polizei.

Für eine Frau, die eine Karriere als Rundfunk-Journalistin im Auge gehabt hatte, erwies sie sich auf diesem Band als bemerkenswert unpräzise in ihrer Ausdrucksweise, und nach praktisch jedem Satz oder neuen Gedanken fügte sie Zusätze ein wie ›verstehst du‹ oder ›weißt du‹ oder ›du weißt, was ich meine‹. Oft wechselte sie mitten im Satz das Thema, so daß es mitunter ausgesprochen schwer war, ihren Gedankensprüngen zu folgen. Beispielsweise versuchte sie in der folgenden Passage ganz offenkundig, Cecelia zu beruhigen:

»Sie werden dich auch wieder in Ruhe lassen, du weißt, was ich meine. Das gehört zu ihrem Job, und das ist genauso, weißt du, als wenn ... ich weiß auch nicht, was die Kerle sagen werden. Ich bezweifle, weißt du, wie Mrs. Flynn gesagt hat, daß da keiner irgendwas zugibt, und daß sie alle nur einfach da rumsitzen und sagen, so hätten sie es nicht gemeint, und deshalb meine ich, ich bin sicher, daß die Polizei sagen wird, J. R. und Pete hätten behauptet, du hättest es getan, du weißt, was ich meine, oder sonstwas, verstehst du, und dann werden sie versuchen, von jedem ein Geständnis zu bekommen, aber das hat mit dir nichts zu tun, du bist ja nicht angeklagt, du weißt, was ich meine?«

Cecelia wußte ganz eindeutig *nicht,* was sie meinte, aber sie hatte eine probate Antwort parat: »Klar!«

»Sie stehen vor Gericht«, fuhr Pam fort, »und damit basta. Deswegen, weißt du, beantwortest du nur ihre Fragen und Schluß. Sie werden weiter bohren und versuchen, dich zum Reden zu bringen und zu gestehen, sie werden sagen ›Wir wissen, daß Sie mehr wissen‹ und solche Sachen, weißt du, um dich nervös zu machen, aber alles, was du tun mußt, ist, bei deiner Geschichte zu bleiben, weißt du, du weißt von nichts, und damit basta, du weißt. Und wenn man dich fragt, wo du in dieser Nacht gewesen bist, sagst du einfach die Wahrheit, weißt du, damit sie gar nicht erst mißtrauisch werden und sich zu fragen anfangen, wo du gewesen sein könntest und so weiter, weißt du. Aber antworte nur einfach auf ihre Fragen und biete gar keine ergänzenden Informationen an, du verstehst?«

Sie versuchte auch, Cecelias Befürchtungen, sie könne

verhaftet und der Beteiligung an dem Mord beschuldigt werden, zu dämpfen, und ermutigte sie, indem sie ihr erzählte, falls man sie verhaften wolle, hätte man das längst schon getan. Aber es war nicht allzu schwer zu merken, daß es *Pam* war, die sich echte Sorgen machte. Allerdings schien sie zu jenem Zeitpunkt noch eher wegen ihrer Affäre mit Billy in Sorge als wegen einer möglichen Verwicklung in den Mordfall.

»Das ist doch verrückt«, sagte sie im Zusammenhang mit den Gerüchten, sie habe ein intimes Verhältnis mit Bill. »Warum sollte ich, warum sollte eine zweiundzwanzigjährige Frau wie ich eine Affäre mit einem sechzehnjährigen High-School-Studenten haben? Das ist doch einfach lächerlich.«

Sie fuhr noch ungefähr eine Minute fort, von einem Thema zum nächsten zu springen wie eine Billardkugel, bevor sie dann wieder auf ihr eigentliches Anliegen zurückkam.

»Siehst du, Bill hat viel Zeit mit mir verbracht. Da könnten die Leute schon gedacht haben, er sei in mich verliebt oder etwas in dieser Richtung. Aber das ist weiter nichts als die Meinung der Leute, du verstehst, was ich meine? Man kann den Umstand, daß jemand in einen anderen verliebt ist, ja nicht irgendwie dokumentarisch beweisen.«

Schließlich seufzte sie noch in totaler Frustration. »Ich habe langsam das Gefühl, ich bin die einzige Person weit und breit, an die die Polizei keine Fragen hat, weißt du.«

11

Es war fast ein weiterer Monat vergangen, als die Ermittlungsbehörden eine weitere Tonbandaufzeichnung von einem Gespräch zwischen Pam und Cecelia machten. Während dieser vier Wochen wurde der Ring um Pam immer enger gezogen, wie die Polizeiberichte ausweisen. Die Ungewißheit, ob und wenn ja, was Pete, J. R. und Bill vor den Schranken des Gerichts aussagen würden, war schon schlimm genug; nicht weniger frustrierend aber war die Tatsache, daß Pam nicht die geringste Ahnung vom Fortgang der Ermittlungen hatte. Mehr noch, die küstennahen Ortschaften schwappten über von Gerüchten und Gerede, und sogar ihre beste Freundin schien sich gegen sie zu stellen. Als Cecelia am 12. Juli, einem tristen, verregneten Donnerstag, völlig unerwartet in Pams Büro erschien, traf sie ihre Freundin dort in ausgesprochen schlechter Laune an.

»Ich wollte dich gerade anrufen«, sagte Pam. »Ich habe nämlich gestern deinen Ex-Freund getroffen.«

»Ach ja?« erwiderte Cecelia unverbindlich.

»Er hat mir erzählt, du würdest überall rumerzählen, ich hätte Gregg ermordet«, sagte Pam anklagend.

Das hatte Cecelia nicht erwartet. Aber sie entschied sich, es durchzustehen.

»So – hat er?«

»Ich konnte einfach nicht glauben, daß du so was sagen würdest. Daß ich ihn selbst umgebracht habe. Daß ich ihn erschossen haben soll!«

»Das habe ich auch nicht gesagt«, versicherte Cecelia ihr.

»Ich hab' mir schon gedacht, daß er sich die Geschichte

aus den Fingern gesogen hat«, sagte Pam und beruhigte sich langsam wieder. »Umarme mich«, verlangte sie. »Ich habe dich so lange nicht gesehen. Ich habe dich schrecklich vermißt.«

Cecelia spürte einen Augenblick lang Panik in sich aufsteigen. Was, wenn Pam das Mikrofon spürte? Aber es gab wohl keine andere Möglichkeit. Also umarmte sie ihre Freundin kurz und ging dann gleich in die Offensive.

Sie habe ihren Exfreund ebenfalls getroffen, erzählte sie. Und der habe ihr erklärt, sie, Pam, halte überall nach ihr Ausschau mit einem Messer in der Hand, das ihr Pam angeblich zwischen die Rippen stoßen wolle.

»*Was*?« rief die überraschte Pam.

»Kein Quatsch«, sagte Cecelia.

Pam ließ sich nicht ablenken. Cecelias einstige Flamme, sagte sie, behauptete, daß Cecelia Gerüchte verbreite, Pam habe ›einen Burschen‹ umgebracht. Jedenfalls hatte er nicht ›Gregg‹ gesagt oder ›ihren Ehemann‹.

»Er sagte ›einen Burschen‹, worauf ich sagte ›was meinst du damit?‹ Da sagte er: ›Sie läuft überall rum und erzählt allen Leuten, du hättest *einen Burschen* ermordet‹. Von Bill oder sonst jemandem hat er nichts erwähnt, und deswegen dachte ich mir, er habe sich die Geschichte aus den Fingern gesogen.«

Auf jeden Fall aber, setzte Pam hinzu, sei sie glücklich, daß Cecelia vorbeigekommen sei. »Ich möchte mit dir reden«, sagte sie. »Mein Anwalt sagte mir nämlich, eines Tages würden sie sich womöglich an dich heranmachen, und deswegen solltest du mal bei mir vorbeikommen und mit mir reden.«

Cecelias Puls beschleunigte sich wieder. »Ich habe bisher nicht mal mit der Polizei geredet«, sagte sie und hoffte inständig, sie klinge glaubwürdig. In dem Bemühen, das Thema zu wechseln, erzählte sie jetzt, sie habe Bills Bruder gesehen und der habe gar nicht besorgt gewirkt angesichts der zu erwartenden Anklage wegen Mordes.

»Was geht da eigentlich vor?« fragte Pam. »Weil Ralph...«

»Ralph erzählt die ganze Geschichte überall in der Stadt herum«, unterbrach Cecelia sie.

»Aber Ralph *weiß* gar nichts«, setzte Pam hinzu.

Cecelia hob die Schultern. »Ralph weiß, was er gehört hat.«

Pam erzählte nun, ein Reporter habe sie angesprochen und ihr gesagt, Ralph erzähle überall, sie und Bill hätten eine Affäre miteinander. »Aber das, was Ralph gehört hat, reicht ja wohl nicht, um mich zu verhaften«, schloß sie, und es klang eher wie eine Frage denn wie eine Feststellung.

»Richtig«, bekräftigte Cecelia.

»Und schließlich weiß jeder, daß Bill hoffnungslos in mich verliebt gewesen sein könnte und der ganzen Winnacunnet High School erzählt haben könnte, er hätte eine Affäre mit mir.« Und nur, daß Ralph irgendwas gehört habe, fügte sie hinzu, hieße ja noch nicht, daß es auch stimmen müsse. »Wenn die Polizei das nämlich glauben würde, würde ich auf der Stelle verhaftet werden, und also glaubt die Polizei es nicht.«

Cecelia berichtete, eine Reporterin der *News* in Derry sei schon dreimal bei ihr zu Hause gewesen und habe versucht, sie zu bewegen, über Pam und Bill zu reden. Aber, fügte sie hinzu, die Reporterin sei von Pams Unschuld überzeugt gewesen, »und deshalb mach dir wegen der mal keine Gedanken.«

»Oh, wegen *der* mache ich mir auch gar keine Sorgen«, rief Pam auf der Stelle. »Ich mache mir wegen nichts und niemand Sorgen außer wegen der Polizei. Ich meine, falls Pete oder J. R. oder Bill sagen, ich hätte es getan.«

»Richtig«, pflichtete Cecelia ihr bei.

»Richtig«, ergänzte Pam. »Dann könnten sie mich einsperren.«

»Ja, schon.«

»Und dann will ich dir auch gleich was sagen. Wenn ich ins Gefängnis komme, dann sollst du wissen, daß ich dich mit keinem Wort erwähnen werde. Niemals. Du hattest mit nichts was zu tun, und selbst wenn sie ein Telefongespräch zwischen mir und Bill aufgezeichnet hätten, dann müßte ich allerdings zugeben, daß ich eine Affäre mit Bill hatte. Aber zugeben würde ich das nie. Die Tatsache, daß ich ihn gefragt habe ... daß ich ihm gesagt habe, ich hätte sie angeheuert, weil ich ihnen nie Geld gezahlt habe. Ich habe sie nie angeheuert.«

Cecelia spürte, wie ihr die Knie nachgeben wollten. »Ich weiß ja, daß du das nicht gemacht hast, aber ...«

»Das ist der Punkt«, unterbrach Pam sie. »Ich hab' sie, verdammt noch mal, nie bezahlt. Irgend jemand sagte mir, ich hätte J. R. eine Stereoanlage mit Zubehör gegeben, aber das stimmt gar nicht.«

Pam machte unmißverständlich deutlich, daß sich nach ihrem Verständnis die ganze Welt gegen sie verschworen habe. »Ich weiß nur eins, daß ich nämlich nie wieder darüber reden werde, weil ich mir denke, daß mein Telefon vielleicht angezapft wird oder so was. Und es ist nun mal so, daß ich nicht weiß, was Ralph weiß, denn ich weiß ja nicht, was sie ihm erzählt haben.«

»Oder was er gehört hat.«

»Richtig. Aber sag mal, haßt mich eigentlich dieses ganze scheißverdammte Seabrook so sehr?«

»Nun«, erwiderte Cecelia in dem Versuch, taktvoll zu bleiben, »wenn ich du wäre, würde ich da nicht mit dem Auto durchfahren.«

»Da bin ich erst gestern noch durchgefahren«, erwiderte Pam und runzelte die Stirn. »Erzähl mir, wie die Stimmung in der Stadt ist«, sagte sie. »Was denken die

Leute so zum Beispiel? Denken sie vielleicht, diese Pam ist eine Hexe?«

Cecelia lachte. Allgemein herrsche das Gefühl vor, erzählte sie, daß Pam den Mord an Gregg organisiert habe. Die Leute fragten sich, warum sonst wohl Bill, Pete und J. R. das hätten tun sollen?

»Selbst wenn ich jemanden fragen würde, ob er für mich einen anderen umbringt, müßte er doch ganz schön bescheuert sein, wenn er es auch täte.«

»Soweit ich das übersehen kann«, warf Cecelia ein, »hat Bill es aus Liebe zu dir getan. Ich meine, du hast ihn dafür nicht bezahlt, nicht wahr?«

»Genau«, erwiderte Pam. »Ich habe niemanden dafür bezahlt.«

»Hast du ihn wirklich nicht bezahlt?« drängte Cecelia.

»Nein«, erwiderte Pam. »Und darauf kommt es an. Aber ich meine, wieso sollen die anderen es getan haben? Das macht doch vor Gericht überhaupt keinen Sinn, findest du nicht?«

Ein Anzeichen dafür, unter welcher Spannung Pam stand, war ihre Sorge – eine Besorgnis, die schon an Manie grenzte –, was wohl die Leute von ihr denken und sagen mochten.

»Ich wüßte gern, ob mich jeder in Winnacunnet haßt. Oder ob sie mich nicht doch vielleicht bedauern. Kann denn wirklich jeder davon überzeugt sein, ich sei schuldig?«

»Ich glaube nicht, daß überhaupt jemand weiß, was er davon denken soll«, erwiderte Cecelia in dem Versuch, sie ein wenig aufzuheitern.

»Ob wohl jemand Mitleid mit mir hat?« fuhr Pam fort. »Fragt denn niemand etwa ›Wie konnten sie nur ihren

Mann umbringen?‹ Oder ist es etwa so, daß jeder glaubt, ich hätte etwas mit dem Mord zu tun?«

Cecelia berichtete, man habe ihr ›schon fünfmal‹ erzählt, Pam sei verhaftet worden.

»Das habe ich auch schon x-mal gehört«, sagte Pam. »Aber das stimmt ja wohl ganz offensichtlich nicht. Die Polizei hat mich ja noch nicht einmal vernommen.« Es klang schon fast bedaudernd, als sei sie die einzige in der Klasse, von der kein Foto gemacht werde.

Trotz des weiterhin ausbleibenden offiziellen Interesses der Ermittlungsbehörden an ihr gestand Pam, daß sie das Gefühl habe, als benötige sie rechtlichen Beistand. Deswegen hatte sie auch ›die besten Winkeladvokaten weit und breit‹ angeheuert.

Cecelia war überrascht. »Hast du wirklich?« fragte sie.

»Aber ja doch«, bekräftigte Pam. »Nur sind die so verdammt scheiß-teuer. Aber was soll ich machen?«

»Offenbar kannst du es dir aber leisten«, meinte Cecelia.

»Nein, das kann ich verdammt noch mal eben nicht! Aber brauche ich sie etwa nicht – du verstehst?«

Teil ihrer ständig sich steigernden Wahnvorstellungen war auch Pams wachsende Sorge, Cecelia könne zur Polizei gehen. Um sicher zu sein, daß sie dies nicht tun werde, hielt Pam es für erforderlich, die Probleme offen anzusprechen, denen sich ihre Freundin gegenübersehen könnte. Als Cecelia ihr erzählte, daß ein Ermittlungsbeamter von der Generalstaatsanwaltschaft – der nach der in New Hampshire geltenden Gesetzeslage das Recht hat, Mord im ganzen Staat zu verfolgen – zu ihr kommen werde, um sie zu vernehmen, nutzte Pam diese Eröffnung, um ihrer Freundin angst und bange zu machen.

»Ich möchte, daß du das ein für allemal weißt und es nie wieder vergißt, okay?«

Cecelia nickte.

»In New Hampshire«, erläuterte Pam ihr, »giltst du nicht als Mitschuldige an einem Mord, wenn du erst *hinterher* von diesem Mord erfährst. Du giltst nur dann als Mitschuldige, wenn du schon davon wußtest, *bevor* es passierte . . .«

»Richtig . . .«

»Und wenn du an der Planung und Ausführung beteiligt warst. Okay?«

»Richtig«, sagte Cecelia.

»Deswegen hat nämlich Raymond gesagt, er habe vorher nichts davon gewußt«, schloß Pam.

»Daß er nicht an der Planung beteiligt war?«

»Richtig«, bekräftigte Pam. »Andernfalls wäre er auf der Stelle verhaftet worden.« (Er wurde auch in der Tat später wegen Beteiligung an dem Mord unter Anklage gestellt.)

»Wenn du also erst hinterher davon erfährst, bist du keine Tatbeteiligte«, wiederholte Pam.

»Falls dir also die Polizei erzählen will, daß wenn du gestehst . . .«

»Ja – was dann?« unterbrach Cecelia.

Pam seufzte abgrundtief auf. »Du gestehst einfach überhaupt nichts, okay?«

»Alles klar«, versicherte Cecelia ihr.

Was irgendein Ermittlungsbeamter ihr erzählen würde, um sie unter Druck zu setzen, sei nicht wahr, versicherte ihr Pam. »Sie *würden* dich, verdammt noch mal, verhaften und du *würdest* als Tatbeteiligte gelten.«

Cecelia nickte.

»Genau so würde es sein«, bohrte Pam weiter. »Ganz egal, was sie dir sonst noch für einen Kuhhandel vorschlagen würden.«

Unsicher geworden, wie sie reagieren sollte, lachte Cecelia leise auf.

»Das ist mir sehr ernst«, erinnerte Pam sie. »Vergiß nicht (was ich dir gesagt habe), denn mein Anwalt hat mir so dies und das genau erläutert. Wenn J. R. sich erst mal dazu durchringt zu sagen: ›Wenn ich schon in den Knast muß, mein lieber Raymond, dann du aber auch‹ und (er dann sagt,) daß Raymond Bescheid gewußt habe, dann wird Raymond eingesperrt. Selbst als Kronzeuge würde er immer noch als Tatbeteiligter in Untersuchungshaft genommen.«

»Ich hoffe, sie haben ihn schon festgenommen«, fügte Cecelia hinzu. »Wenn die anderen schuldig gesprochen werden, dann hoffe ich, Raymond geht mit ihnen zusammen in den Knast. Er hätte es verdient.«

»Weiß Gott«, seufzte Pam.

Die Unterhaltung schweifte zeitweilig ab, als Cecelia und Pam darüber redeten, inwieweit Raymond und Ralph in die Sache verwickelt waren, doch brachte Pam das Gespräch schon bald wieder auf Cecelias Situation zurück.

»Ich sage dir ja auch nur«, unterstrich Pam noch einmal im dem erkennbaren Versuch, sich der Loyalität ihrer Freundin zu vergewissern, »daß du als Tatbeteiligte eines Mordes gelten würdest, wenn du die Wahrheit sagst.«

»Richtig«, wiederholte Cecelia.

»Du hast also die Wahl«, erwiderte Pam. »Nicht nur (würdest du angeklagt), aber was würde deine Familie denken? Sie würden doch sagen, ›Cecelia, du hast davon gewußt‹, du verstehst?«

»Ja.«

»Jeder in der Stadt würde sich dann anstellen wie –

ach Mist, du weißt schon, Cecelia... Wenn ich also du wäre... Wenn du erst einmal nein gesagt hast, lassen sie dich doch in Ruhe. Hast du (aber) erst einmal ja gesagt, lassen sie dir nie mehr deine Ruhe.«

12

Als Cecelia spürte, wie die Unterhaltung erneut ins Unverbindliche abzudriften drohte, bemühte sie sich, wieder auf Greggs Ermordung zu kommen.

»Wenn du gewußt hättest, was kommt, hättest du dich dann nicht doch lieber von Gregg scheiden lassen?« fragte sie Pam.

»Nun, ich weiß nicht«, sagte Pam unentschlossen. »Es ist doch alles prima gelaufen, bis dieser mißratene Ralph...«

»Echt Scheiße«, unterbrach Cecelia sie, bevor Pam ihren Gedankengang vollenden konnte.

»Das ist ihr (eigener) beschissener Fehler«, sagte Pam und versuchte, den Faden wiederzufinden. »Sie haben es Ralph erzählt.«

»Ich kann nicht glauben, daß sie Ralph alles erzählt haben«, sagte Cecelia und lächelte mitfühlend. »Jetzt sind sie im Gefängnis, und jedesmal, wenn ich Mötley Crüe höre, denke ich an Bill.«

»Ja, mir geht es genauso«, pflichtete Pam ihr bei. »Erzähl mal.«

Cecelia wollte wissen, wann sie mal wieder einen ›Zug durch die Discos‹ unternehmen würden, und das brachte das Gespräch wieder auf Cecelias Exfreund, den Burschen, der ihr erzählt hatte, Pam suche sie, um sie umzubringen.

»Mir ist nicht nach Clubs und Discos«, sagte Pam, die sich nach und nach wieder in echtes Selbstmitleid hineinsteigerte. »Was, zum Teufel, soll das schon! Ich bin mal ausgegangen, weil jeder Arsch mir eingeredet hat, ich müßte mal wieder ausgehen. Von wegen ein bißchen Zerstreuung! Ich hab' doch verdammt noch mal nichts gemacht. Ich hocke mutterseelenallein zu Hause rum und« – ein Seufzen – »weiß nicht, was ich mit mir anfangen soll. Weißt du, was ich meine? Ich fühle mich wie ein Stück Scheiße. Aber das ist nicht meine Schuld.«

Cecelia gab ihr recht, daß ihr Exfreund nicht gerade ein netter Mensch sei.

»Ja«, stimmte Pam zu. »Dieses alte Arschloch! Er hat mir erzählt, daß du zu ihm gekommen wärest und eine Scheiß-Behauptung aufgestellt hast . . . aber wen interessiert das auch nur einen feuchten Kehricht? Er fühlt sich scheinbar als Detektiv, weißt du?«

Cecelia sagte, er habe ihr erzählt, daß Pam nach ihr suche und mit ›einem Rambo-Messer‹ bewaffnet sei.

»Das ist alles so bescheuert.« Pam lachte. »Warum sollte ich ihm das wohl zeigen?« Und dann fügte sie mit Worten, die einmal auf sie zurückfallen sollten, hinzu: »Offenbar weißt du, daß ich dich nie umbringen würde.«

Die Unterhaltungen zwischen Pam und Cecelia folgten nicht unbedingt einem logischen Ablauf. Die Gespräche liefen mal in diese, mal in eine andere Richtung, sie beschäftigten sich mit den unterschiedlichsten Themen und Personen, und worum sich auch die Diskussion gerade drehen mochte, es bestand immer die Wahrscheinlichkeit, daß schon im nächsten Augenblick über etwas anderes geredet wurde. So brachte Pam auf einmal ohne jeden erkennbaren Anlaß auch wieder den Lügendetektor ins Spiel.

»Wenn sie dich fragen, ob du dich einem Test mit einem Lügendetektor unterziehen willst, dann versuch einfach, mit den Fragen richtig umzugehen«, riet sie ihr.

»Ja, ich werde genau das tun, was du mir geraten hast, und die Fragen einfach umdrehen«, erwiderte Cecelia.

»Ich würde es überhaupt ablehnen, wenn ich du wäre«, schlug Pam vor.

»Ich weiß.« Cecelia seufzte. »Aber wenn meine Mutter dabei ist, habe ich doch gar keine andere Wahl. Meine Mutter sagt doch dann bestimmt, wenn ich unschuldig bin, dann . . .«

»Ja, ja«, pflichtete Pam ihr bei. »Aber du kannst jeden Anwalt in den Staaten fragen, und er wird dir raten, dich einem solchen Test nicht zu unterziehen, ganz gleich, ob du unschuldig bist oder nicht.«

»Richtig.«

»Das ist der Punkt«, fuhr Pam fort. »Ich meine, ich weiß ja nichts über Tests mit Lügendetektoren, aber ich weiß, daß noch jeder Anwalt, mit dem ich geredet habe, mir gesagt hat, ich sollte mich unter gar keinem Scheiß-Vorwand in meinem ganzen Leben niemals einem Test mit einem Lügendetektor unterziehen, weil solche Tests noch nicht mal als Beweis dienen können, sondern sie können nur gegen dich verwendet werden, dich weiteren Verhören unterziehen zu müssen. Wenn es nämlich auch nur so aussieht, als würdest du lügen, dann quälen sie dich bis zum bitteren Ende . . . die fragen dich glatt neunzig Stunden am Stück aus.«

»Ich weiß, und am Ende habe ich dann einen Nervenzusammenbruch«, sagte Cecelia.

Das führte Pam gleich wieder auf ein ganz anderes Thema und bot ihr Gelegenheit, deutlich zu machen, wie sehr sie ihren Anwälten vertraute. »Die verstehen ihr Geschäft«, sagte sie.

»Aber siehst du, was ich ja immer über die Beteiligung vor der Tat gesagt habe. Wenn sie dich zu Tode quälen und dich auch drei Millionen Stunden lang verhören, und wenn sie dann sagen ›hören Sie mal, wenn Sie die Wahrheit sagen...‹«, Cecelia erinnerte Pam noch einmal daran, daß sie schon zweimal verhört worden war und daß sie beim letztenmal einer der Beamten darauf hingewiesen habe, daß sie möglicherweise ›wegen Behinderung der Ermittlungen oder wie das heißt – Vernichtung von Beweisen oder was weiß ich‹ belangt werden könnte.

»Begünstigung – oder so ähnlich...?«

»Ja, oder so was – und dann sagte er noch, da könnte ich ganz schön in Schwierigkeiten kommen.«

»Nicht nur das«, sagte Pam und versuchte, ihren Worten so viel Nachdruck wie nur möglich zu geben, »denn wenn du jetzt gleich gestehst, pflücken sie dich nachher auf dem Zeugenstuhl auseinander, und dann geht es ›na, Cecelia, vorher hast du gesagt, du wüßtest nichts, und jetzt auf einmal weißt du doch etwas‹. Du stehst dich besser«, belehrte Pam sie, »wenn du bei deiner verdammten ursprünglichen Story bleibst und nichts weißt, weil sie dich dann am Ende doch in Ruhe lassen.«

Wieder schweifte die Unterhaltung ab. Cecelia tauschte mit Pam ihren Eindruck von einem Privatdetektiv aus, den J. R.s Familie engagiert hatte. »Er sieht gut aus«, fand Cecelia, »aber ich habe nicht mit ihm gesprochen.« Dann setzte sie noch hinzu, er habe angedeutet, sie und Pam hätten ein homosexuelles Verhältnis.

»Ich und du?« fragte Pam erstaunt.

»Ja.« Cecelia lachte.

»Au weia!« Pam kicherte.

»Ich hab' mich halb krank gelacht«, sagte Cecelia.

»Alles, was wir zusammen gemacht haben, war, Fernsehen zu gucken«, sagte Pam, womit sie sich auf die Nacht bezog, in der sie Bill verführt und Cecelia mit dem Videorecorder und dem Film *Neuneinhalb Wochen* alleingelassen hatte.

»Ich habe ihm dann gesagt: ›Nein, mein Guter, wir sind keine Lesben. Ich habe unten gesessen, während sie oben mit Bill gepimpert hat‹.«

»Mit aller Macht.« Pam lachte.

Als sie wieder ernst wurden, erinnerte Pam ganz überraschend Cecelia daran, wie gut sie doch immer zu ihr gewesen sei. »Ich dachte immer, ich wäre dir eine gute Freundin gewesen. Ich hab' dich mein Auto fahren lassen, habe für dich bezahlt, und das war ja auch alles so in Ordnung, denn ich war immer gern deine Freundin. Wenn das alles hier mal vorbei ist, können wir weiter gute Freundinnen sein und alles andere. Ich mag den Gedanken, daß ich viel für dich getan habe. Das ist der Punkt. Auch wenn du mich in den verdammten Knast bringen würdest. Wenn einer das könnte, dann nur du. Und darauf läuft es nämlich hinaus. Nur – was hättest du schon davon, mich in den Knast zu bringen? Denn wenn du etwa meinen solltest, daß das vielleicht die Lösung all unserer Probleme wäre . . .«

»Für meinen nächsten Geburtstag fehlen mir noch ein Paar Segeltuchschuhe«, kicherte Cecelia in dem Versuch, Pams Stimmung ein wenig zu heben.

»Glaub nur nicht, das wäre das Ende all unserer Probleme«, fuhr Pam fort, ängstlich darum bemüht, ihren Gedanken zu Ende zu bringen. »Deine ganze Familie würde etwa so über dich herfallen: ›Na also, du hast von einem Mord gewußt. Wie hast du nur damit leben können?‹ Und dann befassen sich sämtliche Zeitungen etwa so mit dir: ›Wie haben Sie davon Kenntnis haben können?‹ Du weißt schon. Und dann müßtest du eine Million Male in den Zeugenstand. Und man würde dich fragen: ›Haben Sie es gewußt?‹ Und du würdest sagen: ›Nein‹. Sie werden dich fragen: ›Haben Sie für Pam gearbeitet? Waren sie bei ihr zu Hause? Was haben Sie da getan?‹ (Und du wirst sagen:) ›Wir haben uns einen Film angesehen‹.«

Zum Schluß sagte Pam, das schwache Glied sei J. R. »Alles, was ich mir vorstellen könnte, wäre, daß J. R. früher oder später alle anderen mit reinreißt.«

Cecelia schien überrascht. »Er tut mir leid«, sagte sie, »weil er ja wirklich gar nichts gemacht hat.«

»Du mußt immer daran denken«, warnte Pam, »während der ganzen Sache waren sie alt genug, um ihre eigene Entscheidung zu treffen. Sie haben das alles gemacht. Ich habe niemanden gezwungen, irgendwas zu machen. Es war ihre eigene Entscheidung.«

»Jedenfalls hast du sie nicht bezahlt«, fügte Cecelia hinzu.

»Nein, ich habe sie nicht bezahlt«, bekräftigte Pam. »Sie haben ihre Entscheidung freiwillig getroffen. Vergiß das in der ganzen Sache nie. Du brauchst kein Mitleid zu haben, ich habe ja auch keines. Ich weiß, daß ist hart, aber erinnere dich, sie haben ihre eigene Entscheidung getroffen. Ich weiß noch nicht mal, was in meinem Haus genau passiert ist. Ich weiß nicht, wer da war und wer draußen im Wagen gewartet hat.«

»Das ist auf jeden Fall schon mal gut«, sagte Cecelia ermunternd.

»Ich weiß es wirklich nicht«, sagte Pam, und ihre Laune verdüsterte sich wieder. Entweder habe die Polizei den Beweis oder sie habe ihn nicht, sagte sie. »Es gibt nichts, was ich tun könnte, um den Gang der Dinge aufzuhalten.«

Cecelia schlug vor, sie solle doch am besten hingehen und gestehen, daß sie und Bill eine Affäre miteinander hatten, daß sie aber Gregg nicht umgebracht habe.

»Nun, das tue ich zum jetzigen Zeitpunkt jedenfalls nicht«, erwiderte Pam. »Ich gehe doch nicht hin und sage, er sei bei mir im Haus gewesen. Ich sage allenfalls, daß ich gelegentlich mit ihm ausgegangen bin. Und dann soll ich zu ihm rübergegangen sein, um mit ihm zu bumsen? Das werde ich ganz bestimmt nicht sagen.«

Pam blickte auf ihre Uhr. Es war fast schon Zeit, zu ihrem Psychotherapeuten zu gehen, um den Termin nicht zu verpassen, ein weiterer Hinweis darauf, daß der Streß übermächtig wurde, unter dem sie stand.

»Vergiß nicht, was ich dir gesagt habe«, wiederholte sie noch einmal für Cecelia.

»Die Polizei wird alles versuchen und sich als dein bester Freund präsentieren, und dann werden sie sich voll gegen dich stellen, und sie werden, verdammt noch mal, sagen: ›Okay, wir werden Ihnen mal sagen, was Strafvereitelung für ein Verbrechen ist, und wenn Sie dies und das tun‹, na ja, und du sagst dann ›schön, okay‹. Großartig. Dann werden sie dir sagen, du hättest das Scheiß-Recht zu schweigen.«

Cecelia gestand ein, die Aussicht auf einen Test mit einem Lügendetektor mache ihr weiterhin Sorge.

Pam wischte ihre Bedenken mit einer Handbewegung beiseite. »Sag ihnen einfach ›ich bin verdammte fünfzehn Jahre alt, und ich bin scheißnervös. Wen wundert's denn,

Mann, schließlich sind alle meine Freunde wegen Mordes im Knast . . .‹ Du verstehst?«

Bevor sie dann ging, wiederholte Pam noch einmal: »Vergiß nie die Sache mit der Tatbeteiligung . . . Wenn du gestehst, wirst du mehr Probleme kriegen, als du je gehabt hast. Du weißt jetzt, unsere Probleme liegen nur in deiner Person, darin, wie du dich bei der ganzen Sache fühlst und ob und wie sehr du dir wünschst, du würdest von nichts was wissen. Daran kannst du überhaupt nichts ändern. Aber wenn du meinst, die Leute gingen dir mit ihrer Fragerei jetzt auf den Keks, dann solltest du auch wissen, daß das nie aufhören wird. Ich meine, laß es also mit der Tatsache enden, daß du absolut nichts weißt.«

13

Bei jeder nachfolgenden Unterhaltung zwischen Pam und Cecelia wurde Pam kühner in ihren Zugeständnissen. In den beiden ersten Telefongesprächen tanzte sie um das Thema der Ermordung Greggs noch herum, ohne sich selbst auch nur die allergeringste Blöße zu geben. In der Unterhaltung vom 12. Juli in ihrem Büro aber war sie schon ein wenig deutlicher geworden, indem sie praktisch zugegeben hatte, den Mord an ihrem Mann auf den Weg gebracht zu haben, was sie dann auch gar nicht leugnete, als Cecelia diesen Fakt direkt ansprach. Bei der Zusammenkunft am 12. Juli hatte sie auch mit Macht darauf hingewirkt, Cecelia solle entweder verschweigen, was sie wußte, oder aber die Unwahrheit sagen.

Am 13. Juli – einem jener ominösen Freitage, die auf einen 13. fallen – machte Pam ihre Position anläßlich eines Gespräches, das außerhalb ihres Büros auf einem Parkplatz stattfand, unmißverständlich klar. Es war wie am Tag zuvor die Zeit kurz vor Ende der Mittagspause. Als Pam auf den Platz fuhr, fand sie Cecelia dort schon wartend vor. Die erste Frage, die sie stellte, galt Cecelias Zusammentreffen mit dem Ermittlungsbeamten der Generalstaatsanwaltschaft.

»Ich bin gar nicht hingegangen«, sagte Cecelia. »Captain Jackson (von der Polizei in Derry) hat angerufen. Er will sich mit mir um halb vier treffen. Ich brauche also heute gar nicht zur Staatsanwaltschaft.«

Das war nur gut, fand Pam, denn die Gesetzesmaschinerie wurde langsam zur Dampfwalze. Ihre Anwälte hatten ihr gesagt, daß sich ein großes Untersuchungskomitee mit der Sache zu befassen beginne.

»Sie werden mich vorladen, Pam«, sagte Cecelia sorgenvoll. »Ich weiß es.«

»Das könnte schon sein«, mußte auch Pam zugestehen. »Sie werden praktisch jeden vorladen, jeden einzelnen Freund, den ich habe.«

»Was ist, wenn ich im Zeugenstand lüge und sie finden es heraus?« wollte Cecelia wissen.

»Wie sollen sie das denn herausfinden?«

»Ich meine, wenn irgend jemand behauptet, ich hätte wohl etwas gewußt?«

»Wer sollte das denn wissen? Wer könnte so was behaupten?«

»Weiß J. R. eigentlich, was ich weiß?«

»Selbst wenn er es wüßte«, erwiderte Pam beruhigend, »stünde immer noch sein Wort gegen deines, und sie können weder das eine noch das andere beweisen.«

»Ich meine, schließlich wußte ich ja nun wirklich einiges (über Greggs Ermordung) vorher, und wenn ich nun da auftauche und die Unwahrheit sage und die finden das heraus, dann komme ich doch in Teufels Küche.«

»Naja, wenn du aber vorher nichts gewußt hast und behauptest, du hättest wohl etwas gewußt, kommst du ebenfalls in die Bredrouille.«

»Na schön, aber ich habe nun mal schon vorher davon gewußt«, insistierte Cecelia.

»Schon, aber wenn du das zugibst, bekommst du auf jeden Fall Probleme. Du stehst dich wirklich besser, wenn du alles ableugnest. Sie brauchen einen klaren Beweis (um dich zu überführen), daß du es vorher gewußt hast. Wenn irgend jemand etwas in dieser Richtung behauptet, dann ist das Hörensagen. Genau wie die (Bill, Pete und J. R.) niemals des Mordes überführt werden können, solange die Polizei keine Fingerabdrücke, Haare und so 'n Scheiß hat – du weißt, was ich meine? Weil – die können nie und nimmer allein mit dem überführt werden, (was) Ralph erzählt hat. Das können sie einfach nicht, weißt du, und gerade jetzt können die doch drauf pfeifen, was irgendwen anderen betrifft.«

Wie schon zuvor schien Pam mehr wegen der Möglichkeit besorgt zu sein, ihr Verhältnis mit Bill könne offenbar werden, als über die Aussicht, man könne sie mit der Ermordung ihres Ehemannes in Verbindung bringen. Schon am Tag zuvor hatte Pam in der Unterhaltung ihrer Angst Ausdruck verliehen, die Polizei könnte einen Brief gefunden haben, in dem Bill ihr seine Ergebenheit versichert hatte. Auf der Gegenseite war Cecelia ganz auf den Mord konzentriert.

»Was haben sie eigentlich mit dem Zeug gemacht, das sie (aus dem Haus) haben mitgehen lassen?« fragte sie.

»Ich weiß nicht«, erwiderte Pam. »Ich habe nicht die geringste Idee.«

»Haben sie denn wirklich was gestohlen?«

»Doch – ja«, sagte Pam. »Es sind Sachen aus meinem

Haus geklaut worden, aber ich weiß nicht, was aus ihnen geworden ist. Ich nehme mal an, sie haben sie weggeworfen.«

»Das will ich hoffen«, setzte Cecelia hinzu. »Ich hoffe nur, das Zeug liegt nicht in Bills Zimmer rum oder so was.«

Pam lachte. »Ich weiß nicht«, sagte sie, »aber ich bezweifle es. Ich bezweifle es sogar sehr.«

Cecelia versuchte mehr als einmal, Pam dahin zu bringen, daß sie auch über die Zeit im April redete, als Bill zum erstenmal versuchen sollte, Gregg umzubringen. Aber sie schaffte es trotz aller Bemühungen nicht. Pam biß einfach nicht an. »Das ist doch schon Geschichte«, sagte sie. »Es lohnt doch nicht, über irgendwelchen Mist zu reden, der irgendwann mal hätte passieren sollen.«

Als habe sie dies an etwas erinnert, kam Pam noch einmal auf das Telefongespräch zu sprechen, das sie vor einem Monat mit Cecelia geführt hatte und von dem die Polizei eine Tonbandaufzeichnung besaß.

»Ich weiß nicht, ob mein Telefon überwacht worden ist«, sagte sie, »aber falls doch, dann könnte das schon zu einer Zeit gewesen sein, als du mir doch mal am Telefon gesagt hast: ›Du hättest dich einfach scheiden lassen sollen‹. Irgend so was in der Art. Ich hoffe nur, mein Telefon wurde zu der Zeit noch nicht überwacht, denn sonst könnte ich deswegen 'ne Menge Ärger kriegen.«

Wonach die Ermittlungsbehörden in Wirklichkeit suchten, erklärte Pam überzeugend, sei eine Person, die von den Ereignissen wußte, bevor sie sich zutrugen. »Solche Leute könnten sie dann regelrecht zur Strecke bringen, weißt du?«

Um ganz sicher zu sein, auch nicht mißverstanden zu werden, wurde sie noch deutlicher.

»Ich hasse den Umstand, daß du vernommen werden sollst«, sagte sie. »Ich hasse den Umstand, daß du besorgt bist. Ich hasse den Umstand, daß du dich womöglich einem Test mit dem Lügendetektor wirst unterziehen müssen. Aber ich weiß nicht, was ich dir dazu sagen soll. Wenn ich denken würde, es wäre gut für dich, wenn du die Wahrheit sagtest, dann wäre das eine Sache. Aber das ist es nicht. Du kannst dein Wissen nicht verändern, weißt du? Nein, das kannst du nicht. Wenn du aber die scheißverdammte Wahrheit sagst, wird man dich wahrscheinlich einlochen. Und selbst wenn du nicht verhaftet würdest, müßtest du Bill, müßtest du Pete, müßtest du J. R. und müßtest du auch mich für den Rest unseres Lebens hinter schwedische Gardinen schicken. Das ist unglücklicherweise genau die Situation, in der du steckst.«

Sie legte eine kurze Pause ein, um Luft zu holen, und fuhr dann fort: »Ich denke, deine Eltern werden es überleben, wenn du dich weigerst, dich einem Test mit dem Lügendetektor zu unterziehen, aber ich weiß nicht, was sie sagen würden, wenn du während der nächsten zwei Jahre einen nach dem anderen in die Pfanne hauen würdest.«

Als käme ihr plötzlich ein ganz neuer Gedanke, starrte Pam auf einmal Cecelia an. Sie lachte freudlos und sagte: »Ich kann mir haargenau vorstellen, was du fühlst, denn ich habe Angst, du könntest eines Tages kommen und würdest per Funk durch die Scheiß-Polizei überwacht, und dann wäre ich vernichtet.«

Cecelia wußte nicht, was sie darauf erwidern sollte, und deshalb sprach sie das erste aus, was ihr durch den Kopf ging: »Ich kann nur sagen, wenn Raymond seinen Mund gehalten hätte, dann . . .«

Pam fuhr fort, sie anzustarren. »Gib mir irgendeinen Hinweis«, sagte sie, »falls du je zu mir kommst und per Funk überwacht wirst.«

Cecelia schickte ein Stoßgebet zum Himmel, man möge ihr die Erleichterung darüber, daß Pam nicht auch noch auf einer Leibesvisitation bestand, nicht allzu deutlich anmerken, und murmelte: »Ich würde dir einen Wink geben.« Dann gab sie sich einen Ruck und fuhr fort: »Ich kann dazu nur sagen, wenn Raymond sein loses Mundwerk im Zaum gehalten hätte, dann wäre dies der perfekte Mord gewesen . . .«

»Richtig.«

». . . weil sie alles so gemacht haben . . .«

»Kein Scheiß!«

». . . daß es wie ein Einbruch aussah, genau wie du gesagt hast.«

»Mist, verdammter! Aber jedenfalls ist's nicht mein Fehler. Scheiß-Raymond.«

»Wär' ihm nicht das Mundwerk durchgegangen, alles könnte zum besten stehen.«

»Scheiße!« sagte Pam. »Du mußt dir nur immer eines vor Augen halten: Egal, was auch kommt, Bill wird dich nicht mit reinziehen. Was würde ihm das auch nützen? Außerdem haben doch Pete und J. R. nie zu dir von dem Mord gesprochen, stimmt's? Sie haben doch nie gesagt, ›Oh, Cecelia, du hast alles gewußt‹, richtig?«

»Haben sie wirklich nicht«, gestand Cecelia ein.

»Nach allem, was sie also wissen, hat demnach nur Bill gesagt, daß du Bescheid gewußt hättest. Das heißt aber nicht gleich, daß du es auch gewußt haben mußt, weißt du. Da steht dann wieder ihr Wort, das Wort von überführten und angeklagten Mördern, gegen deines.«

»Das stimmt«, pflichtete Cecelia ihr bei.

»Also brauchst du nur hinzugehen und verdammt noch mal nur wieder dieselbe scheißverdammte Geschichte zu erzählen, ohne sie zu ändern. Und das wär's dann.«

Da sie keine Zweifel daran hatte, daß sich ihre Lage noch weiter zuspitzen würde, versuchte Pam, Cecelia auf das einzustimmen, was noch auf sie zukommen konnte.

»Ich weiß nur, daß J. R. schon sehr bald (den Widerstand gegen die Ermittlungsbeamten) aufgeben und gestehen wird«, sagte Pam. »Er war offenbar allein in dem Auto. Ich weiß es nicht. Ich habe keine Vorstellung. (Aber) sehr bald schon wird er sich auf den Standpunkt stellen: ›Scheiß was drauf, Pete und Bill; ich habe keine Lust, für den Rest meines gottverdammten Scheiß-Lebens in den Knast zu gehen.‹ Und dann wird er sich gegen sie stellen, und mich wird er auch beschuldigen. Ich *weiß*, daß er es tun wird. Und das wird der Augenblick sein, wo ich in Schwierigkeiten komme. Das wird der Augenblick sein, wo ich verhaftet werde.«

Ganz unerwartet wurde sie dann wieder optimistisch. »Aber da kann ich vielleicht wieder rauskommen«, sagte sie, »weil sie keinen konkreten Beweis haben werden. Ich habe nie was gesagt wie ›J. R., ich gebe dir Geld, wenn du Gregg umbringst‹. Ich habe nie was in dieser Richtung gesagt. J. R. hat mit mir nie über den Mord oder sonstwas geredet. Bill könnte ihnen allen erzählt haben, ich würde sie dafür bezahlen. Ich weiß ja nicht, was Bill ihnen erzählt hat, daß sie mit ihm gegangen sind. (Aber) sie werden keinerlei Beweis haben. Sie können mich doch nicht damit überführen, daß der sechzehnjährige Mistkerl J. R. was davon faselt, den Rest seines Lebens nicht im Bau verbringen zu wollen.«

Cecelia entschloß sich, die Rolle des Advocatus Diaboli anzunehmen. »Nun ja«, sagte sie, »vor allem hast du ihnen nicht angeboten, sie zu bezahlen, richtig?

»Nein«, sagte Pam, womit sie meinte, daß sie ihnen kein Geld angeboten habe.

»Also wird er nicht hingehen und behaupten, du habest ihm angeboten, ihn zu bezahlen. Er wird behaupten, du habest davon gewußt, bevor es in die Tat umgesetzt wurde, was ja der Wahrheit entspricht.«

»Richtig«, sagte Pam. »Und darauf werde ich dann sagen müssen: ›Nein, das habe ich nicht‹, und dann werden sie mir glauben oder dem sechzehnjährigen Untersuchungshäftling J. R.? Mir, der Frau, die im Beruf und mitten im Leben steht! Das ist der Punkt. Sie werden mir glauben.«

Cecelia blickte skeptisch drein. »Na schön«, meinte sie. »Ich ruf' dich wieder an.«

Pam lud sie ein, am Abend zu ihr zu kommen und gemeinsam auszugehen. »Du solltest auf jeden Fall kommen«, setzte sie lachend hinzu, »sonst komme ich persönlich und hole dich mit meinem Rambo-Messer.«

Es grenzt an Ironie, daß Pam zu jenem Zeitpunkt noch nicht ahnte, wie genau sie die Ereignisse vorausgesagt hatte. Cecelia wurde tatsächlich per Funk überwacht, genau wie sie befürchtet hatte. Und Cecelia würde später einmal gegen sie aussagen, genau wie Bill, Pete und J. R. auch.

Ein riesengroßer Fehler in ihren Überlegungen lag in der Beurteilung ihrer eigenen Glaubwürdigkeit. Wenn es auch stimmte, daß sie mit beiden Beinen im Berufsleben stand und über einen blendenden Leumund in High-School- und Universitätskreisen verfügte, während ihre Gegenspieler noch unfertige Heranwachsende waren, die zudem noch auf der falschen Seite des Lebens wandelten, sah sie einfach nicht richtig voraus, wie überzeugend deren Aussagen klingen würden.

Pam begriff gleichfalls nicht, wie eiskalt und gefühllos sie wirken würde, sobald sie ins allgemeine öffentliche Interesse gerückt wurde. Vielleicht war es in ihrer Vorstellung Pflicht eines jeden erfolgreichen Fernsehjournalisten, unter allen Umständen objektiv zu bleiben, ganz gleich, um was es sich handeln mochte, aber das sah natürlich doch ein wenig anders aus, wenn das eigene Leben auf dem Spiel stand. Man sollte sie nicht ohne Grund die ›Eisprinzessin‹ nennen.

Ihr Bestreben, das Verhältnis mit Bill geheimzuhalten war viel größer als das Bemühen, sich gegen Vorwürfe zur Wehr zu setzen, sie sei die Drahtzieherin des Mordes an ihrem Ehemann; auch das war eine fixe Idee, die ihre Position auf Dauer nur schwächte.

Schwerwiegender vielleicht noch war, daß sie nicht wahrhaben wollte, wie belastend ihre Unterhaltungen mit Cecelia waren. Auch das wurde ihr über Monate hinweg nicht bewußt, doch als es ihr dann endlich dämmerte, war das Ergebnis niederschmetternd.

Cecelia ihrerseits hatte in einem ganz entscheidenden Punkt absolut recht. Während Pam sich darauf versteifte, ihr könne nichts passieren, da sie Pete, Bill und J. R. niemals Geld versprochen habe, hatte Cecelia darauf hingewiesen, daß der entscheidende Punkt nicht Geld war, sondern die Tatsache, daß Pam von dem Mord gewußt hatte, bevor er begangen worden war.

Am 1. August, nur wenig mehr als zwei Wochen nach der Unterhaltung vom 13. Juli mit Cecelia, wurde Pam verhaftet.

14

New Hampshires Sensationsjägern eröffnete sich im August ein weites Feld; die Aufmerksamkeit, die die Medien Pams Verhaftung widmeten, stellte jene anläßlich der Verhaftung von J. R., Bill und Pete in den Schatten. Was dieses Ereignis aus Sicht der Medienvertreter so ergiebig machte, war der Umstand, daß dies erst der Anfang war: Junge Witwe festgenommen – da waren noch ein paar pikante Histörchen zu erwarten. Und die sollten in der Tat auch folgen, aber vorläufig wurde die Angelegenheit mit einer für die Umstände erstaunlichen Behutsamkeit gehandhabt.

Der *Union Leader* widmete der Geschichte in seiner Ausgabe vom 2. August das ganze obere Viertel seiner ersten Seite. Unter der Schlagzeile POLIZEI SAGT, DIE WITWE HABE DEN JUGENDLICHEN GEHOLFEN, IHREN MANN UMZUBRINGEN kam der Autor Cissy Taylor ohne Umschweife auf den Punkt: ›Gestern wurde Pamela A. Smart von der Polizei unter der Anschuldigung der Komplizenschaft bei der Ermordung ihres Ehemannes Gregory festgenommen, den sie nach Aussage der Strafverfolgungsbehörden töten ließ, weil sie einen anderen liebte.‹

Nach einem vielversprechenden Beginn lief sich die Geschichte dann beinahe wieder tot, weil alle pikanten Einzelheiten nach wie vor auf polizeiliche Anordnung hin zurückgehalten wurden. Kompliziert wurde das Problem noch dadurch, daß Bill, J. R. und Pete nach dem Jugendstrafrecht behandelt wurden: denn sie waren ja nun einmal Teenager. Die Generalstaatsanwaltschaft bemühte sich zwar intensiv darum, sie als Erwachsene behandeln zu können, doch solange darüber noch nicht entschieden war, durften ihre Namen nicht veröffentlicht werden, und bestimmte Dinge wurden daher auch nicht veröffentlicht. Zwar legte die Polizei formell eine Art Dokumentation vor (nur gerade genug, um sicherzustellen, daß Pam weiterhin in Haft blieb), aber in dieser Studie wurde bewußt sehr viel verschleiert. So wurde beispielsweise Bill in den Dokumenten als ›William F.‹ bezeichnet, während J. R. und Pete überhaupt nicht näher identifiziert wurden.

Der *Telegraph* räumte der Story ähnliche Priorität in der Berichterstattung ein, doch verfügte er über mehr Details als die Konkurrenz. Er erwähnte zum Beispiel Dinge, die sich noch vor der Verhaftung der Teenager ereignet hatten, zum Beispiel, daß Vance Lattime Sr., der allerdings nicht namentlich erwähnt wurde, die Pistole zur Polizei gebracht hatte. Diane Rietman vom *Telegraph* merkte zusätzlich an – auch ohne die Namen zu nennen –, daß J. R. am Hood Plaza gewartet hatte, daß Bill in letzter Zeit viele Stunden in Pams Haus in Derry verbracht hatte, daß Pam den Teenagern noch in letzter Minute ihre Anweisungen gegeben hatte, daß Gregg zwei Lebensversicherungspolicen mit Pam als Begünstigter abgeschlossen hatte und daß Ralph derjenige war, der geplaudert hatte. Die Story spielte auch noch auf andere Ereignisse an, die aber vorerst nicht völlig offengelegt wurden, wie zum Beispiel, daß Cecelia Pam abgehört hatte und daß Gregg schon über Scheidung gesprochen hatte, und daß sie ihn, wie Pam später sagte, einfach habe ermorden lassen müssen, weil sie andernfalls alles verloren hätte.

Kurz vor Mittag des Tages, an dem sie festgenommen worden war, telefonierte Pam noch mit Judith Smart, ihrer vormaligen Schwiegermutter, um zu versuchen, Einzelheiten in Erfahrung zu bringen, was die Ermittler in der Sache zu tun gedachten. Sie erfuhr es dann sehr bald aus erster Hand.

Zwei Stunden später, exakt um 13 Uhr 45, klopften Polizeibeamte an die Tür ihres Büros und legten ihr einen Haftbefehl wegen des dringenden Verdachts der Mittäterschaft bei einem Mord vor, was nach dem Recht des Staates New Hampshire mit lebenslanger Freiheitsstrafe ohne vorzeitige Begnadigung bestraft wird. Es geschah fast auf die Minute genau neunzehn Tage nach ihrer letzten aufgezeichneten Unterhaltung mit Cecelia. Warum die Behörden so lange gezögert haben, sie festzunehmen, ist nie erläutert worden.

Höchst erstaunlich muß es angesicht der Animositäten, die sehr schnell zwischen den Smarts und Pam aufbrachen, anmuten, daß Rick, Greggs jüngerer Bruder, ihr in aller Öffentlichkeit zu Hilfe kam. »Sie müssen bitte verstehen«, sagte er zu Reportern, »daß die beiden sich schon drei Jahre kannten, bevor sie heirateten. Gregg war alt genug, um zu wissen, wen er da heiratete. Wenn Gregg sie jetzt im Gefängnis sehen könnte, wäre er mit Sicherheit schockiert und außer sich.« Rick lebte allerdings in Nashua, nicht in Derry, und daher war sein Kontakt zu Pam über die Monate hin, die sie mit seinem Bruder verheiratet gewesen war, und vor allem in der Zeit nach seiner Ermordung, doch stark eingeschränkt.

William Smart, Greggs Vater, schlug sich in keiner Weise auf die Seite seiner Schwiegertochter, nicht einmal in diesem frühen Stadium. »Sie hat einen unserer Lieben von uns genommen«, sagte er auf einer improvisierten Pressekonferenz in Derry. »Wenn sie wirklich schuldig ist, sollte man ihr eine Lektion erteilen. Sie soll die schwerste Strafe treffen, die Gott im Himmel für uns Menschen bereithält.«

Pams Eltern, John und Linda Wojas, lehnten es kategorisch ab, sich mit Reportern zu unterhalten.

Ihre Tochter indes zeigte getreu der Haltung, die sie schon zuvor an den Tag gelegt hatte, keine solche Zurückhaltung. Sie war noch kaum eingesperrt, als sie schon nach den Medien rief, um eine Erklärung abzugeben. »Die Leute behandeln mich, als sei ich das große Bindeglied zwischen den Jungen und Greggs Ermordung«, sagte sie sarkastisch und fragte nach dem Sinn dieses Haftbefehls gegen sie.

Unverzüglich setzte sie alles an ihre sofortige Freilassung. Ihre Anwälte, Paul Twomey und Mark Sisti aus Chichester, einem kleinen Ort nahe Concord, beantragten beim Obersten Gerichtshof in Exeter die sofortige Anberaumung eines Anhörungstermins mit dem Ziel einer Freilassung auf Kaution. Richter Douglas stimmte zu, über diesen Antrag am Montag, dem 13. August, zu verhandeln.

Bei der Anhörung bat Pam, gekleidet in eine schwarze Modell-Jacke und einen schwarzen Rock, Teil ihrer aufwendigen Garderobe aus Boutiquen-Kleidern, in eigener Sache sprechen zu dürfen.

»Ich bin zweiundzwanzig Jahre alt«, begann sie wahrheitswidrig, denn ihr dreiundzwanzigster Geburtstag stand bereits drei Tage später an, »und ich bin Witwe. Vor drei Monaten wurde mein Mann brutal ermordet. Seither werde ich fälschlicherweise dieses abscheulichen Verbrechens beschuldigt. Seit zwölf Tagen bin ich jetzt wegen eines Verbrechens im Gefängnis, das ich nicht begangen habe. Ich habe unermeßliche Pein und Entbehrungen ertragen müssen. Ich bitte darum, meine Unschuld beweisen zu können. Ich versichere Ihnen, daß ich nicht untertauchen werde. Ich möchte in diesem Gerichtssaal sein, um zu beweisen, daß ich der gegen mich erhobenen Vorwürfe nicht schuldig bin.«

Obwohl Pams Eltern bereits angeboten hatten, hunderttausend Dollar Kaution zu stellen (die sie als Hypothek auf ihr Haus in Canobie aufnehmen wollten), lehnte Richter Gray – nachdem er mehrmals die auf Tonband festgehaltenen Gespräche zwischen Pam und Cecelia persönlich abgehört hatte – diesen Antrag kurzerhand ab. Sie habe, sagte Richter Gray, im Staatsgefängnis von Goffstown zu verbleiben, da sich neue Entwicklungen in ihrem Fall abzeichneten.

Einige dieser neuen Entwicklungen ließen denn auch nicht lange auf sich warten. Schon am nächsten Tag erweiterte das Schwurgericht des Rockingham County die Anklage gegen Pam über die Mordanklage hinaus um zwei weitere Anklagen: Verschwörung zur Begehung eines Mordes und Beeinflussung von Zeugen. Die letztgenannte Anklage stützte sich auf Pams Versuche, Cecelia davon zu überzeugen, entweder den Behörden gar nichts zu sagen oder aber zu lügen.

Diese Anklage besiegelte Pams Schicksal zumindest für die absehbare Zukunft. Mit den zusätzlich erhobenen Anschuldigungen – Verschwörung zur Begehung eines Mordes und Zeugenbeeinflussung – gab es für sie keine Hoffnung mehr, das Gericht werde sie bis zur Verhandlung auf freien Fuß setzen.

Dies wurde einige Monate später nur um so deutlicher. Am 4. Januar 1991 erhob ein Gericht im Hillsborough County (dem Sitz des Frauengefängnisses) drei weitere Anklagen gegen Pam: strafbare Aufforderung zum Mord, Beeinflussung von Zeugen (hier handelte es sich nicht um die bereits im Rockingham County gegen sie erhobene Anklage, sondern um eine neue Sache) und strafbare Aufforderung zum Mord in Tateinheit mit Zeugenbeeinflussung.

Laut der Anklageschrift hatte Pam ein ziemlich umfangreiches Komplott gemeinsam mit einer Mitgefangenen vom Trakt D des Gefängnisses namens Marianne Moses zu schmieden versucht. Wenn man den Anschuldigungen glauben darf, wollte Pam George, den Sohn von Mrs. Moses, der etwa im selben Alter wie Billy war, anstiften, vor Gericht auszusagen, er habe mit eigenen Ohren gehört, wie Cecelia gesagt habe, sie habe bezüglich Pams Verwicklung in den Mord an Gregg gelogen. Wenn das nicht funktioniere, so angeblich Pams weitere Pläne, sollte Mrs. Moses, die zwei bis vier Jahre wegen Betrugs an den Wohlfahrtsbehörden verbüßte, mit Hilfe ihres Mannes einen bezahlten Mörder ausfindig machen, der dann Cecelia umbringen sollte.

Pams Verteidiger taten diese neuen Anklagen verärgert als ›Müll‹ ab und erklärten, sie seien lediglich von einer einzelnen aus einer großen Anzahl von Mitgefangenen zusammengebraut worden, die ›sich danach gedrängt‹ habe, Abträgliches über Pam sagen zu können, damit sie auch einmal für kurze Zeit im Licht der Öffentlichkeit stehe.

Später entschied dann der Richter am Gericht des Rockingham County, Mrs. Moses werde so lange nicht als Zeugin zugelassen, wie sie nicht der Verteidigung die Nummer mitgeteilt habe, unter der sie angeblich ihren Mann erreicht hatte, als sie ihn wegen eines bezahlten Mörders angerufen haben wollte. Die Frau weigerte sich, diese Information zu geben, mit der Begründung, ihr Mann werde wegen eines angeblichen Einbruchs in eine Bank gesucht, und wenn sie diese Nummer preisgebe, könne er aufgespürt und verhaftet werden.

Die Generalstaatsanwaltschaft verfolgte die Anklage des Hillsborough County denn auch im Moment nicht weiter, doch sollte diese Anklage zu einem anderen Zeitpunkt noch große Bedeutung erlangen.

Es mutet wie eine weitere Ironie in diesem Fall an, daß die Anklage auch noch den Versuch der Ermordung von Cecelia Pierce behauptete. In den Tonbändern, die von Pams Unterredungen mit Cecelia angefertigt worden waren, hatte Pam ihrer Freundin noch ausdrücklich versichert, sie brauche sich trotz der Berichte, sie (Pam) sei, bewaffnet mit einem ›Rambo-Messer‹, auf der Suche nach ihr, keine Sorgen zu machen. Sie würde nie etwas unternehmen, was ihr (Cecelia) schaden könne, hatte Pam versprochen. Und schon sechs Monate später beschuldigte man sie, sie sei auf der Suche nach jemandem, der Cecelia umbringe.

Wie sich herausstellte, bildete die Anklageschrift nur den Anstoß zu anderen, größeren Aktivitäten in diesem Monat vor der Verhandlung.

Am 28. Januar wurde Raymond Fowler, der vierte Teenager, der laut Anklageschrift in den Mord verwickelt war, festgenommen und des versuchten Mordes sowie der Verschwörung zum Mord angeklagt.

Am selben Tag formulierten Bill, Pete und J. R. ein Gesuch auf ein Übereinkommen, das ihre Anwälte mit der Generalstaatsanwaltschaft ausgehandelt hatten. Sie bekannten sich alle drei schuldig nach dem Erwachsenenstrafrecht vor dem Obersten Gericht des Rockingham County. Bill bat darum, die Anklage nicht auf Mord, sondern auf Mord zweiten Grades an Gregg zu reduzieren, während Pete und J. R. beantragten, die Anklage gegen sie nur noch wegen Beihilfe zum Mord zweiten Grades aufrechtzuerhalten. Im Gegenzug für ihre Geständnisse sollten sie mit reduzierten Strafen rechnen können.

Gemäß diesen Absprachen sollten Bill und Pete jeweils vierzig Jahre Gefängnis mit einem Straferlaß von zwölf

Jahren bei guter Führung bekommen. Da man die Beteiligung von J. R. für weniger schwerwiegend hielt als die der anderen, sollte er zu dreißig Jahren Gefängnis mit ebenfalls zwölf Jahren Erlaß bei guter Führung bestraft werden. Das hieß im einzelnen: Wenn Bill und Pete sich beide im Gefängnis gut führten, also weder versuchten auszubrechen noch besonderen Ärger verursachten, konnten sie beide nach achtundzwanzig Jahren wieder frei sein. Pete war nur drei Monate älter als Bill. Nach Ende der achtundzwanzigjährigen Strafe wären sie dann beide fünfundvierzig Jahre alt. Auf der anderen Seite sah J. R., ein Jahr älter als die beiden anderen, lediglich achtzehn Jahren im Gefängnis entgegen und wäre bei seiner möglichen vorzeitigen Entlassung sechsunddreißig Jahre alt.

Da die drei auf ›schuldig‹ plädieren wollten, wurden sie nicht mehr weiter vernommen. Aber es gab noch eine weitere Bedingung in diesem Abkommen, die sie noch erfüllen mußten: Sie mußten alle drei versprechen, gegen Pam auszusagen.

15

Im Mittelpunkt des Interesses standen natürlich weiterhin Pam und ihre angebliche Verwicklung in den Tod ihres Ehemannes; was das Ganze zu einer so aufregenden Sache für die Öffentlichkeit machte, war die Tatsache, daß in den Mordfall ein paar Teenager verwickelt waren, von denen einer eine sexuelle Beziehung zu einer Person von der Schulbehörde hatte, einer berufstätigen Frau, die ein halbes Dutzend Jahre älter war als er.

Das Gerücht, Pam sei Lehrerin gewesen, hielt sich weiter, obwohl das nicht den Tatsachen entsprach. Und das wiederum lenkte das allgemeine Interesse auf das Phänomen sexueller Beziehungen zwischen Schülern und Lehrern und anderen Beamten des Schulwesens.

Vielleicht ist es ein Zeichen der Zeit, daß solchen sexuellen Beziehungen zwischen Lehrern und Schülern größere Aufmerksamkeit gewidmet wird, in denen die Lehrperson weiblichen Geschlechts und ihr studentischer Partner männlich sind. In der Vergangenheit richtete sich das öffentliche Interesse zumeist auf Fälle, in denen die Rollen genau anders verteilt waren.

Wie auch immer, nach Pams Verhaftung wurde diese Situation eifrig in der Öffentlichkeit diskutiert. Nach dem August 1990 berichteten die Medien über eine ganze Anzahl ähnlich gelagerter Fälle.

Es gab das beispielsweise einen Fall in New Mexico. Da hatte eine Krankenschwester sich krankgemeldet und die Hilfe eines Studenten angefordert, damit er sie nach Santa Fé fahren solle. Wie die Ermittlungen später ergaben, war dies nur ein Vorwand gewesen. Die Beziehung der beiden ging sehr viel weiter. Laut Anklage hatte die Krankenschwester sexuellen Verkehr mit diesem und noch einem weiteren Studenten. Zudem stellte sie ihr Haus den Studenten für Parties zur Verfügung.

Näher am Ort des Pam-Smart-Falles gab es eine Affäre in Massachusetts, wo eine dreiunddreißigjährige Fachlehrerin (die wie Pam verheiratet war) beschuldigt wurde, während des Jahres 1990 mehrfach sexuellen Umgang mit einem fünfzehn Jahre alten Schüler gehabt zu haben, einmal am Valentinstag, einen Tag, bevor Pam Bill verführte. In diesem Fall war die ältere Frau wirklich Lehrerin, wie man es von Pam fälschlicherweise immer wieder behauptete. Die beschuldigte Frau aus Massachusetts hat diese Vorwürfe allerdings stets bestritten.

Bildungspolitiker sagen, sexuelle Beziehungen zwischen Lehrern und Schülern seien auch in den Fällen, wo die Lehrperson weiblichen Geschlechts und der Schüler männlich sei, sehr viel häufiger, als allgemein angenommen werde. Ein Erzieher, Victor Ross aus Aurora in Colorado, hat zu diesem Thema sogar ein Buch mit dem Titel *The Forbidden Apple* (Der verbotene Apfel) geschrieben. Wenn auch alle diese Beziehungen sicher unmoralisch sind, müssen sie doch nicht immer illegal sein. Viel hängt vom Alter des Studenten oder Schülers ab. Die verschiedenen Staaten haben da unterschiedliche Gesetze, und einige legen das Mindestalter niedriger fest als andere, wobei man sagen kann, daß sechzehn Jahre die Regel sind. Die ganze Sache wird dadurch kompliziert, daß bei den Betroffenen auch noch eine berufliche Beziehung mitspielt.

Mit anderen Worten: Wenn die ältere Person im Verhältnis zu der jüngeren in einem Autoritätsverhältnis steht, wie das zwischen Lehrer und Schüler nun mal der Fall ist, wird das zulässige Alter der jüngeren Person zumeist höher angesetzt. Wenn also in einem bestimmten Staat sechzehn Jahre das zulässige Alter für die Aufnahme sexueller Beziehungen ist, dann ist es durchaus nicht ungewöhnlich, wenn Gerichte dieses Alter auf achtzehn oder gar mehr Jahre hinaufsetzen, sofern der jüngere Partner in einem Abhängigkeitsverhältnis zu dem älteren steht.

Wenn in New Hampshire ein sechzehnjähriger Schüler einwilligt, sexuellen Umgang mit einem Lehrer oder sonst jemandem von der Schulbehörde zu pflegen, so ist dies – sofern keine Nötigung vorliegt – nicht gesetzeswidrig; auch nicht, wenn ihm daraus anderweitige Nachteile entstehen. Wenn in New Hampshire ein *Lehrer* sexuellen Umgang mit einem sechzehnjährigen (oder auch älteren) Schüler oder Studenten aufnimmt, kann der Lehrer durchaus entlassen werden und seine Lizenz verlieren.

Pam fürchtete zweifellos, man werde sie feuern, wenn ihre Affäre mit Billy bekannt würde, ob sie nun seine Lehrerin war oder nicht. Soweit bekannt, übte sie ihren Job sehr gern aus, und das könnte der Grund dafür gewesen sein, daß sie sich derart paranoid benahm, wie es in ihren Gesprächen mit Cecelia zum Ausdruck kam, als sie die Gefahr heraufdämmern sah, ihre Affäre mit Billy könne allgemein bekannt werden.

Nach der Inhaftierung Pams, so bestätigten die Behörden von New Hampshire, wurden innerhalb von nur achtzehn Monaten drei Lehrer entlassen, weil sie entweder versucht hatten, eine Schülerin zu verführen, oder sexuelle Beziehungen dieser Art unterhielten.

Zum Teil waren damit auch kriminelle Handlungen verbunden. So wurde zum Beispiel nicht lange nach der Inhaftierung Pams in New Hampshire ein einundzwanzigjähriger Drogenratgeber (*kein* Lehrer) wegen Vergewaltigung eines sechzehnjährigen Mädchens angeklagt, das in seine Beratungsstelle gekommen war.

Doch mitunter passiert, vom Standpunkt der Rechtsprechung aus gesehen, auch gar nichts. In einem anderen Fall im Staat New Hampshire wurde eine Lehrerin Mitte Zwanzig überführt, eine Affäre mit einem der Zöglinge der Schule zu haben. Er war im dritten Studienjahr und damit über sechzehn Jahre alt. Allerdings hatte die Affäre schon begonnen, seit er im neunten Schuljahr gewesen war, und damals war er noch keine sechzehn Jahre alt gewesen. Die Liaison wurde offenbar, als die Lehrerin feststellte, daß sie schwanger geworden war, und deshalb kündigte. Sie und der Student zogen in einen anderen Staat, um dort zu heiraten.

Eine Anzahl Fälle von Beziehungen zwischen Lehrern und Schülern werden nie aufgedeckt, weil sie entweder zu schnell zu Ende gehen oder weil die Beteiligten geschickt genug sind, ihre Geheimnisse zu wahren. Zudem gibt es in der Jurisdiktion des Erziehungswesens keine Statistiken bezüglich solcher Vorkommnisse, was es extrem schwierig macht, mit einiger Sicherheit festzustellen, wie verbreitet solche Situationen nun wirklich sind.

Die Tatsache, daß solche Situationen vorkommen, sollte dennoch nicht überraschen. Die Teenagerjahre sind Jahre voller sexueller Blüte. Es ist die Zeit, da Teenager ihre neu entdeckten sexuellen Kräfte erproben wollen, und das nicht nur mit ihresgleichen, sondern auch an Erwachsenen, mit denen sie regelmäßig Umgang haben, wie etwa ihren Lehrern. Auf der anderen Seite fühlen sich viele Erwachsene zu Teenagern hingezogen, zumal dann, wenn diese körperlich bereits voll gereift sind.

Der Grad der seelischen Reife spielt in Beziehungen dieser Art ebenfalls eine bedeutsame Rolle, und während des Prozesses gegen Pam fand eine rege öffentliche Debatte darüber statt, daß Bill nicht denselben Reifegrad hatte wie Pam – wobei immer die Ansicht mitschwang, daß sie wohl kaum so reif sei, wie es ihrem Alter zukommen mochte. Mit anderen Worten – auch wenn es eine körperliche Anziehung gab, hätte Pam gescheiter sein müssen.

Obwohl Pam Cecelia gegenüber eher beiläufig erwähnt hatte, daß sie zu einem Psychiater ging, wurde bedauerlicherweise nie ein psychologisches Gutachten zum Gegenstand in ihrem Prozeß gemacht, so daß es keinen Anhaltspunkt für den Versuch gab, die seelische Motivation ihres Tuns auszuloten.

Das Fall Pamela Smart rückte aber noch ein weiteres amerikanisches Phänomen in den Vordergrund, das zunehmend an Bedeutung gewinnt: Frauen, die morden.

Immer schon hat es solche Verbrechen gegeben, doch scheint ihre Zahl in der letzten Zeit außergewöhnlich angestiegen zu sein. Innerhalb des wenige Monate währenden Zeitraumes, in dem der Fall Pamela Smart im Licht der Öffentlichkeit stand, hat es beispielsweise ein halbes Dutzend solcher Gewalttaten gegeben.

Nehmen wir zum Beispiel den Fall Carolyn Warmus, die – es mag in diesem Zusammenhang noch von besonderem Interesse sein – Lehrerin war. Da sie die fünfte Klasse ihrer Schule unterrichtete, hatte sie allerdings keine sexuellen Beziehungen zu einem ihrer Schüler. Aber sie hatte etwas mit einem verheirateten Mann. Die Anklagebehörde von White Plains im Staat New York ermittelte, daß die Warmus die Ehefrau des Mannes ermordete, indem sie neunmal auf sie schoß und sie dann in ihrem Blut liegen ließ, weil sie ihren Liebhaber für sich allein haben wollte. Am 27. August 1991 erklärte der Richter in diesem Fall, die Untersuchung sei falsch geführt worden, nachdem die Geschworenen erklärt hatten, sie sähen sich nicht imstande, einen Schuldspruch zu fällen. Das Gremium war gespalten in acht Mitglieder, die auf ›schuldig‹ plädiert hatten, und vier, die sich dazu nicht verstehen wollten. Das Büro der Distriktstaatsanwaltschaft erklärte daraufhin, es werde ein neues Verfahren einleiten.

In Detroit wartet eine junge Frau namens Toni Cato Riggs auf ihr Verfahren. Sie soll die Ermordung ihres Ehemannes, eines Soldaten, der gerade aus dem Golfkrieg nach Hause zurückgekehrt ist, geplant haben, um seine Lebensversicherung kassieren zu können.

In Wisconsin geht noch immer die Saga von Lawrencia ›Bambi‹ Bembenek um, die verurteilt wurde, weil sie angeblich die Ex-Frau ihres Ehemannes umgebracht haben soll. Sie tauchte wieder in den Schlagzeilen auf, als es ihr im letzten Sommer gelang, aus dem Gefängnis zu entkommen. Viele Bürger sind von ihrer Unschuld überzeugt, tragen T-Shirts mit der Aufschrift: ›Run, Bambi, run!‹ Dennoch wurde die Frau in Kanada inzwischen erneut festgenommen.

In Washington im Staat Pennsylvania, nahe Pittsburgh, wartet eine neunundzwanzig Jahre alte Frau namens Mary Kay Cassidy auf ihre Verhandlung wegen der Ermordung ihres Mannes. Laut Anklage wurde sie abgehört, als sie den Mord plante.

In Dallas gab es den Fall der Joy Aylor, einer bekannten, weithin prominenten Innenarchitektin, die laut Anklage einen oder mehr Killer angeworben hatte, um die verhaßte Geliebte ihres Ehemannes umbringen zu lassen und dann zu versuchen, ihn gleichfalls zu ermorden, obwohl sie zu diesem Zeitpunkt schon nicht mehr mit ihm verheiratet war. Aylor wurde im Frühjahr 1991 in Frankreich verhaftet, wo sie unter falschem Namen untergetaucht war. Die texanischen Behörden bemühen sich um eine Auslieferung, um sie hier wegen Mordes und versuchten Mordes vor Gericht stellen zu können. Die Staatsanwaltschaft des Distrikts Dallas will die Todesstrafe gegen Joy Aylor beantragen, doch haben die französischen Behörden durchblicken lassen, sie würden einem Auslieferungsbegehren nicht nachkommen, wenn und solange die Möglichkeit besteht, daß sie exekutiert wird.

Möglicherweise ist das Anheuern bezahlter Killer fast schon zu einer Modeerscheinung in Texas geworden, denn eine andere Texanerin, Wanda Holloway aus einem Vorort von Houston, wartet ebenfalls auf ihren Prozeß wegen des Versuchs, einen Killer zu engagieren. Statt ihres Ehemannes jedoch wollte die Holloway eine Nachbarin von einem bezahlten Mörder umbringen lassen. Der vermutete Grund: Die Tochter der Frau konkurrierte mit der Tochter der Holloway um einen vielbegehrten Platz im Cheerleading Team der Junior High-School.

Was auch immer das öffentliche Interesse an diesen

Fällen beflügelt haben mag, die Tatsache ist jedenfalls nicht zu leugnen, daß Frauenmorde immer häufiger werden. Als Pam in Exeter vor das Gericht des Rockingham County geführt wurde, führte sich die sie begleitende Menschenmenge – so beschrieben es mehrere Zuschauer – ›wie im Zirkus‹ auf.

Mehr als hundert Reporter wollten der Verhandlung beiwohnen, darunter einer aus Israel und diverse aus dem Vereinigten Königreich, gar nicht zu reden von Hunderten aus der Region. Da aber die Anzahl der Sitzplätze im Gerichtssaal begrenzt war, mußten sich die Behörden etwas einfallen lassen, wie man so vielen Leuten wie nur möglich die Verfolgung der Verhandlung ermöglichen konnte, ohne gegen das Gebot der Fairneß gegenüber der Angeklagten zu verstoßen. So reservierten sie drei Reihen von Sitzplätzen für die Presse und je eine für die Familien von Pam und Gregg. Die verbleibenden Plätze – an die dreißig – sollten nach dem Prinzip ›Wer zuerst kommt, mahlt zuerst‹ an die Öffentlichkeit vergeben werden. Die Folge war, daß Leute, die die Verhandlung verfolgen wollten, sich lange vor Öffnung der Türen des Gerichtssaales draußen anstellten, um ein Ticket zu bekommen. Im Fortgang des Prozesses wurden die Zeugenaussagen immer pikanter, und sofort wuchs die Zahl derer, die Einlaß begehrten, sprunghaft an. Immer früher bildeten sich lange Schlangen vor dem Gerichtsgebäude. Nachdem Pam sich bereit erklärt hatte, als Zeugin auszusagen, stellten sich die ersten bereits kurz nach Mitternacht an, und das mitten im Winter, und hofften, eines der begehrten Tickets zu ergattern.

Natürlich konnte nicht allen Wünschen entsprochen werden. Um aber die Enttäuschung für die, die unbedingt dabeisein wollten, nicht zu groß werden zu lassen, wurden die Leute, die direkt im Gerichtssaal keinen Platz mehr gefunden hatten, in zwei andere Säle des Gerichts gepfercht, wo sie die Verhandlung auf Monitoren verfolgen konnten.

Zudem beschlossen die führenden Fernsehstationen des Staates, WMUR und die Zweigstelle der ABC, schon sehr bald, das Verfahren live zu übertragen, wofür sie sogar Vorrang vor den populären nachmittäglichen Soapoperas einräumten.

Die Entscheidung war nicht leicht zu fällen gewesen, weil sich nicht nur der Zeitrahmen des Gerichtsverfahrens mit den Sendezeiten dieser rührseligen Serien überschnitt, sondern das Verfahren auch noch in die Zeit fiel, als der Golfkrieg dem Höhepunkt zustrebte, und die Berichterstattung darüber erreichte stets Rekord-Einschaltquoten. Dennoch erwies sich die Entscheidung für die Übertragung der Gerichtsverhandlung am Ende als ausgesprochen gewinnträchtig für die Station von Manchester, derselben, bei der sich Pam einst als Nachrichtenredakteurin beworben hatte: Das Gerichtsverfahren lockte mehr Zuschauer vor die Bildschirme, als irgendein anderes Programm es je getan hatte, seit die Station 1954 ihren Betrieb aufgenommen hatte. Als Cecelias Tonbänder im Gerichtssaal abgespielt wurden, schätzte WMUR, daß vierundachtzigtausend Haushalte zugeschaltet waren. Und da war es Mittag! Als jene, die ihrer Arbeit nachgingen, nach Hause zurückkehrten und die Abendnachrichten einschalteten, wählten 114 000 WMUR.

Zusätzlich zu den Massen, die üblicherweise von derartigen Ereignissen angezogen werden, mobilisierte das Verfahren gegen Pam auch noch viele von denen, die sich unbedingt einmal in der Öffentlichkeit produzieren wollen, wie jener Mann von vierzig Jahren, der von sich sagte, er arbeite an einer Dissertation über Grundwerte der Erziehung an einem kleineren College weiter im Norden. Tag für Tag paradierte er vor dem Gerichtsgebäude mit einem Transparent, auf dem geschrieben stand: ›In

Amerika ist jeder so lange unschuldig, bis ihm seine Schuld unwiderlegbar nachgewiesen ist. Pam ist unschuldig (bis ihr ihre Schuld unwiderlegbar nachgewiesen ist)‹.

Pam plädierte gleichfalls auf nicht schuldig.

16

Als die Jahreszeiten wechselten und der Herbst nach und nach dem Winter Platz machte, als das neue Jahr – 1991 – begann, fügten sich die Elemente für die Eröffnung des Verfahrens gegen Pam Smart nach und nach zusammen. Bis zum Januar hatten die Hauptdarsteller des Spektakels ihre Positionen eingenommen.

Den Vorsitz übernahm der siebenundfünfzigjährige Douglas Roberts Gray, der haargenau der Klischeevorstellung vom typischen Neuengländer entsprach. Groß, schlank, schweigsam, ausgestattet mit einem Witz so trocken wie ein Baptisten-Bankett, war Gray präzise der Typ wie Jimmy Stewart.

Richter am Obersten Gericht seit 1983, als man ihn aus einer privaten Praxis in der Stadt Rye in den Stab des damaligen Gouverneurs John Sununu lockte, hatte Gray nie zu jenen gehört, die versuchen, unangenehmen Fällen auszuweichen. Sein erster großer Auftritt in den Medien ereignete sich 1987 anläßlich des Falles eines Mannes namens Mark Murabito und seiner früheren Frau Jesse.

Dieser Fall hatte als eine ganz normale Scheidungssache und als Prozeß um das Sorgerecht begonnen, bis Jesse ihren früheren Ehemann beschuldigte, die beiden Kinder sexuell mißbraucht zu haben. Nach der Anhörung aller Zeugen im Scheidungsverfahren entschied Gray schließlich, daß die Kinder *nicht* mißbraucht worden seien, und später sprach er Mark Murabito konsequenterweise auch ein Besuchsrecht zu.

Jesse hatte auf den Vorwürfen hinsichtlich des Mißbrauchs der Kinder beharrt, und so wurde der Mann in der Folge auch angeklagt, seine fünfjährige Tochter sexuell mißbraucht zu haben. Gray hatte auch in diesem Strafverfahren den Vorsitz geführt, das mit einem Freispruch für Mark Murabito endete.

Als das Urteil verkündet worden war, hatte Jesse Murabito die beiden Kinder genommen und war mit ihnen in die Kleinstadt Loma in Montana geflohen, wo man sie aber aufspürte und nach New Hampshire zurückbrachte.

Für seine Rechtsprechung hatte Gray Feuer von beiden Seiten bekommen. Am Ende hatte sich Gray auf Antrag von Jesse Murabito von allen Verfahren dieses Paares und seiner Kinder zurückgezogen. Aber 1990 bestätigte ein anderer Richter die Spruchpraxis Grays, indem er Mark Murabito das alleinige Sorgerecht zuerkannte.

Und 1990 hatte Gray den Vorsitz in zwei Verfahren gegen einen Mann namens George Gurney, Jr. geführt, der angeklagt war, seine frühere Ehefrau entführt, niedergeschossen, für tot gehalten und liegengelassen zu haben und dann ihren Liebhaber mit einem Revolver, einem Messer und den Fäusten umgebracht zu haben. Beide Verfahren endeten als Hängepartien. Gray war genötigt gewesen, Gurney freizulassen, als sich die Staatsanwaltschaft entschied, lieber die Anklagen fallenzulassen, als ein drittes Verfahren durchzuführen.

Doch niemals zuvor war Gray an einem Fall beteiligt gewesen, der in so hohem Maße die Aufmerksamkeit der Öffentlichkeit auf sich gezogen hatte wie das Verfahren gegen Pam Smart.

Die Kontroversen in Pams Fall begannen fast auf der Stelle, als Gray ein Gesuch der Verteidigung auf Verlegung des Verfahrens an einen anderen Ort ablehnte. Pam hatte durch ihre Anwälte geltend gemacht, hier im Rockingham County könne sie wegen der großen Aufmerksamkeit, die ihr Fall erregt hatte und die, wie sie weiter geltend machte, vornehmlich gegen sie gerichtet gewesen war, nicht mehr mit einem fairen Verfahren rechnen. Zur Stützung dieser Argumentation wiesen Mark Sisti und Paul Twomey ergänzend darauf hin, daß der Fall sowohl in New Hampshire wie auch in Boston über Gebühr von den Medien ausgeschlachtet worden war und Eingang in spezielle Fernsehprogramme wie *Inside Edition, Hard Copy, Sally Jesse Raphael, Geraldo,* und *Donahue* gefunden hatte.

Grays Entscheidung, den Antrag auf Verlegung des Verhandlungsortes abzuweisen, sollte noch auf ihn zurückfallen und ihm sehr zu schaffen machen. Sisti und Twomey sagten später, diese Entscheidung könnte vielleicht einmal für sie ein Grund sein, Berufung gegen das Urteil einzulegen.

In ihrer Unterhaltung mit Cecelia vom 12. Juli hatte Pam geprahlt, ihre Anwälte seien die besten weit und breit. Wenn dies vielleicht auch ein wenig übertrieben gewesen sein mag, standen sie doch in dem Ruf, gut zu sein.

Mark Sisti, sechsunddreißig, und Paul Twomey, einundvierzig Jahre alt, hatten schon als Strafverteidiger gearbeitet, als sie sich vor vier Jahren entschlossen, eine gemeinsame Kanzlei zu eröffnen. Sisti, der in Buffalo im Staat New York aufgewachsen war und die Anwaltsakademie von Franklin Pierce in Concord absolviert hatte, war der aggressivere der beiden. Daher einigten sich die beiden auch darauf, daß er die Kreuzverhöre im Verfahren gegen Pam durchführen sollte. Sisti, ein etwas feist wirkender, freundlich dreinblickender Bursche mit hoher

Stirn und einem rundlichen Gesicht, wurde Tausenden von Fernsehzuschauern bekannt als ein langsam kahl werdender Mann (die Kamera war fast ständig auf seinen Hinterkopf gerichtet) mit einer höchst streitbaren Art, nicht richtig vorbereitete Zeugen mit seinen Fragen aus der Fassung zu bringen.

Twomey stammte aus Worcester in Massachusetts und hatte auf der Universität von Wisconsin promoviert. Er hatte eine so leise Stimme, daß er mitunter über die gelegentlich schlecht funktionierende Lautsprecheranlage des Gerichtssaales kaum zu verstehen war. Als Sonderschullehrer war Twomey erst spät zur Rechtswissenschaft gekommen. Seine Stärke lag darin, für die Entlastungszeugen eine entspannte Atmosphäre zu schaffen. Er war ein großer, dürrer Mann mit einem großen Mund, schmalem Gesicht und tief hängender Stirnlocke. Er machte die Zusammenfassung, nachdem alle Beweise vorgetragen worden waren, während Sisti das Eingangsplädoyer hielt.

Auf der anderen Seite saßen zwei junge Vertreter der Generalstaatsanwaltschaft, und zwar Paul Maggiotto und Diane M. Nicolosi. Im Staat New Hampshire nimmt die Generalstaatsanwaltschaft sowohl Kriminal- wie zivile Fälle wahr. Obwohl auch die einzelnen Countys ihre Strafverfolgungsbehörden haben, ist für Mord nur die Generalstaatsanwaltschaft zuständig. Es kann als Hinweis sowohl darauf angesehen werden, wie relativ klein dieser Staat ist (eine Million Einwohner), als auch auf die Effizienz der Generalstaatsanwaltschaft (kein einziger Freispruch in einem Verfahren wegen Mordes seit 1988) oder aber auch auf die relative Bedeutungslosigkeit von Schwerstkriminalität in diesem Staat, daß alle Mörder New Hampshires von weniger als einem Dutzend Mitarbeitern der Kriminalabteilung verfolgt werden können.

Maggiotto, ein drahtiger, agiler Mann mit dichten, lockigen Haaren, bestimmte die Verhandlungsführung der Anklage, während Mrs. Nicolosi sich aufs Zuarbeiten beschränkte. Das hieß in der Praxis, daß Maggiotto die wichtigsten Zeugen wie Bill und Pam selbst vernahm und die Erkenntnisse aus der Vorermittlung vortrug. Mrs. Nicolosi ihrerseits hielt das Eingangsplädoyer und vernahm die übrigen Zeugen.

Mrs. Nicolosi war eine schlanke, ausgeglichene Frau mit lockigen, hellbraunen Haaren, die ihr bis auf die Schultern reichten. Sie war aufgewachsen in Methuen, Massachusetts, doch ging sie später zur Universität von New Hampshire, um dort das erste Staatsexamen abzulegen. Danach besuchte sie das juristische Seminar der Franklin-Pierce-Akademie in Concord und arbeitete nach dem Examen, das sie 1986 ablegte, ein Jahr lang am Obersten Gerichtshof. Danach arbeitete sie in der Transport- und Konstruktionsabteilung der Generalstaatsanwaltschaft, wo sie mit Zivilverfahren beschäftigt war, bevor sie in die Abteilung für Strafsachen versetzt wurde. Als sie für das Verfahren gegen Pam Smart eingeteilt wurde, hatte sie bereits zwei Mordprozesse hinter sich. Sie feierte ihren zweiunddreißigsten Geburtstag einen Tag, nachdem Bill, Pete und J. R. der Vereinbarung mit der Generalstaatsanwaltschaft zugestimmt hatten, gut drei Wochen, bevor die Auswahl der am Prozeß Beteiligten begann.

Maggiotto, der leicht als New Yorker zu erkennen war, war in der City aufgewachsen, hatte aber die Juristenschule in Boston besucht. Nachdem er auf der *North Eastern University* promoviert hatte, nahm er eine Stelle bei der Distrikts-Staatsanwaltschaft von Brooklyn an, wo er fünf Jahre mit der Verfolgung von Sexualstraftätern und Mördern verbrachte. Während dieser Zeit in Brooklyn bearbeitete er zwei Dutzend Kapitalverbrechen, die Hälfte davon Mordsachen.

1989 hatten er und seine Frau, ebenfalls Staatsanwältin, beschlossen, eine Familie zu gründen. Diese Entscheidung jedoch bedingte gleich eine andere mit: Wollten sie wirklich in New York ihre Kinder großziehen? Die Antwort lautete nein; hier war die Kriminalitätsrate einfach zu groß. Also fingen sie an, sich nach einem Ort umzusehen, wo sie sich niederlassen konnten, irgendwo, wo es ruhiger, friedfertiger und weniger gefährlich zuging.

Auf Empfehlung eines Freundes schickte Maggiotto eine Bewerbung an die Generalstaatsanwaltschaft von New Hampshire. Er war nicht wenig überrascht, schon kurz darauf zu einem Vorstellungsgespräch gebeten zu werden. Eines fügte sich zum anderen, und am 1. April 1990 – ein echter Aprilscherz, spöttelte er später – nahmen er und seine Frau in fast identischen Büros in Concord an der Capitol Street direkt gegenüber dem Regierungsgebäude ihre neue Arbeit auf.

Es war nur eine weitere Ironie des Schicksals in Pams Fall, daß zwei der wichtigsten Persönlichkeiten in ihrem Leben nur deshalb nach New Hampshire gekommen waren, weil sie auf der Flucht vor dem Verbrechen gewesen waren: John Wojas war aus Miami geflohen, und Paul Maggiotto hatte aus demselben Grund New York den Rücken gekehrt. In einem Gerichtssaal in Exeter war es den beiden Männern, die so gleichartige Ziele im Auge gehabt hatten, beschieden, sich tief verstrickt in das schlimmste aller Verbrechen zu treffen: Mord. Aber sie fanden sich nicht auf derselben Seite wieder: Maggiotto sollte alles daransetzen, Wojas' Tochter für den Rest ihres Lebens hinter Gitter zu bringen.

Die Auswahl der Geschworenen begann am Donnerstag, dem 19. Februar. Eine Woche später war die Besetzung des Gerichts abgeschlossen. Aus der Liste aller registrierten wahlberechtigten Bürger im Rockingham County hatten sich Verteidigung und Anklage auf acht Männer und sieben Frauen geeinigt, einschließlich dreier alternierender Geschworener. Als nach dem Prozeß die drei alternierenden Geschworenen ausgesondert worden waren, fiel die Entscheidung für Pams Schuld mit den Stimmen von sieben Frauen und fünf Männern, einer gemischten Gruppe, in der sich ein Software-Ingenieur, ein ehemaliger Bankier, eine fünfundsiebzigjährige Witwe und ein Student im letzten Semester befanden. Sprecherin der Jury war eine Krankenschwester mittleren Alters.

In der Anklageschrift behauptete Mrs. Nicolosi, daß Pam Bill kaltblütig in dem Sinne manipulierte, daß er Gregg zu töten habe, wobei sie ihm mit Sex- und Gefühlsentzug drohte, weil sie nicht durch die Unwägbarkeiten eines Scheidungsverfahrens gehen und den Verlust ihrer Möbel wie ihres Hundes riskieren wollte. »Es war diese Frau«, sagte Mrs. Nicolosi, wobei sie in einer dramatisch wirkenden Geste auf Pam deutete, »die den Mord initiierte, instrumentierte und dirigierte.«

Als Sisti dann für die Verteidigung sprach, behauptete er, Bill, Pete und J. R. hätten den Mord selbst geplant, *ohne Wissen Pams,* weil Bill Pam verfallen und eifersüchtig auf Gregg gewesen sei. Er sagte weiter, Pam habe wiederholt versucht, die Beziehung abzubrechen, aber damit sei Bill nicht einverstanden gewesen. Die anderen kamen ihrem Freund zu Hilfe, behauptete Sisti, denn sie seien ›junge Mörder, die den Nervenkitzel gesucht hätten‹. Nachdem sie gestellt worden seien, setzte er hinzu, verschworen sie sich, Pam mit hineinzuziehen, um lebenslangen Gefängnisstrafen ohne vorzeitige Entlassung auf Bewährung zu entgehen.

Das ganze Drama spielte sich in einem solide aussehenden Gebäude aus Backsteinen und Beton am Ortsausgang von Exeter ab, einer Baulichkeit, die mit einem Metalldetektor an der Eingangstür ausgestattet war und einem auf Bomben abgerichteten Spürhund im Innern – nur für den Fall.

Das Verfahren begann offiziell am Donnerstag, dem 5. Mai, einen Tag, nachdem die Geschworenen mit dem Bus zu einem Ortstermin am Tatort sowie in Pams Büro in Hampton gefahren waren, und zwei Tage, nachdem Gray entschieden hatte, daß J. R., Pete und Bill entgegen einem Einspruch der Verteidigung zur Sache gehört werden durften. Der erste Hauptbelastungszeuge war Patrick ›Pete‹ Randall.

17

Richter Grays Verhandlungssaal war ein geradezu kuscheliger Ort mit ausreichender, aber alles andere als aufwendiger Beleuchtung. Die Wände waren in dunkler Eiche getäfelt. Es war so eng hier drinnen, daß Verteidigung und Anklage auf derselben Seite des Saales saßen.

Üblicherweise sitzen Anklage und Verteidigung, durch einen Mittelgang voneinander getrennt, dem Gericht gegenüber, wodurch so etwas wie eine tiefe Trennlinie symbolisiert werden soll. Im Rockingham County indes hockten die Gegner praktisch einer dem anderen auf dem Schoß.

Beide Anwaltstische, der für die Verteidigung und der für die Staatsanwaltschaft, standen auf der linken Seite des Saales (rechts vom Richter), wobei der der Anklage dem Richter am nächsten war. Gleich hinter dem Tisch der Staatsanwaltschaft, nur wenige Fuß weit entfernt, war der Tisch der Verteidigung. Der Nachteil für die Staatsanwaltschaft lag nun darin, daß Maggiotto oder Mrs. Nicolosi sich vollkommen umdrehen mußten, wenn sie Pams Reaktion bei der Vernehmung der Zeugen sehen wollten. Und wenn die beiden sich besprechen wollten, schauten ihnen Sisti und Twomey direkt in den Nacken. Falls sich einer von ihnen angesichts dieser Situation nicht recht wohl gefühlt haben sollte, so ließ er es sich jedenfalls nicht anmerken.

Wenn ein Zeuge vernommen werden sollte, stellten die Gerichtsdiener in der Regel ein Stehpult vor die Geschworenenbank hin, die sich auf der anderen Seite des Saales befand. Es gibt Gerichtssäle, da gehen Anwälte und Staatsanwälte auf und ab und vollführen große Gesten mit ausgestreckten Armen – in Richter Grays Verhandlungssaal aber nicht.

Der Grund dafür lag zum Teil auch darin, daß die Fernsehkamera im hinteren Teil des Saales aufgebaut war, hinter dem Stehpult, so daß die Zeugen direkt in die Kamera sahen und der befragende Anwalt lediglich die kahle Stelle seines Kopfes ins Bild brachte. Die Kamera konnte nach links schwenken, um die Tische von Staatsanwaltschaft und Verteidigung und sogar Ausschnitte des Zuschauerraums zu zeigen, aber sie konnte nicht nach rechts zur Geschworenenbank schwenken. Die Jury war so nie auf den Bildschirmen zu sehen.

Manche Richter spielen eine sehr stimmgewaltige Rolle während einer Verhandlung, sie geben ihre Kommentare, unterhalten sich mit der Anklage- und den Verteidigern oder stellen Fragen. Gray gehörte nicht zu dieser Art Richter. Abgesehen von einem gelegentlichen Eingreifen, um die Ordnung herzustellen, sagte er so wenig, daß es leicht gewesen wäre, seine Anwesenheit glatt zu vergessen.

Mit genau demselben geringstmöglichen Aufwand erwiesen sich auch Maggiotto und Nicolosi nicht gerade als glänzende Ankläger; immerhin befragten sie schnell und zielstrebig ihre ersten Zeugen – einen früheren

Nachbarn Pams und eine Handvoll Polizeibeamte –, um so den Weg für das nachmittägliche Erscheinen ihres ersten Stars zu ebnen: Pete.

Gekleidet in einen braunen Rollkragen-Pullover und mit dem Erscheinungsbild einer Stehlampe erzählte Pete mit rostiger, monotoner Stimme die Vorgänge, die zu Greggs Ermordung führten. Seine Leidenschaftslosigkeit ließ die Ereignisse beinahe unbedeutend erscheinen, fast wie einen schlechten Roman, der stockend von einem Neuntklässler laut vorgelesen wird, aber schon nach wenigen Minuten wurde die Gewichtigkeit dessen, was er zu berichten hatte, jedem im Saal bewußt, und es gab im ganzen Gerichtssaal außer seiner leisen Stimme nicht das allergeringste Geräusch.

Er zeigte keinerlei Bewegung, als er erzählte, wie er und Bill im Haus der Smarts gewartet hatten, daß Gregg endlich nach Hause kommen möge, und wie er noch immer Greggs Kopf festgehalten hatte, als Bill ihm eine Kugel ins Hirn schoß. Er hatte Gregg nicht, wie geplant, die Kehle durchgeschnitten, erläuterte er; der Grund dafür war der kurze Wortwechsel gewesen, den er mit Gregg wegen dessen Ehering hatte. Als Gregg es abgelehnt habe, ihm den Ring auszuhändigen, weil seine Frau ihn sonst töten würde, sagte Pete, sei er ›ausgerastet‹.

»Wurden Sie berührt?« fragte Maggiotto.

»Ich wurde nicht berührt«, erwiderte Pete, »ich hatte einfach nur Angst.«

Entweder war er gut eingestimmt worden, oder aber er hatte ein fabelhaftes Gedächtnis für Einzelheiten, denn als Pete die Stimme erhob, schilderte er den Ablauf Minute für Minute – auch mit Einzelheiten, die keinen unmittelbaren Bezug zur Sache hatten, aber seiner Aussage doch ein hohes Maß an Glaubwürdigkeit verliehen.

Nachdem sie den Wagen der Großmutter von J. R. übernommen hatten und auf dem Weg zurück nach Seabrook waren, um Rayme abzuholen, hatten sie noch an einer Tankstelle angehalten, wie er sich erinnerte ... und er vergaß auch nicht zu erwähnen, daß sie noch eine Pizza gegessen hatten, während sie darauf warteten, daß es dunkel wurde ... er wußte noch, daß Bill ein schwarzes Sweatshirt getragen hatte und er ein graues ... daß er zuerst einen Kopfkissenbezug vom Bett genommen hatte, um ihn als Behälter für das Diebesgut zu verwenden, und ihn dann aber fortgeworfen hatte, weil er das Muster aus kleinen Blümchen auf babyblauem Untergrund nicht mochte ... wie er und Bill überlegt hatten, Gregg ein Handtuch über den Kopf zu werfen, sobald er die Tür öffnete, und dann die Idee wieder hatten fallenlassen, genau wie das Handtuch auch. Man konnte den Eindruck gewinnen, daß, wenn Maggiotto gefragt hätte, wieviel Benzin sie getankt hatten und wie hoch die Rechnung gewesen sei, Pete ihm auch dies noch hätte sagen können.

Sein Erinnerungsvermögen war nicht weniger ausgeprägt, als er von den Stunden unmittelbar vor seiner Verhaftung durch die Polizei berichtete, die er mit J. R. und Bill verbracht hatte. Nach seiner Konfrontation mit Ralph Welch, als ihm klar wurde, daß Ralph mit an Sicherheit grenzender Wahrscheinlichkeit zur Polizei gehen werde, seien er, Pete, und J. R. zu Pams Haus gegangen, das jenseits der Sportanlagen der Winnacunnet High School lag, weil sie wußten, daß sie Bill dort antreffen würden.

In dem verzweifelten Versuch, die Situation noch zu retten, habe Bill dann Ralph angerufen und versucht, ihn davon zu überzeugen, alles, was Pete ihm am Abend zuvor gesagt hatte, sei weiter nichts als ein großer Scherz gewesen. Dieser Versuch wurde zu einem spektakulären Fehlschlag. Die drei Jugendlichen wußten, daß es jetzt nur noch eine Frage der Zeit war, bis sie verhaftet wurden.

Nachdem Pete seiner Mutter kurz erklärt hatte, in welchen Schwierigkeiten er sich befand, lieh er sich ihr Auto aus, und zu dritt machten sie sich auf die eineinhalbstündige Fahrt zu einem Verwandten in Connecticut, um zunächst einmal die Staatsgrenze hinter sich zu bringen, bis ihnen etwas Besseres einfiel. Noch während sie dort waren, erreichte Petes Vater ihn am Telefon und verlangte, er solle auf der Stelle den Wagen zurückbringen, oder er werde ihn als gestohlen melden.

Entmutigt kehrten die drei nach Seabrook zurück, um darauf zu warten, daß die Polizei sie festnehmen würde.

Das Ende kam dann am nächsten Abend, sagte er. Nervös und gelangweilt vom Herumsitzen bei J. R. gingen die drei ins Kino. Mitten im Film kamen dann Patricia Randall und Diane Lattime ins Filmtheater, um sie abzuholen. »Die Polizei wartet draußen auf euch«, sagten sie zu ihren Söhnen. »Es ist Zeit zu gehen.«

Während des ganzen Berichtes blieb Pete absolut sachlich. Er hätte ein Automat sein können, der wieder von sich gibt, was man ihm einmal einprogrammiert hat, nur daß es einfach zu anschaulich, zu einprägsam war, was er erzählte, um nicht authentisch zu sein.

Petes Aussage überschritt den dafür angesetzten Zeitrahmen, und deshalb wurde er am nächsten Morgen noch einmal aufgerufen. Die einzig erkennbare Veränderung nach der nächtlichen Unterbrechung war, daß er am Mittwoch einen blauen Sweater statt eines braunen trug. Tonfall und Gehabe waren unverändert.

Wer von Pete, der sich so stoisch gab, wie man sich das nur vorstellen kann, hinüber zu Pam blickte, die nicht weniger unerschütterlich am Tisch der Verteidigung saß, gekleidet in ein weißes Kleid mit einem Blumenbändchen im langen, blonden Haar, der fragte sich unwillkürlich, warum die beiden sich so wenig mochten, wo sie sich doch – zumindest äußerlich – so sehr glichen.

Beim Kreuzverhör unterstrich Sisti diese wechselseitige Abneigung zwischen den beiden noch einmal und betonte ausdrücklich, daß Pete sehr wenig Kontakt mit Pam gehabt habe und daß alles, was er über Pams Verwicklung in diesen Mord wußte, aus dem Munde Bills stammte. »Pam war in der Mordnacht nicht anwesend, nicht wahr? Sie hat keine Notizen mit Anweisungen geschickt?«

Pete gab zu, dies sei korrekt. Trotz deutlich erkennbarer Versuche, ihn zu erschüttern, entlockte auch Sisti ihm nicht mehr Emotionen als Maggiotto. Es gelang ihm, darüber hinaus auch nicht, irgendeine seiner belastenden Aussagen zu erschüttern.

Dank Sistis Hartnäckigkeit gab Pete schließlich zu, noch in der Mordnacht diverse goldene Ketten aus dem im Hause Smart gestohlenen Schmuckvorrat entwendet und anschließend versucht zu haben, sie in Hampton Beach gegen Kokain einzutauschen.

»Das haben Sie uns gestern aber verschwiegen, wissen Sie?« stichelte Sisti.

»Das stimmt«, murmelte Pete und nahm das Kinn näher an die Brust wie ein Boxer, der den nächsten Hieb erwartet.

»Wenn wir also sagen, wir gehen nach Hampton Beach, dann heißt das doch in aller Regel nicht, wir werden einen Spaziergang unternehmen, richtig? Wenn Sie dorthin gehen, dann in der Hoffnung, sich da eine Prise Koks reinzupfeifen – auch richtig?«

»Ich wollte mich von dem ablenken, was passiert war«, erwiderte Pete.

Sisti brachte Pete auch dahin zuzugeben, daß er schon auf anderen Gebieten ungesetzlich gehandelt hatte, wie zum Beispiel, daß er Stereo-Anlagen aus Autos gestohlen, unbefugt Motorräder benutzt und Dope gekauft hatte. »Gelegentlich«, erwiderte Pete ganz ruhig, wenn Sisti ihn fragte, ob er sich dieser oder jener illegalen Betätigung befleißigt habe.

Der Strafverteidiger versuchte ganz offensichtlich, Pete in den Augen der Jury als einen billigen Dieb erscheinen zu lassen, einen Jugendlichen, der sich überhaupt kein Gewissen daraus machte, alles mitgehen zu lassen, was nicht niet- und nagelfest war.

Doch der Grund für diese Übung blieb dubios: Pete hatte sich ja schon des Mordes schuldig bekannt, und was hätte man ihm wohl darüber hinaus noch Schlimmeres vorhalten können?

Pete gestand bereitwillig ein, daß ihm das Gefängnis nicht eben als ein angenehmer Aufenthaltsort erschien, obwohl jenes des Rockingham County, in dem er sich befand, eher einer Schlafstelle als einem Gefängnis glich, mit Einzelzellen, deren Türen tagsüber offen blieben, so daß die Insassen völlig unbehindert Kontakt miteinander pflegen konnten. Er hatte eine Zelle, und Bill und J. R. teilten sich eine andere zwei Türen weiter, so daß sie sich stets gegenseitig besuchen konnten. Aber das war auch das einzig Tröstliche an der ganzen Situation.

»Sie wollen doch möglichst nicht allzulange im Gefängnis bleiben, nicht wahr?« fragte Sisti.

»Natürlich nicht«, erwiderte Pete trocken.

»Sie möchten auch nicht, daß Bill allzulange weg ist, habe ich recht?«

»Ich möchte, daß keiner von uns derart lange ins Gefängnis muß.«

»Und was ist mit ihr?« fragte Sisti und deutete auf Pam. »Was aus ihr wird, stört Sie wohl gar nicht.«

»Ich möchte auch nicht, daß sie für eine so lange Zeit ins Gefängnis muß«, sagte Pete.

»Bleiben Sie bei der Wahrheit«, drängte Sisti und versuchte, aus Pete ein Zugeständnis zu pressen, daß er und die anderen ein Komplott gegen Pam geschmiedet hatten – sie gern ins Gefängnis gehen sähen –, um so mildere Strafen zu erwirken. »Es interessiert Sie doch gar nicht, was aus ihr wird.«

»Ich wünsche niemandem, daß er ins Gefängnis muß«, erwiderte der Junge.

Insgesamt gesehen schaffte Sisti es nicht, auch nur ein einziges Zugeständnis aus Pete herauszupressen, das einer seiner bisher gemachten Aussagen widersprochen hätte. Sisti verwies zum Beispiel darauf, daß er als Anwalt Zugang zu allen Ermittlungsakten der Polizei zu diesem Mord habe, und fragte dann, ob Ralph Welch die Wahrheit gesagt habe, als er den Kripobeamten erzählt hatte, Pete habe gesagt, Raymond müsse ebenfalls umgebracht werden.

»Ich habe nie davon gesprochen, eine andere Person zu ermorden«, bekräftigte Pete.

»Sie haben nie davon gesprochen, Raymond umzubringen?« fragte Sisti gespielt ungläubig.

»Nein, das weiß ich genau«, sagte Pete. »Wenn Ralph das behauptet hat, dann sagt er nicht die Wahrheit.«

Immerhin schnitt Sisti eine Frage an, die nie aufgeklärt wurde, jedenfalls nicht von Pete.

Als die Polizei in jener Nacht des 1. Mai im Haus von Pam und Gregg Smart ankam, fand sie Greggs Ehering auf dem Fußboden. Aber Pete beharrte darauf, er habe keine Ahnung, warum der Ring nicht mehr auf Greggs Finger steckte.

»Sie haben ihm den Ring vom Finger genommen, nicht wahr?« behauptete Sisti.

»Nein, das habe ich nicht getan«, erwiderte Pete betont ruhig.

»Wollen Sie dann bitte die Jury ansehen und ihr erklären, daß Sie dem Toten den Ring nicht vom Finger gezogen haben?«

Pete wandte den Kopf in Richtung der Geschworenen, eine der wenigen Gelegenheiten während seiner mehrere Stunden dauernden Zeugenaussage, daß er etwas anderes als seine Lippen bewegte. »Ich habe ihm den Ring nicht vom Finger genommen.«

»Hat Bill ihm den Ring abgezogen?«

»Bill hat ihn nicht abgezogen.«

»Wollen Sie damit etwa sagen, daß Gregg Smart sich den Ring vom Finger zog und ihn dann auf den Boden warf?«

Pete wiederholte noch einmal, was er schon bei früherer Gelegenheit zu Maggiotto gesagte hatte: Als Gregg sich weigerte, ihm den Ring auszuhändigen, und Pete bewußt wurde, daß dies der Ehering des Opfers war, sei er ›ausgerastet‹.

»Hat Sie dieser Umstand davon abgehalten, ihm die Kehle durchzuschneiden?« fragte Sisti.

»Ich konnte es einfach nicht tun«, erwiderte Pete.

18

Verglichen mit Pete war J. R. ein Muster an innerer Bewegung.

Leicht über den Zeugenstand gebeugt, berichtete J. R. beinahe monoton, daß er, Bill und Pete unzertrennliche Freunde gewesen waren und stets alles geteilt hatten. Er wußte von der sexuellen Beziehung zwischen Bill und Pam, wie er sagte, denn er habe gesehen, wie sie sich im Auto vor seinem Haus geküßt hatten, überdies habe Bill ihm aus Langeweile während des Unterrichts über Kriminalität und Bestrafung Liebesbriefe gezeigt, die ihm Pam geschrieben hatte.

Obwohl er also wußte, wie intim Bill und Pam miteinander waren, sagte J. R., sei es für ihn wie ein Schock gewesen, als Bill ihm gegenüber zum erstenmal erwähnte, daß er die Ermordung von Pams Ehemann plane, weil diese ihn darum gebeten hatte.

»Wir dachten zuerst, er mache Blödsinn«, sagte J. R.

Diane Nicolosi fragte ihn, was denn seinen Sinneswandel herbeigeführt und ihn veranlaßt habe, daran zu glauben, daß es Bill damit ernst war.

»Er sagte einmal, Pam habe ihm erklärt, sie und Gregg kämen nicht mehr besonders gut miteinander aus, aber wenn sie sich scheiden ließe, würde Gregg alles bekommen.« Pam habe ihm erklärt, sei sie durch Gregg hereingelegt worden.

»Haben Sie denn irgendwelche Anzeichen dafür bemerkt, daß die Ehe schlecht war?« fragte Mrs. Nicolosi.

»Ich habe einmal eine Unterhaltung in Pams Büro mitgehört«, gestand er. »Pam schaltete den Lautsprecher ein, und ich hörte noch das Ende eines Streitgespräches mit.

Ich weiß nicht mehr, worum der Streit ging, aber das Gespräch endete etwa so: ›Na schön, wenn du die Scheidung willst, werde ich mich nicht dagegen sperren‹. Und dann hängten sie beide ein.«

»Und worüber haben Sie sich danach mit Pamela Smart unterhalten?«

»Sie sagte: ›Da siehst du es ja selbst, warum ich das tun muß‹.«

Er fügte noch hinzu, daß sie zwar nicht genau definiert habe, was sie mit ›das‹ meinte, daß er aber schon mit Bill darüber gesprochen habe, Gregg umzubringen, und er habe sie so verstanden, daß sie sich auf genau diesen Plan zur Ermordung ihres Ehemannes bezogen habe.

Am Nachmittag des 1. Mai, sagte J. R. und bestätigte damit, was Pete zuvor schon ausgesagt hatte, fuhr Pam mit ihrem CRX zu seinem Haus, um dort die drei Schüler abzuholen und nach Massachusetts zu fahren, damit sich J. R. den Wagen seiner Großmutter ausleihen konnte. Auf dem Weg dorthin saß J. R. am Steuer, weil er in dem niedrigen Wagen nicht auf den hinteren Notsitzen hocken wollte.

Sie gingen ihren Plan, wie sie ins Haus kommen wollten, noch einmal in allen Einzelheiten durch. Pam erläuterte noch einmal, daß sie die Tür der Kelleraußentreppe offen gelassen hatte, genau wie die rückwärtige Tür auch, obwohl Gregg zum Lunch durchaus zu Hause gewesen sein und sie kontrolliert haben könnte, bevor er wieder gegangen war.

»Wir haben lang und breit darüber geredet, wie sich Pam verhalten sollte (sobald sie die Leiche ihres Mannes entdeckt haben würde), und wir haben ihr alle gesagt, sie solle sich völlig normal benehmen«, sagte J. R.

»Wie war denn ihr Tonfall, ihr ganzer Gemütszustand,

als sie fragte, wie sie reagieren solle?« wollte Mrs. Nicolosi wissen.

»Sie schien ein bißchen nervös zu sein«, erwiderte J. R., »aber das waren wir schließlich alle.«

Auf die Frage von Mrs. Nicolosi, worüber sie sonst noch gesprochen hätten, erwiderte J. R., sie hätten darüber geredet, wie sie Gregg denn nun umbringen sollten.

»Pete sagte, er habe vor, ein Messer zu nehmen. Es war geräuschloser, und er wollte den Revolver meines Vaters wegen der zu erwartenden ballistischen Untersuchung nicht benutzen, und weil wir die Schußwaffe hinterher nicht wegwerfen konnten. Mein Vater hätte ihr Verschwinden bestimmt irgendwann bemerkt.«

Pam beharrte dessen ungeachtet weiter darauf, eine Schußwaffe zu benutzen, wegen ›der Schweinerei‹, die ein Messer verursachen würde«, und weil sie weiße Ledermöbel und andere Sachen hatte.«

Er unterbrach sich kurz. »In diesem Punkt war sie ein wenig hysterisch«, gestand er.

Aber Bill versprach ihr, er werde den Revolver benutzen, sagte J. R., und das habe sie dann wieder sichtlich beruhigt. »Pete und ich haben nichts gesagt«, setzte er hinzu.

Als sie nach Seabrook zurückgekehrt und Pam wieder weggefahren war, holten sie Raymond Fowler ab und hielten dann bei Bill, damit er den Sack mit ihren Kleidern zum Wechseln und die Handschuhe holen konnte.

»Wir haben uns über ihn lustig gemacht wegen der Handschuhe, die er anhatte«, sagte er.

»Und warum denn das?« fragte Mrs. Nicolosi.

J. R. warf ihr einen ungeduldigen Blick zu. »Weil sie aus Latex waren. Wenn man in denen schwitzt und dann die Hand zum Beispiel auf eine Fensterscheibe legt, hinterläßt man deutliche Fingerabdrücke. Wir haben deswegen gelacht, weil man bessere Handschuhe braucht, wenn man einen Mord begehen will.«

Sie lösten das Problem, sagte er, indem sie übereinkamen, sich die Finger mit Klebestreifen zu umwickeln, bevor sie die Handschuhe anzogen.

Nach ihrem Zwischenstop bei Bill fuhren sie nach Derry und stellten den Wagen auf dem Parkplatz des Hood Plaza ab. Der Parkplatz sei gut besucht gewesen, meinte J. R., weil zu der Zeit im nahegelegenen Stadion ein Spiel stattgefunden habe. Nachdem sie Klebestreifen für die Finger gekauft hatten, setzten er, Bill und Pete sich ins Auto und warteten darauf, daß es dunkel wurde.

»Zu diesem Zeitpunkt«, berichtete J. R., »war ich ziemlich entspannt, aber Pete und Bill wurden langsam unruhig.«

»Und was war mit Raymond?« hakte Mrs. Nicolosi nach.

»Ich weiß nicht«, erwiderte J. R., »er steckte zu dieser Zeit in der Pizzeria.«

Nach Einbruch der Dämmerung, fuhr J. R. fort, hätten Bill und Pete ihn verlassen und seien hinter die kleineren Geschäfte gegangen, um sich umzuziehen und dann zum Haus der Smarts zu gehen, wo sie warten wollten, bis Gregg nach Hause kam. Etwa eine Stunde später fuhren dann er und Raymond eine gewundene schmale Straße entlang, die zwischen den Läden und den kleinen Wohnhäusern verlief, um zu sehen, ob sich irgend etwas tat. Raymond, der den Pritschenwagen Greggs kannte, seit er vor ein paar Tagen zusammen mit Bill nach Derry gefahren war, sagte, das Fahrzeug stehe noch nicht vor dem Häuschen der Smarts. So fuhren sie wieder auf den Parkplatz des Hood Plaza zurück und warteten weiter. Erst bei ihrer zweiten Kontrollfahrt, etwa eine halbe Stunde später oder so, trafen sie mit den anderen zusammen.

»Raymond sagte mir, er sehe sie über das freie Feld rennen«, erzählte J. R. weiter, »aber ich hab' sie zuerst gar nicht gesehen.« Nachdem auch er sie erkannt hatte, fuhr er näher heran, damit er sie wieder aufnehmen konnte. Etwa zu diesem Zeitpunkt sahen sie ihn ebenfalls und fingen an, auf das Auto zuzulaufen. Pete stolperte und fiel hin, aber Bill rannte weiter. Bill erreichte den Wagen als erster und kletterte ins Innere, kurz darauf gefolgt von Pete. Pete schrie, er solle losfahren.

»Raymond fragte ihn, warum, und Bill erwiderte: ›Wir haben einen umgebracht. Wir haben einen umgebracht‹.«

J. R. gestand, daß er geglaubt habe, sie scherzten, obwohl sie offensichtlich sehr nervös und erschrocken waren.

»Warum glaubten Sie, die beiden machten einen Scherz?« fragte Mrs. Nicolosi.

»Ich wußte, warum sie dorthin gegangen waren«, erläuterte J. R. »Ich wußte, daß sie einen ersten Versuch unternommen hatten. Aber ich glaubte nicht, daß sie es wirklich tun würden. Ich dachte, sie wollten die Stereo-Anlage und verschiedene andere Sachen klauen und wieder verschwinden, bevor Gregg nach Hause kam.«

»Warum glaubten Sie nicht, daß sie es tun würden?« hakte die Staatsanwältin noch einmal nach.

»Sie hatten geplant, ein Messer zu benutzen«, sagte er so ruhig, als spreche er von einem Baseballspiel. »Und ich glaubte einfach nicht, daß auch nur einer von ihnen die Kaltblütigkeit besitzen würde, jemanden umzubringen. Ich war nicht einmal sicher, ob sie es überhaupt wirklich wollten.«

Am nächsten Tag, sagte er, hätten sie gerade Physik-Unterricht gehabt, als sie ins Büro der Schulleiterin bestellt wurden. Es war bekannt, daß sie in dem Programm ›Selbstachtung‹, in dem auch Pam tätig war, mitgearbeitet hatten, und daher wolle die Schulleiterin ihnen nur mitteilen, daß Pams Ehemann ermordet worden sei.

»Wie war ihre Reaktion?« wollte Mrs. Nicolosi wissen.

J. R. blickte angesichts dieser Frage überrascht drein. »Ich und Bill taten geschockt«, sagte er in einem Tonfall, als wolle er noch hinzusetzen: ›Was haben Sie denn gedacht, wie wir uns da benehmen sollten?‹

Zwei Tage später fuhren er und Bill mit der Schulleiterin zusammen nach Derry, um an der Totenwache für Gregg teilzunehmen.

»Haben Sie anläßlich dieser Totenwache auch mit Pam gesprochen?«

»Nur kurz«, erwiderte J. R. »Vielleicht eine Sekunde oder auch zwei.«

Als man ihn fragte, was er denn als Entgelt für seine Rolle bei diesem Mord zu bekommen erwartet habe, sagte J. R., ihm seien fünfhundert Dollar versprochen worden.

»Woher sollte dieses Geld denn kommen?« fragte die Staatsanwältin.

»Versicherungsgeld«, erwiderte er wie aus der Pistole geschossen. »Pam sollte aus einer Police neunzigtausend Dollar bekommen und aus einer anderen fünfzigtausend.«

»Wer hat Ihnen das erzählt?«

»Bill und Pam«, antwortete er und bezog Pam damit auch schon in diese Aktion ein. Pete hatte zuvor ausgesagt, daß er über Bezahlung nur von Bill gehört habe, aber er habe darüber nie mit Pam unmittelbar gesprochen, was auch nicht weiter überraschen konnte, bedenkt man die Animositäten, die es zwischen den beiden gab. J. R. hatte andererseits eine viel engere Beziehung zu

Pam, und während jenes Frühjahrs sah er sie fast täglich, in der Regel in Bills Gesellschaft.

»Sie sagte mir, es werde nach dem Mord voraussichtlich eine Untersuchung geben, und deswegen würde sie das Geld wohl nicht sofort bekommen. Es könne möglicherweise eine Sperrfrist geben. Die müßte ich dann abwarten.«

Ergänzend, sagte er, habe Bill ihm einen beliebig großen Anteil an seinem Anteil versprochen – »aber das habe ich nicht angenommen« –, weiter durften sie Greggs Pritschenwagen und seinen Geländewagen benutzen, und sie konnten aus dem Haus mitnehmen, was immer sie in der Mordnacht dort fänden.

»Haben Sie je wirklich etwas bekommen?« fragte Mrs. Nicolosi.

»Ja«, gestand J. R. »Ich habe ein Paar Lautsprecher aus dem Pritschenwagen von Gregg bekommen.«

Trotz eines systematischen, entschlossenen Vorgehens, um J. R.s Geschichte zu kippen, hatte Sisti bei ihm nur wenig mehr Glück als bei Pete.

Er wies erfolgreich nach, daß die drei – J. R., Pete und Bill – die dicksten Freunde waren (J. R. lag so viel an dieser Freundschaft, sagte er, daß er sogar bereit gewesen wäre, bis an sein Lebensende ins Gefängnis zu gehen, wenn das für die Erhaltung dieser Freundschaft erforderlich wäre), daß sie dieses Ereignis von allem Anfang an miteinander besprochen hatten und daß sie auch jetzt noch fortfuhren, darüber zu sprechen. Aber er konnte J. R. nicht dazu bewegen, zuzugeben, daß sie ihre Geschichten miteinander abgesprochen und ihr Auftreten vor Gericht koordiniert hatten.

Tatsächlich aber widersprach ein Detail in J. R.s Aussage der Petes ganz augenfällig.

Als er im Zeugenstand war, sagte Pete aus, die Kugel, mit der Gregg getötet worden war, stamme aus einer Schachtel mit Munition, die sie am Nachmittag der Ermordung gekauft hatten. J. R. aber sagte aus, die Kugeln seien lange vorher beschafft worden, möglicherweise sogar schon im März.

In der Hoffnung, diese Diskrepanz als Hebel nutzen zu können, um J. R.s Story zu erschüttern, hämmerte Sisti auf diesem Punkt herum.

»Warum haben Sie denn diese Art von Kugeln gekauft?« fragte Sisti und erläuterte, daß diese Hohlkörpergeschosse ausschließlich für Zwecke der Zerstörung dienten und für keinen anderen Zweck, schon gar nicht für zielgenaues Schießen.

Bill wollte sie Pam zeigen, sagte J. R., um auf diese Weise zu beweisen, daß er wirklich die Absicht hatte, ihren Ehemann umzubringen, wie sie es von ihm verlangte.

»Aber warum ausgerechnet diese Art Munition?« wollte Sisti wissen.

»Bill wollte genau *diese* Kugeln«, insistierte J. R. »Er hatte mich gefragt, welche Munition sich am besten eigne, um jemanden umzubringen, und ich habe es ihm gesagt.«

Sisti stellte fest, aus der Tatsache, daß es sich um Munition vom Kaliber .38 handele, ergebe sich zweifelsfrei, daß sie bereits im März entschlossen waren, Gregg mit dem Revolver seines Vaters zu ermorden.

Nein, sagte J. R. »Im März hatten wir an den Revolver meines Vaters als Tatwaffe noch gar nicht gedacht. Damals wäre ich auch gar nicht bereit gewesen, sie die Waffe nehmen zu lassen oder mich an dem Mord zu beteiligen.« Es habe zuvor mindestens drei andere Versuche gegeben, eine Waffe in die Hände zu bekommen, sagte J. R., und das sei noch vor dem Zeitpunkt gewesen, zu dem der erste Versuch unternommen wurde, Gregg zu töten.

Wie Bill ausgesagt hatte, hatten er und Raymond anläßlich der Suche nach dem Revolver von Raymonds Vater das ganze Haus auf den Kopf gestellt, konnten ihn aber einfach nicht finden. Wenig später sagte Bill, Cecelia habe ihm berichtet, sie kenne jemanden, der eine Pistole in seinem Wagen aufbewahre, und da sei Bill unverzüglich in dieses Auto eingebrochen, um nach der Waffe zu suchen. Er konnte sie nicht finden. Bei einem dritten Versuch machte Cecelia sie auf einen Wagen aufmerksam, von dem sie annahm, es liege eine Waffe im Handschuhfach. Wieder blieb die Suche erfolglos. J. R. sagte, den Revolver seines Vaters zu benutzen sei eine Entscheidung in letzter Minute gewesen, und selbst dann noch habe der Plan eigentlich vorgesehen, Gregg mit dem Messer umzubringen statt mit dem registrierten Armeerevolver seines Vaters.

Sisti sah ein, daß er auf diesem Wege nicht weiterkommen werde. Folglich versuchte er es mit einer anderen Taktik. Er beschloß zu demonstrieren, daß J. R. und die anderen den Mord an Gregg ohne jedes Gefühl betrachteten.

»Ihnen hat doch der Gedanke an Mord überhaupt nichts ausgemacht, nicht wahr?« fragte er anklagend.

»Doch, das hat er wohl«, erwiderte J. R. sehr bestimmt.

»Und wie hat sich das geäußert?«

»Ich war schockiert«, sagte J. R., ohne allerdings geschockt zu klingen. »Es war schwer, daran zu denken, daß sie wirklich entschlossen sein könnten, es zu Ende zu bringen. Ich war besorgt, ja. Nervös. Aufgeregt, ja. Das ist keine einfache Sache, so was durchzuziehen.«

Ob er sich denn noch an seine Erklärung einem Polizeibeamten gegenüber erinnere, seine ersten Reaktion sei zwiespältig gewesen, wollte Sisti wissen.

»Ja«, erwiderte J. R., »aber das war in der ersten Nacht, und dann nahm die Vorstellung Gestalt an. Es war, als wenn man im Fernsehen sieht, wie jemand umgebracht wird. Aber je mehr ich darüber nachgedacht habe, um so mehr machte es mir zu schaffen.«

»Erinnern Sie sich noch, daß Sie sich über seinen Sarg gebeugt hatten?«

»Ja.«

»Hat es Ihnen da etwas ausgemacht?«

»Ja«, sagte J. R. in demselben emotionslosen Tonfall, dessen er sich schon während der ganzen Vernehmung befleißigt hatte.

Bevor Sisti es bei J. R. aufgab, unternahm er noch einen letzten Versuch; er wollte versuchen, seiner Theorie mehr Gewicht zu verleihen, Bill sei Pam verfallen gewesen, und er habe ihren Ehemann aus Eifersucht umgebracht.

»War es nicht von allem Anfang an – seit Ende 1989 – Bills innigster Wunsch gewesen, auf die eine oder andere Weise an Pam heranzukommen?«

»So hat er sich ausgedrückt, ja«, gab J. R. zu.

»Er hat also schon damals gesagt, wie sehr er in sie verliebt sei, wie sehr er Pam begehrte – mehr als alles andere auf der Welt?«

J. R. gab zu, das stimme zwar, allerdings sei Bills Fixierung auf Pam zu Beginn nicht so stark gewesen wie später. »Das fing so nach und nach an, als er sie immer öfter sah und sie besser kennenlernte. Es war schon Februar, als er anfing, darüber zu reden, wie gern er mit ihr intim würde.«

Ob dies vielleicht auch die Zeit gewesen sei, fragte

Sisti, zu der er anfing, darüber zu reden, wie sehr er Gregg haßte?

»Ja«, gestand J. R.

»Ihnen kam es sicher merkwürdig vor, daß er so viel von ihr sprach, oder sehe ich das falsch? Als einer seiner besten Freunde haben Sie doch sicher auch versucht, ihn wieder auf den Teppich zu holen, oder?«

»Ja«, gab J. R. zu. Wie auch immer, Sistis Position erfuhr postwendend schon wieder eine Schwächung, als Mrs. Nicolosi darauf hinwies, daß J. R. Pam ebenfalls immer öfter sah, je weiter die Zeit voranschritt, und daß es nicht allein Bill gewesen sei, der zu ihr ins Büro gegangen war.

»Das ist richtig«, sagte J. R.

An diesem Punkt des Verfahrens wurde die Strategie der Verteidigung klar. Sie wollte zeigen, daß Pete, Bill und J. R. Gregg aus drei Gründen ermordet hatten:

1. Weil Bill eifersüchtig auf Gregg war und ihn aus dem Weg schaffen wollte;
2. weil sie einfach mal wissen wollten, wie das ist, jemanden umzubringen; und
3. weil sie diverse Gegenstände aus Pams und Greggs Häuschen stehlen wollten.

Nach dem Mord verabredeten sie dann angeblich, sich gegenseitig zu schützen und Pam mit dem Mord zu belasten.

Bis dahin hatte Sisti allerdings wenig Glück, auch nur einen dieser Punkte nachzuweisen. Obwohl er sowohl Pete als auch Bill auf J. R.s erwähnten Wunsch ansprach, einmal mit einem Mord zu experimentieren, landete er nicht einen einzigen wirklich überzeugenden Treffer. Und der Nachdruck, mit dem sowohl Pete als auch J. R. dabei blieben, daß Pam an der Planung beteiligt gewesen war, sogar bis in den Nachmittag des Mordtages hinein, war ein machtvolles Zeugnis.

Pete und J. R. hatten sich als zwei im Grunde ihres Wesens absolut gefühllose Jugendliche präsentiert. Auf der anderen Seite hatte Pam ruhig am Verteidigertisch gesessen, selbst bei noch so niederschmetternden Zeugenaussagen, ohne auch nur mit der Wimper zu zucken. Tag für Tag war sie nach der neuesten Mode gekleidet, und im blonden Haar trug sie stets entweder einen hellen Reif oder ein ebensolches Band. Sie schien so bar jeglicher Emotionen, daß die Journalisten sie schon am ersten Tag ›die Eisprinzessin‹ tauften. Bis zu diesem Zeitpunkt hatte noch ein jeder, der in diesen Tod verstrickt war, einen bemerkenswerten Mangel an Emotionen an den Tag gelegt. Wenn aber Gefühlsausbrüche das waren, worauf alle warteten, sollten sie beim nächsten Zeugen voll auf ihre Kosten kommen: Bill Flynn. Er sollte noch Erregung zeigen bis zu einem Punkt, wo selbst Sisti und Twomey nahe davor schienen, ihre Hände zum Himmel zu erheben und um Gnade zu flehen.

19

Bills Zeugenaussage begann recht ruhig.

Er war ein schmächtiger, fast weiblich wirkender Jugendlicher mit schulterlangem, dunklem Haar, das er in der Mitte gescheitelt und hinter die Ohren gekämmt trug. Er hatte ein schmales dreieckiges Gesicht mit extrem großen hellen Augen, die nach oben durch einen Pony blickten, der bis fast auf die Brauen hinunter hing, und einen traurigen, fast ein wenig mürrisch wirkenden Mund. Er hatte an sich eine kräftige Stimme, doch sprach er so leise, so voller Ehrerbietung, daß er mitunter nicht zu verstehen war. Aber als er dann ruhig und gelassen so manches Fragezeichen aufzulösen begann, das hinter seiner Beziehung mit Pam stand, wagte im ganzen Auditorium kaum noch jemand zu atmen, aus Furcht, man könne auch nur eines seiner Worte überhören.

Er war Pam vom ersten Tag an, wo er sie sah, rettungslos verfallen, berichtete er. Und das war, als sie in das Klassenzimmer kam, in dem das Projekt ›Selbstachtung‹ für das Schuljahr 1990/91 organisiert wurde. Er hatte als studentische Hilfskraft in diesem Projekt volontiert, und Pam arbeitete in diesem Projekt schon länger als Gruppenleiterin. Während der Organisationstreffen zerfiel die Gruppe immer weiter in einzelne Arbeitskreise, und Bill sagte, er habe sich ständig darum bemüht, in Pams Nähe zu bleiben.

»Ich wollte bei ihr bleiben, weil sie sehr attraktiv war«, gestand er und fügte noch hinzu, daß er sehr beeindruckt gewesen war, als sie erzählte, sie besitze mehrere Bilder, auf denen sie zusammen mit verschiedenen Heavy-Metal-Gruppen zu sehen sei; das waren die Fotos aus der Zeit, als sie beim Studenten-Radio der Universität von Florida gearbeitet hatte.

Während er erzählte, kritzelte Pam, gekleidet in ein hellblaues Kleid mit passendem Stirnreif, die ganze Zeit nervös auf einem Blatt Papier herum. Ganz offensichtlich hörte sie etliche seiner Geständnisse heute zum erstenmal.

Als er ihr erzählte, wie sehr er die Heavy-Metal-Gruppen bewunderte, von denen sie sprach, lud sie ihn in ihr Büro auf der anderen Straßenseite ein, um sich die Bilder einmal anzusehen. Von da an, sagte er, sei das Band zu ihr ständig fester geworden.

»Ich sprach gern mit ihr«, sagte er so leise, daß Staatsanwalt Paul Maggiotto ihn auffordern mußte, ein wenig lauter zu reden. »Wir hatten vieles gemeinsam.«

Als sie kurz vor Weihnachten 1989 aus dem Projekt ›Selbstachtung‹ ausstieg, fragte Pam Bill, ob er nicht Lust habe, bei einem anderen Projekt mitzumachen, das auch einen Handel mit Orangensaft einschließen sollte. Sie wollte einen Filmclip produzieren, um an einem nationalen Preisausschreiben teilzunehmen. Der Preis war eine Reise ins Disneyland. Bill sah die Möglichkeit, die Frau seiner Träume öfter zu sehen, und stimmte sofort zu. Er wollte den Kameramann machen.

Nachdem er sie zuvor im Zusammenhang mit dem Projekt ›Selbstachtung‹ nur gelegentlich gesehen hatte, genoß Bill ihre Gegenwart fortan an drei oder auch vier Tagen in der Woche, und dann jedesmal zwei oder drei Stunden ohne Unterbrechung. Und nicht genug damit, verbrachte er auch die meiste Zeit seiner Unterrichtsstunden in ihrem Büro auf der der High-School gegenüberliegenden Straßenseite, um an einer Veranstaltung teilzunehmen, die er ›Brainstorming für das Orangensaft-Projekt‹ nannte. Eines der anderen Mitglieder der Gruppe war Cecelia Pierce.

»Wir wurden gute Freunde«, sagte Bill, womit er sich auf die sich entwickelnde Beziehung zu Pam bezog.

»Wußten Sie, daß sie verheiratet war?« fragte Maggiotto.

»Ja«, antwortete Bill leise.

»Wußten Sie auch, mit wem sie verheiratet war?«

»Ja«, erwiderte er, »mit Gregg Smart.«

Als Anfang Februar seine Verliebtheit mehr und mehr zur Besessenheit wurde, erreichte Bill via Cecelia eine Nachricht Pams, in der es hieß: »Komm zu mir ins Büro, es gibt da etwas, das ich dir sagen möchte.«

Doch als er dann aufgeregt eintraf, sagte er, schien sie zunächst wenig Lust zu haben, ihm zu erklären, warum sie ihn sehen wollte. »Sie war nervös«, erinnerte sich Bill. »Sie wollte mir zuerst gar nicht sagen, worum es ging.«

»Und worum ging es?« hakte Maggiotto nach und neigte den Kopf ein wenig vor, als wolle er Bill ermuntern, sich so viel Zeit für seine Story zu nehmen, wie er brauchte.

»Zuerst fragte sie mich, ob ich manchmal an sie dächte, wenn sie nicht da sei. Ich sagte ja. Und dann bekannte sie: ›Nun, ich denke die ganze Zeit an dich‹.«

»Was haben Sie sich da gedacht?« fragte Magiotto.

»Ich war irgendwie geschockt«, erwiderte Bill. »Ich habe einfach nur zugehört. Das hatte ich nicht erwartet. Sie sagte, sie wisse nicht, was sie tun solle, denn sie sei ja verheiratet. Aber ich war einfach nur glücklich. Ich war ein fünfzehnjähriger Junge und sie eine sehr attraktive zweiundzwanzigjährige Frau, die von sich sagte, daß sie mich mochte. Ich war ein bißchen durcheinander.«

»Was geschah danach?« fragte der Ankläger.

Wenige Tage später gab es einen weiteren Durchbruch, erinnerte sich Bill. Er erzählte, er und Pam seien hinausgefahren, um Szenen für den Orangensaft-Handel zu fotografieren, und seien schließlich bei ihm zu Hause gelandet. Sie gingen in sein Zimmer, und er schloß die Tür und verriegelte sie. Dann streckten sie sich auf seinem Bett aus und fingen an, miteinander zu plaudern. »Wir lagen auf den Laken«, erinnerte er sich. »Meine Mutter war zwar zu Hause, aber sie war in einem anderen Teil des Hauses beschäftigt. Pam sagte: ›Möchtest du mich küssen?‹ Ich sagte ja, und sie sagte daraufhin: ›Muß ich erst kommen und dich vergewaltigen?‹« Dann hätten sie angefangen zu ›fummeln‹, wie Bill sagte, aber sie hatten keinen Verkehr. Das passierte erst etliche Tage später, als er, Pam und Cecelia, die sie als eine Art Anstandswauwau mitgenommen hatten, in Pams Haus fuhren.

Gregg war zu der Zeit auf einer Geschäftsreise und nicht in der Stadt.

»Vorher hatte sie mich gefragt«, berichtete Bill, »ob ich je den Film *Neuneinhalb Wochen* gesehen hätte. Ich sagte nein. Sie erzählte mir, in diesem Film tanze Kim Basinger für Mickey Rourke, und sie wollte genauso für mich tanzen.«

Auf dem Weg zu dem Haus hielten sie an einer Videothek, wo sie sich mehrere Filme ausliehen, darunter auch *Neuneinhalb Wochen.*

»Wir schauten uns den Film an und gingen dann nach oben«, berichtete Bill, während sie Cecelia unten gelassen hätten, damit sie sich auch noch die anderen Filme ansehen sollte, die sie mitgebracht hatten.

»Ich saß auf dem Bett ...«

»Was hatten Sie an?« unterbrach ihn Maggiotto.

»Ich hatte überhaupt nichts mehr an.«

»Und die Angeklagte?«

»Sie war verlegen«, sagte Bill. »Sie ging ins Badezimmer. Sie steckte den Kopf durch die Tür und sagte, sie sei fett. Ich sagte: ›Nein, das bist du nicht‹.«

Im Gästezimmer gab es eine tragbare Stereo-Anlage, sagte Bill, und die hatten sie gemeinsam ins eheliche Schlafzimmer gebracht. Als Pam aus dem Badezimmer zurückkehrte, trug sie ein Negligé, das sie sich eigens aus diesem Anlaß gekauft hatte. Sie legte die Van-Halen-Diskette *OU 812* in den Player, und als dann der Song ›Black and Blue‹ ertönte, fing sie an zu tanzen.

»Danach hatten wir Sex«, sagte er.

»Auf dem Bett?« fragte Magiotto.

»Auf dem Bett ... auf dem Fußboden ... überall«, erwiderte Bill.

Irgendwann später in der Nacht, fügte er hinzu, ging er dann nach unten und kehrte mit einem Glas voller Eiswürfel zurück, mit denen er Pam einrieb, um auf diese

Weise eine andere Szene aus dem Film *Neuneinhalb Wochen* nachzuspielen.

»Hatten Sie bis zu diesem Zeitpunkt«, unterbrach der Ankläger den Redestrom Bills, »je mit der Angeklagten über deren Ehemann gesprochen?«

»Nein«, sagte er und schüttelte den Kopf.

Zum erstenmal sei Gregg am darauffolgenden Tag Gegenstand einer Unterhaltung geworden, sagte er. Nachdem Pam Cecelia zu Hause abgesetzt hatte, fuhr sie Bill nach Hause. Bei dieser Gelegenheit sprach sie eher vage davon, daß sie am liebsten jemanden umbringen würde. Bill sagte, er habe sie zunächst mißverstanden und geglaubt, sie rede von ihrer Sekretärin.

Aber warum willst du sie denn gleich umbringen? habe er sie gefragt.

»Nicht meine Sekretärin«, erwiderte Pam. »Ich spreche von Gregg!«

Dann, so erinnerte sich Bill, hatte sie ihm dargelegt, die einzige Möglichkeit, weiter zusammensein zu können, bestehe darin, Gregg loszuwerden. Andernfalls, sagte er, habe ihm Pam erzählt, laufe sie Gefahr, in einem Scheidungsverfahren alles zu verlieren. »Sie sagte, danach werde sie weder Auto noch Möbel noch eine Wohnung haben, weil alles auf seinen Namen laufe. Sie sagte, er werde sich sogar Halen nehmen«, womit sie den Shih-Tzu-Hund meinte.

Seiner Einlassung zufolge hatte Pam ihm gesagt, sie und Gregg hätten nur deshalb geheiratet, weil es sich einfach so gehört hätte, nachdem sie schon seit drei Jahren zusammenwaren, doch seither habe er sie immer wieder mißbraucht. Eines Tages, so habe sie ihm erzählt, soll Gregg sie sogar aus dem Haus geworfen haben, obwohl draußen Schnee lag.

»Sie fing an zu weinen«, schilderte er die damaligen Ereignisse. »Sie sagte, der einzige Weg, daß wir zusammenbleiben könnten, sei, daß wir Gregg umbrächten. Sie sagte, sie wolle mit mir zusammensein, aber der einzige Weg, den sie für uns sähe, wäre, Gregg zu töten.«

»Was dachten Sie da?« fragte Maggiotto.

»Ich habe nicht gedacht, daß sie das ernst meinte«, sagte Bill.

Einige wenige Tage später, sagte er, sei er in ihrem Büro gewesen und sie habe ihm gesagt: »So könnte es gehen.« Und dann entwickelte sie einen Plan, der im wesentlichen dem glich, den Bill dann später tatsächlich ausführte.

Maggiotto fragte, ob er schon zum damaligen Zeitpunkt mit Pete oder J. R. darüber geredet habe.

»Ja«, sagte Bill.

»Haben die beiden Ihnen Hilfe in irgendeiner Art angeboten?«

»Nein.«

»Haben Sie sich nach einer Schußwaffe umgesehen?«

»Ja«, sagte er und berichtete, wie er versucht hatte, in Wagen einzubrechen, die Cecelia für ihn ausbaldowert hatte.

»Wann haben Sie zum erstenmal versucht, Gregg umzubringen?« fragte der Ankläger.

Das war gegen Ende des Monats März, sagte Bill. Pam hatte an diesem Abend eine Sitzung, und sie meinte, das sei eine gute Gelegenheit, dem Plan die Ausführung folgen zu lassen. Er gab ihr recht und sagte ihr, er wolle es versuchen, aber in Wirklichkeit trug er sich keineswegs mit dieser Absicht.

Anstatt sich also zu dem Haus in Derry zu begeben und Gregg umzubringen, ging er nach Hause. Später am Abend, als seine Mutter sich schon schlafen gelegt hatte, rief er Pam im Büro an.

Er hoffte, Pam werde seinen Sinneswandel sicher verstehen, und ihre Beziehung werde weitergehen wie den ganzen letzten Monat schon.

»Ich erzählte ihr, ich sei nicht hingegangen. Ich hätte weder ein Auto noch eine Schußwaffe gehabt. Sie hätte mich fast gefressen.«

»Was meinen Sie damit?« fragte Maggiotto.

»Sie fing an, mich anzuschreien«, antwortete er. »Sie schrie: ›Du liebst mich nicht! Wenn du mich liebhättest, würdest du das für mich tun, damit wir zusammenbleiben können. Es ist völlig sinnlos, daß wir uns weiter wie bisher treffen, weil wir ja doch nie wirklich zusammensein könnten.‹«

»Wie haben Sie sich da gefühlt?«

»Ich war echt aufgeregt«, sagte Bill. »Ich habe angefangen – zu weinen.«

»Wie klang Pams Stimme?«

»Ich hatte sie noch nie vorher so gehört.«

»Was, dachten Sie, würde nun passieren?«

»Ich dachte, es sei aus«, erläuterte er; er hatte befürchtet, die Beziehung sei damit zerbrochen. Aber das war sie keineswegs.

Am nächsten Tag, sagte er, habe ihm Cecelia zwischen zwei Unterrichtsstunden eine neuerliche schriftliche Einladung von Pam überbracht.

»Ich ging hinüber, um mich mit ihr zu treffen, und sie entschuldigte sich, daß sie so ausgeflippt sei. Sie sagte mir, ich solle mir keine Sorgen machen und daß sie bald eine andere Sitzung während der Abendstunden habe und wir es ja denn machen könnten.«

»Nachdem sie Ihnen das also nun gesagt hatte, was taten Sie da?« fragte Maggiotto.

»Ich sagte, okay, ich mach's. Damals fing ich wieder an, mit Pete, J. R. und Raymond darüber zu reden. Ich wollte einen Revolver haben, den ich ihr wenigstens zeigen könnte. J. R. und Pete lehnten es noch immer ab, mir zu helfen. Sie sagten, ich sei verrückt.«

»Und was war mit Raymond?«

Nach Bills Aussage fragte Raymond, was Pam denn Wertvolles im Haus habe, das sich zu klauen lohnen könnte.

»Ich erzählte ihm kurz, wie die Situation war«, sagte Bill. »Ich sagte ihm, daß Pam erklärt hatte, er könne alles aus dem Haus mitnehmen, was er wollte, wenn er mir nur helfe. Er sagte, das sei okay.«

Raymonds Vater hatte bis zu seinem Tod als Polizeibeamter gearbeitet, sagte Bill, und Raymond war der Meinung gewesen, seine alte Dienstwaffe müsse noch irgendwo im Haus sein. Aber als sie danach suchten, konnten sie sie nicht finden. Raymond fand, das sei kein Grund zur Aufregung, ein gutes Messer tue dieselben Dienste.

Gemeinsam fingen sie dann an, den Plan auszufeilen. Bill sammelte ein paar alte Sachen zum Anziehen, die sie bei dem Unternehmen tragen und anschließend wegwerfen konnten. Raymond hatte vorgeschlagen, nicht dieselben Turnschuhe wie alle Tage zu tragen, weil die Polizei die Abdrücke sichern und so vielleicht auf ihre Spur kommen könnte. Sie sollten auf alle Fälle alte Turnschuhe anziehen, die sie dann hinterher wegwerfen könnten.

Bill beschaffte die alten Kleidungsstücke und steckte sie in eine Sporttasche, die er in seinen Wandschrank stellte. In diese Tasche steckte er auch ein scharfes Messer, das Raymond beigesteuert hatte.

»Das war etwa Ende April«, sagte Bill, »etwas weniger vielleicht als einen Monat nach dem ersten Versuch. Pam hatte mir gesagt, sie werde die Kelleraußentür offenlassen. Aber wir hatten noch immer kein Auto.«

Pam löste auch dieses Problem, sagte er, indem sie einverstanden war, daß sie ihren CRX benutzten. Sie stellte ihn auf dem Parkplatz hinter ihrem Büro ab und ließ den Zündschlüssel stecken. Er und Raymond sollten in der Nacht, die sie ausgemacht hatten, kommen und ihn sich holen, sagte Bill.

An jenem Nachmittag gingen er und Raymond mit Pete und J. R. zusammen in ein Kaufhaus, um sich Tickets für ein Konzert zu kaufen. Sie baten darum, hinterher bei Pams Büro abgesetzt zu werden. Er erinnerte sich noch besonders daran, daß Pete dabeigewesen war, sagte Bill, weil sie auf dem Weg zu Pams Büro an einem Wagen vorbeikamen, in dem ein hübsches Mädchen saß, das Pete sofort ›anmachte‹. »Wir haben alle darüber gelacht«, setzte er hinzu.

Als er sich in Pams Wagen setzte und den Zündschlüssel drehte, fing der Kassettenrecorder an, eine Van-Halen-Kassette zu spielen. Der Recorder stand genau auf dem Titel ›Black and Blue‹.

Von Pams Büro aus fuhren sie zu Bill nach Hause, um die Sporttasche mit den alten Kleidungsstücken und dem Messer zu holen. Auf ihrem Weg aus der Stadt heraus hielten sie dann noch an einer Drogerie, wo er einige Paar Latexhandschuhe kaufen konnte. »Ich habe sechs Paar gekauft«, sagte er. »Sie kosteten zehn Cent pro Paar.«

Auf dem Weg nach Derry habe er es dann mit der Angst bekommen.

»Warum das?« fragte Maggiotto.

»Ich wollte es nur bis zu einem bestimmten Punkt treiben. Ich wollte Gregg nicht umbringen.«

»Und warum haben Sie dann die ganze Planung mitgemacht?«

»Ich hatte Angst, Pam werde mich verlassen, wenn ich nein sagte.«

»Hat sie das denn gesagt?«

»Nein, aber beim erstenmal war sie so wütend geworden, daß ich sicher war, sie würde es tun.«

Als sie auf ihrem Weg nach Derry an eine Gabelung des Highway kamen, wo sie eigentlich hätten links abbiegen müssen, sagte Bill, habe er Raymond ausdrücklich aufgefordert, nach rechts abzubiegen. Ein paar Minuten später mußte er dann zugeben, daß er sich verfahren hatte, und sie hielten an einer Tankstelle an, um sich nach dem Weg zu erkundigen. Als sie dann endlich an dem Häuschen ankamen, sagte Bill, habe Greggs Pritschenwagen bereits davor gestanden. Nur um sich endgültige Gewißheit zu verschaffen, seien sie zur Rückseite des Hauses geschlichen, wo sie dann Licht im Schlafzimmer sahen.

»Siehst du, er ist schon zu Hause«, hatte Bill seinem Freund Raymond erklärt. »Jetzt können wir es nicht mehr machen.«

Sie seien dann zu einer Telefonzelle in der Nähe des Plaza gegangen, fuhr Bill fort, und von dort habe er Pam angerufen und ihr vom Scheitern ihres Planes erzählt.

Sie fuhren zurück nach Hampton, holten Pam ab und fuhren Raymond nach Hause. Pam schwieg sich aus, bis sie Raymond abgesetzt hatten. Dann, sagte Bill, habe sie ihn wieder angeschrien.

»Sie sagte: ›Wie, zum Teufel, konntest du dich denn nur so verfahren? Du bist doch schon mal dahingefahren? Du liebst mich nicht! Du hast dich absichtlich verfahren. Wenn du mich wirklich liebhättest, dann hättest du es getan.‹ Ich versicherte ihr, wie sehr ich sie doch liebte.«

»Haben Sie sie wirklich geliebt?« wollte der Staatsanwalt wissen.

»Ja, das habe ich«, erwiderte Bill, und nun rollten erste Tränen über seine Wangen.

Mit dem Blick eines Vaters, dessen Sprößling gerade im Supermarkt einen Wutanfall bekommen hatte, fragte Maggiotto: »Und was passierte dann?«

»Sie sagte, sie werde im Mai wiederum eine Sitzung haben. Da wußte ich, das würde es sein.«

Zu diesem Zeitpunkt habe er wieder angefangen, mit Pete und J. R. über die Sache zu reden, sagte Bill.

»Ich sagte ihnen, sie könnten alles aus dem Haus mitnehmen, was sie wollten, und daß Pam jedem womöglich noch tausend Dollar zahlen werde. Da wurden sie dann aufmerksam.«

Bill erzählte, er habe anschließend Pam aufgesucht und ihr erzählt, was er mit Pete und J. R. besprochen hatte. Als er die Geldsumme nannte, änderte sich ihr Gesichtsausdruck.

»Ist das so in Ordnung?« habe er sie daraufhin gefragt. Sie sagte nein, das sei ganz und gar nicht in Ordnung. Gemäß Bills Aussage, soll sie weiter gesagt haben, gerade dadurch würden so viele auffliegen. Die Leute würden geschnappt, meinte sie, wenn sie jemanden für Geld anheuerten, um einen Mord durchzuführen. Tausend Dollar seien sowieso zuviel, sagte sie. Fünfhundert würden es auch tun.«

»Haben Sie Pete und J. R. das mitgeteilt?« fragte der Staatsanwalt.

»Ja, das habe ich. Und nun war J. R. auch einverstanden, daß ich den Revolver seines Vaters benutzte.«

Maggiotto fragte, ob Pam jedesmal dabeigewesen sei, wenn er den Plan mit Pete und J. R. besprochen habe.

Er dachte einen Moment nach. »Nein«, sagte er. »Aber einmal haben Pam und ich auch im Beisein von J. R. darüber gesprochen. Sie sprach nicht gern in Gegenwart anderer davon.«

»Was war mit Cecelia?«

»Vom ersten Tag an redeten wir vor Cecelia ganz offen über alles«, erwiderte Bill.

»Was hielten Sie denn davon, daß Pam vor Cecelia ganz offen darüber sprach?«

»Es gefiel mir überhaupt nicht«, sagte Bill. »Ich traute Cecelia in der Hinsicht nicht über den Weg.«

»Haben Sie darüber je mit der Angeklagten gesprochen?«

»Allerdings.«

»Und was hat sie gesagt?«

»Sie sagte, ›Cecelia würde mich nie verraten‹.«

Maggiotto fragte Bill, ob er jemals etwas beobachtet habe, das bestätigen würde, was Pam ihm über ihre Beziehung zu ihrem Mann erzählt hatte.

»Ja einmal«, sagte er. »Gregory hatte die Angewohnheit, sie jeden Tag um die Mittagszeit anzurufen. Einmal saßen wir alle mittags im Medienzentrum. Ich, J. R., Cecelia und Pam. Das Telefon läutete, und Pam schaltete den Lautsprecher ein. Ich erinnere mich, daß Gregg sagte: ›Ich habe vor fünfzehn Minuten schon mal angerufen. Wo, zum Teufel, warst du da?‹ Und sie antwortete: ›Was geht das dich an?‹ Daraufhin fingen sie fürchterlich zu streiten an, und er rief: ›Ja, was ist? Willst du die Scheidung?‹ Und sie antwortete: ›Gut möglich.‹ Dann hängten beide ein. Kurz danach rief er wieder an, und sie trugen ihren Streit aus, daß die Fetzen flogen.« Hinterher erzählte sie ihm, so werde sie jedesmal von Gregg behandelt.

20

Donnerstag, 12. März 1991: Bill Flynns siebzehnter Geburtstag. Kein Kuchen. Keine Kerzen. Keine guten Wünsche. Es war gewiß nicht sein glücklichster Geburtstag, aber unzweifelhaft sollte er zu seinem denkwürdigsten werden.

Nachdem der Hintergrund von Bills und Pams Beziehung aufgehellt war, führte Maggiotto den Jungen jetzt zu dem eigentlichen Mord. Kurz bevor Richter Gray das Gericht auf Montag vertagte, hatte Bill erklärt, daß die Kugeln, die in der Nacht des Mordes verwendet worden waren, aus einer Schachtel stammten, die er und seine Freunde unter dem Vorwand erworben hatten, die Kugeln beim Zielschießen zu verwenden. Das Geld für die Patronen stammte von Pam.

Bill erzählte im Kern dieselbe Geschichte wie schon vor ihm Pete und J. R. über die Fahrt nach Haverhill, wo sie das Auto von J. R.s Großmutter holten, bevor sie sich auf den Weg machten; allerdings beschrieb Bill viel ausführlicher, wie es im Innern des Hauses der Smarts ausgesehen hatte.

Dort sei es stockfinster gewesen, sagte er, und das einzige Licht, das sie anzuzünden gewagt hatten, war jenes im Badezimmer gewesen, wo es keine Außenfenster gab. Solange sie sich noch im Untergeschoß aufhielten, konnten sie sich nur anhand des diffusen Lichtes orientieren, das von draußen hereingedrungen sei. Nach einer Taschenlampe suchten sie vergebens. »Aber nachdem sich unsere Augen erst einmal dran gewöhnt hatten, war es nicht mehr schlimmer«, sagte Bill.

Während sie darauf warteten, daß Gregg nach Hause kam, diskutierten sie noch darüber, ob sie nicht im Flur die Glühbirne aus der Fassung drehen sollten, damit es nicht hell werde, wenn Gregg eintrat und den Schalter betätigte. Nachdem sie diese Idee von allen Seiten beleuchtet hatten, entschieden sie sich am Ende dann doch dagegen, weil sie sich dachten, die Polizei könne später, wenn sie entdeckte, daß eine Glühbirne herausgedreht worden war, schnell zu dem Schluß gelangen, daß dieses Verbrechen mehr sei als nur ein mißglückter Raubzug.

Bill ging hinüber zum Tisch, nahm zwei Kerzenständer aus Messing zur Hand und stellte sich vor, daß er sie Gregg einfach über den Kopf schlug, kaum daß dieser den Kopf zur Tür hereinsteckte. Nachdem er diesen Gedanken etliche Sekunden hin und her gewälzt und dann wieder verworfen hatte, stellte er die Kerzenständer geistesabwesend in der Nähe der Tür wieder auf den Boden.

Von dort aus ging er in die Küche und schwang sich auf die Fensterbank. Durch die Spalten der Jalousie hindurch konnte er den Parkplatz draußen beobachten. Endlich tauchte Gregg auf.

»Ich sah ihn auf den Parkplatz fahren«, erinnerte sich Bill. »Sofort lief ich in den Flur und rief: ›O mein Gott, Pete, er ist da. Er ist da!‹«

Pete sagte ihm, er sollte sich beruhigen, und dann rannten sie auf ihre Posten, aber sie waren dermaßen durcheinander und aufgeregt, daß Bill hinter der Tür verschwand, wo eigentlich Pete Aufstellung nehmen sollte, weswegen Pete sich dann an der Treppe auf der anderen Seite des Foyers postierte.

»Ich hörte Gregg auf die Tür zugehen«, sagte Bill. »Ich konnte die Schlüssel klirren hören. Dann öffnete Gregg die Tür. Er drehte die Lichter an und rief nach Halen.«

Er war gerade in den Flur getreten, aber noch nicht so weit, daß Bill hinter ihm die Tür hätte ins Schloß werfen können.

»Er stand einfach nur da«, schilderte Bill diesen Augenblick atemloser Spannung. »Und ich und Pete standen auch einfach nur da.«

»Wie lange hat das gedauert?« fragte Maggiotto.

»Ich weiß es nicht«, erwiderte Bill. »Aber es dauerte schon eine ganze Weile.«

Aus Angst, Gregg könne einen Hinterhalt argwöhnen, langte Bill nach vorn, packte ihn an der Schulter und zog ihn ins Haus hinein. Aber Gregg fing an zu schreien und versuchte, wieder aus dem Haus zu fliehen.

»Was hat er denn geschrien?« unterbrach Maggiotto ihn.

»Ich weiß es nicht mehr«, sagte Bill.

»Was passierte weiter?«

»Pete sprang herbei und stieß Gregg mit einem Fußtritt hinein. Dann löschte Pete die Lichter und versuchte, die Tür zu schließen, aber die Matte hatte sich in die Tür geschoben. Er zog die Matte in den Flur zurück und schloß die Tür. Gregg fragte: ›Was ist los? Was ist denn nur los?‹ Und ich sagte ihm, er solle still sein.«

Bill fuhr fort, er und Pete hätten Gregg praktisch gleichzeitig aufgefordert, auf die Knie hinunterzugehen. Als Gregg diesem Verlangen nicht gleich nachkam, packte Pete den entsetzten Gregg bei den Haaren und zwang ihn auf die Knie.

Während er erzählte, wurde Bill immer aufgeregter. Als er berichtete, wie er und Pete Gregg gepackt hatten, geriet er sogar ins Keuchen, und sein immer rascher gehender Atem gab schließlich den Tränen freien Lauf.

»Pete redete mit Gregg; er zerrte ihn an den Haaren.«

»Was sagte Gregg denn?«

»Ich weiß es nicht mehr. Pete stand vor ihm, und ich stand links von ihm, direkt hinter ihm.«

Maggiotto forderte ihn auf, den Zeugenstand zu verlassen und sich vor die Geschworenen zu stellen, um diesen den Tathergang anschaulich zu demonstrieren. Als er sich erhob, überragte er noch den Staatsanwalt.

»Wollen Sie, daß ich mich hinknie?« fragte Bill.

»Ja«, erwiderte Maggiotto. »Ich möchte, daß Sie sich hinknien.«

Als Bill sich vor die Geschworenen auf den Boden kniete, den Kopf vornübergebeugt und die Hände in Taillenhöhe eingestemmt, um so die Stellung zu demonstrieren, in der Gregg sich damals befand, hatte er sichtlich Mühe, nicht aus der Fassung zu geraten.

»Sie können sich wieder setzen«, sagte Maggiotto.

Bill taumelte mehr in den Zeugenstuhl zurück, als daß er gegangen wäre; inzwischen weinte er so heftig, daß er minutenlang nicht mehr reden konnte.

»Nachdem Gregg im Haus war«, schluchzte Bill, kaum daß er sich wieder einigermaßen gefaßt hatte, »hat er sich so gut wie gar nicht mehr gewehrt.«

Ein Gerichtsdiener in dunkelbrauner Sportjacke eilte nach vorn und stellte eine Schachtel mit Papiertaschentüchern vor Bill hin.

»Vielen Dank«, murmelte Bill, bevor er dann fortfuhr: »Gregg fragte nur immer wieder, was denn los sei.«

»Was haben Sie ihm da gesagt?« fragte Maggiotto.

»Ich habe nur gesagt, er soll den Mund halten.«

Pam saß nicht weit entfernt am Zeugentisch, die Augen gesenkt und die gepflegten Fingerspitzen leicht gegen die Stirn gepreßt. Sie war nie näher daran gewesen, so etwas wie innere Bewegung zu zeigen.

»Was passierte als nächstes?« hakte Maggiotto nach.

»Wir hatten doch vorgehabt, ihm die Kehle durchzuschneiden«, schluchzte Bill, »aber wir konnten uns dazu einfach beide nicht durchringen.«

Er unterbrach sich, um sich die Augen trockenzuwischen und ein paarmal tief Luft zu holen. »Pete hatte ihn bei den Haaren gepackt und hielt ihm mit der anderen Hand das Messer ans Gesicht.«

Gelassen ging Maggiotto durch den Raum und holte ein langes, gefährlich aussehendes Messer aus einer Reservaten-Tasche auf dem Tisch der Gerichtsdiener. Dann ging er schnell zum Zeugenstand zurück und zeigte Bill das Messer.

»Ist dies das Messer?« Bill sagte, dies sei das Messer, wobei er die Waffe kaum richtig anblickte. Der Gerichtsdiener kam mit einem Glas Wasser, das Bill dankbar nahm.

Als ihnen bewußt wurde, daß sie es nicht schaffen würden, ihm die Kehle durchzuschneiden, erklärte Bill schluchzend, habe er zuerst auf Pete und dann auf den Revolver in dessen Hosenbund geblickt. Pete nickte zustimmend, und Bill zog die Waffe.

»Ich holte sie heraus«, schluchzte er laut, »und zog den Hammer zurück.«

»Haben Pete und Gregg irgend etwas gesagt?« fragte Maggiotto.

»Sie redeten noch immer miteinander«, sagte Bill leise, »nur kann ich mich an ihre Worte nicht mehr erinnern.«

»Was passierte dann?«

»Ich zog also den Hammer zurück und richtete die Mündung auf seinen Kopf. Ich stand einfach nur so da . . .«

»Für wie lange?«

»Hundert Jahre, schien es mir. Und ich sagte . . . ›Gott im Himmel, vergib mir . . .‹« Bills Schluchzen steigerte sich nun zu einem hysterischen Winseln, es war, als würde er von elektrischen Stromstößen durchschüttelt.

»Was taten Sie, nachdem Sie ›Gott im Himmel, vergib mir‹ gesagt hatten?« drängte der Staatsanwalt.

»Ich zog den Abzug durch«, erwiderte Bill leise.

Auch Richter Gray blieb nicht unberührt von dem Drama, das sich da vor seinem Richtertisch abspielte. »Es ist Zeit für eine Unterbrechung«, sagte er, und das leichte Kratzen in seiner Stimme war unüberhörbar.

Nach der Unterbrechung wirkte Bill ein wenig gefaßter, doch noch immer schluchzte er leise vor sich hin, und gelegentlich wischte er sich auch einmal die Augen aus.

Als ihn der Staatsanwalt fragte, wie weit denn die

Dieses Foto gab Pamela Smart
ihrem fünfzehn Jahre alten Liebhaber Billy Flinn
(AP/Wide World)

Pamela und Gregg Smarts Haus am Misty Morning Drive in dem Städtchen Derry
(Tami Plyler, Sygma)

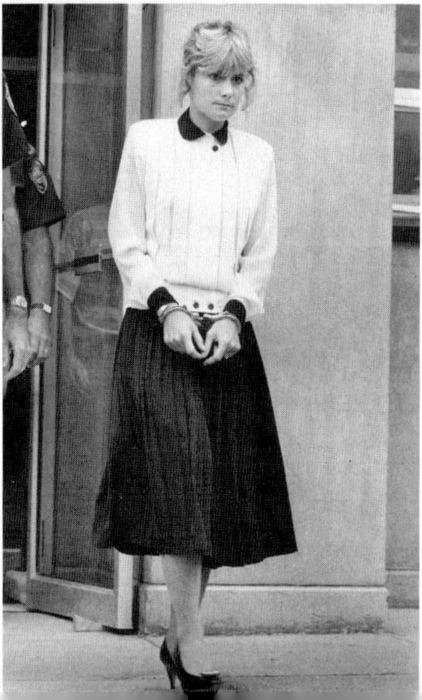

Nach der Voruntersuchung verläßt Pamela Smart das Rockingham-County-Gerichtsgebäude in Exter
(Tami Plyler, Sygma)

Pamela Smart verläßt ihr früheres Haus, nachdem sie in Begleitung der Polizei den Geschworenen den Tatort gezeigt hat
(Tami Plyler, Sygma)

Billy Flynn auf dem Weg zum Gerichtssaal
(Tami Plyler, Sygma)

Patrick »Pete« Randall im Zeugenstand
(AP/Wide World)

Vance »J. R.« Lattime
(AP/Wide World)

Vor Gericht zeigte man Billy Flynn noch einmal den Revolver, mit dem er die Tat begangen haben soll
(AP/Wide World)

Cecilia Pierce, die wichtigste Zeugin der Anklage, legt vor Gericht den Eid ab
(Tami Plyler, Sygma)

Diana Cullen (oben) und Marianne Moses (unten), Mitgefangene im Frauengefängnis von Goffstown, werden zu Pam Smart befragt
(Tami Plyler, Sygma)

Die Anwälte der Verteidigung:
Paul Twomey und Mark Sisti
(Tami Plyler, Sygma)

Die Staatsanwälte und Ankläger:
Paul Maggiotto und Diane Nicolosi
(Tami Plyler, Sygma)

Judith und William Smart, die trauernden Eltern des Opfers
(Tami Plyler, Sygma)

Linda und John Wojas, die Eltern von Pam Smart
(Tami Plyler, Sygma)

Waffe von Greggs Kopf entfernt gewesen sei, als er den Abzug durchzog, drohte Bill erneut die Fassung zu verlieren und zusammenzubrechen.

Er könne sich nicht mehr erinnern, erwiderte er, aber es sei sehr nahe gewesen.

»Warum sagten Sie: ›Gott im Himmel, vergib mir‹?« fragte Maggiotto ihn.

»Weil – das ist doch nichts...« stammelte Bill los, »das ist nichts...« Er hielt einen Augenblick inne, und dann brach es aus ihm heraus: *»Ich wollte Gregg nicht umbringen. Ich wollte mit Pam zusammensein, und das hier mußte ich tun, um mit Pam zusammensein zu können. Aber ich wollte Gregg nicht umbringen!«*

»Was geschah, nachdem Sie Gregg Smart erschossen hatten?« fragte Maggiotto nicht einmal unfreundlich.

»Ich bin zur Tür hinausgerannt«, sagte Bill. »Ich bin einfach nur noch gerannt.«

Maggiotto durchquerte den Gerichtssaal, wühlte in der Plastiktasche, aus der er schon zuvor das Messer geholt hatte, und förderte einen Revolver zutage.

»Ist das die Schußwaffe?« fragte er Bill und hielt ihm den Revolver unter die Nase.

»Ja«, antwortete Bill und schluchzte laut.

Der Höhepunkt des Dramas war nun überschritten, die Zeugeneinvernahme aber damit noch nicht beendet. Während Bill noch darum rang, wenigstens einigermaßen die Fassung wiederzugewinnen, wühlte Maggiotto in dem Stoß von Papieren auf seinem Tisch und holte ein Dokument heraus, von dem er sagte, es sei die schriftliche Vereinbarung mit der Staatsanwaltschaft, die Bill gut sieben Wochen zuvor unterzeichnet habe.

»Wollten Sie heute hier aussagen?« fragte er betont brüsk.

»Nein«, erwiderte Bill. »Ich wollte nicht gegen Pam als Zeuge auftreten.«

»Und warum nicht?« fragte Maggiotto.

»Aus einem einzigen Grund nicht«, erwiderte Bill. »Ich hatte ihr gesagt, ich würde nie etwas weitererzählen. Und ich habe sie geliebt.« Er vermied es geflissentlich, dabei zum Tisch der Verteidigung hinüberzublicken. Und Pam vermied es ganz offensichtlich, zu ihrem früheren Geliebten hinüberzusehen.

Um es der Reihe nach zu erzählen, sagte Bill, wollte er die Übereinkunft zunächst nicht unterzeichnen, bis derselbe Handel (die Möglichkeit, auf Mord zweiten Grades zu plädieren, um auf diese Weise leichtere Strafen zu erwirken – ein Minimum von achtundzwanzig Jahren für Bill und Pete und achtzehn Jahre für J. R.) auch seinen Freunden angeboten worden sei. »Ich habe sie da reingezogen«, setzte er hinzu, »und ich wollte nicht gegen sie aussagen müssen.«

Bevor er bereit war, den Zeugen zu entlassen, wollte Maggiotto noch verschiedene andere Fragen abklären. Und das tat er denn auch methodisch, indem er einer vorbereiteten Liste folgte und, wie er hoffte, eine weitere Kette um Pams Zellentür legte.

Unter den unerbittlichen Fragen des Staatsanwaltes berichtete Bill im einzelnen, wie Pam

- versucht hatte, ihre Beziehung vor bestimmten Leuten geheimzuhalten, zu denen aber nicht Cecelia, Pete und J. R. gehörten,
- ihm erzählt hatte, sie habe ihm zu seinem Geburtstag am vergangenen 12. März ein goldenes Armband schenken wollen, sich aber nicht getraut, weil Gregg außer sich gewesen wäre, wenn er hätte feststellen müssen, daß plötzlich fünfhundert Dollar auf dem Girokonto gefehlt hätten. Statt dessen schenkte sie

ihm ein Abonnement des Magazins *Guitar* auf Cecelias Namen.

- schockiert schien, als er und J. R. bei Greggs Totenwache aufgekreuzt waren; ihn beiseite gezogen und ihm gesagt haben, sie könne nicht glauben, daß die beiden hergekommen seien, und sie habe sich ›beschissen‹ gefühlt, als sie durch die Tür der Leichenhalle gegangen seien,
- ihm erzählt hatte, wie sie in der Nacht von Greggs Ermordung nicht habe weinen können und Trost einzig bei ihrem Hund Halen gesucht habe,
- Bill beschuldigt hatte, sie nicht zu lieben, und ihm gedroht hatte, die Beziehung abzubrechen, weil er es abgelehnt habe, ihr einen Lutscher zu kaufen, als er, Pete, J. R. und dessen Freundin ihr beim Einkaufen geholfen hatten,
- ihn nie gefragt hatte, was in jener Nacht des 1. Mai 1990 in dem Häuschen vorgegangen war (»ich wollte nicht, daß sie es wußte, und sie wollte es auch gar nicht wissen«),
- seiner Mutter nach seiner Verhaftung anonym ein Tonband zugeschickt hatte, das Bill ihr einen Tag, nachdem sie zum erstenmal Liebe gemacht hatten, zusammengestellt hatte.

Einer der erregendsten Berichte, die Bill abgab, war – wenn man einmal von der Schilderung des Mordes absieht – jener, der sich mit den Ereignissen am Tage vor seiner Verhaftung (und der von Pete und J. R.) befaßte.

Nachdem Pete und J. R. zu Pams Haus gefahren waren und dort Bill und Pam eröffnet hatten, daß Ralph Welch ganz offenbar wild entschlossen war, zur Polizei zu gehen, hatten die drei Jugendlichen das dringende Bedürfnis verspürt, irgend etwas zu unternehmen. Sie kletterten alle miteinander in Pams CRX und baten sie, sie nach Seabrook zu fahren, wo J. R. irgendwas von zu Hause mitnehmen wollte. Während J. R. ausstieg, um zu holen, was immer er holen zu müssen meinte, warteten Bill und Pete in einem kleinen Laden etwa eine Viertelmeile entfernt. Pam hatte Cecelias Mutter in einem anderen Laden ganz in der Nähe entdeckt und sie hier abgesetzt. Später kam Pam dann, um die Jungen wieder abzuholen.

Auf dem Rückweg diskutierten die drei Teenager über ihre düsteren Zukunftsaussichten, wobei sie gar nicht ausschließen wollten, daß die Polizei vielleicht schon in diesem Augenblick auf der Suche nach ihnen war. Als sie das hörte, bremste Pam auf der Stelle, fuhr den Wagen an den Straßenrand und forderte die drei auf, sofort auszusteigen. »Ich will mit euch nichts zu schaffen haben, wenn die Cops kommen«, sagte sie.

Sie weigerten sich auszusteigen, und so fuhr sie weiter zu ihrem Haus. Als sie dort ankamen, stiegen Pete und J. R. auf ihr Kleinmotorrad und sagten, sie wollten den Wagen von Petes Mutter holen, und dann kämen sie Bill abholen.

»Aber auf keinen Fall hier«, sagte Pam und erklärte ihnen, sie sollten Bill an der Winnacunnet High School abholen, denn sie lege nicht den allergeringsten Wert darauf, daß sie die Polizei auch noch praktisch vor ihre Haustür führten.

Nachdem seine Freunde fort waren, sagte Bill Pam adieu.

»Mach dir mal keine Sorgen«, habe er zu ihr gesagt, erzählte er. »Dich werden sie nie verhaften.«

Er erinnerte sich, wie sie gesagt hatte, er und die anderen seien ja noch Jugendliche, und er werde höchstens so lange im Gefängnis bleiben müssen, bis er achtzehn sei.

Ohne weiteren Kommentar nahm Maggiotto seinen Platz wieder ein. Bill entspannte sich. Einen Augenblick lang schien er vergessen zu haben, daß ihm der unangenehmste Teil seiner Zeugenaussage erst noch bevorstand – das Kreuzverhör.

21

Es hätte niemanden verwundern dürfen, wenn Maggiotto geradezu blind vor Feindseligkeit gegen Bill gewesen wäre. Es war der Job des Anklägers, Gesetzesbrecher ins Gefängnis zu bringen, und wie immer man diesen Terminus technicus auch interpretieren mag, Bill entsprach dieser Interpretation in jedem Fall. Dieser Teenager war in einen Gerichtssaal gekommen und hatte unter Eid und sehr detailliert davon berichtet, wie er einen Mann getötet hatte, dessen Pech es gewesen war, mit einer Frau verheiratet zu sein, die ihn tot sehen wollte und die über die nötige kriminelle Energie verfügte, diesen Wunsch auch in die Tat umzusetzen.

Wenn auch Bill als Zeuge der Anklage auftrat und mithalf, die Person aus dem Weg zu räumen, die der Ankläger für die eigentlich Verantwortliche am Tod Gregg Smarts hielt, fühlte sich Maggiotto doch keineswegs verpflichtet, so etwas wie Sympathie für den Killer zu empfinden, nicht einmal in Ansehung der Tatsache, daß er nur ein Werkzeug gewesen war. Ja, schon als er mit ihm über die außergerichtliche Vereinbarung gesprochen hatte, war Maggiotto ehrlich genug gewesen, keinen Zweifel daran zu lassen, daß Bill sehr wohl das Recht blieb, später um eine weitere Herabsetzung der Strafe zu bitten, die Staatsanwaltschaft sich dem aber mit allen ihr zu Gebote stehenden Mitteln wehren werde. Und wenn auch eine Vereinbarung getroffen worden war hinsichtlich des von der Staatsanwaltschaft zu beantragenden Strafrahmens, so war dies, wie Maggiotto noch einmal ausdrücklich betonte, noch keineswegs eine beschlossene Sache, denn diese Vereinbarung mußte ja immer noch von einem Richter bestätigt werden. Zudem blieb der Generalstaatsanwaltschaft für den Fall, daß sie den Eindruck gewann, Bill, Pete und J. R. wollten sich um die Einhaltung ihres Versprechens drücken, immer noch die Möglichkeit, Anklage wegen Mordes ersten Grades zu erheben, und dies hätte eine lebenslange Freiheitsstrafe ohne die Möglichkeit einer vorzeitigen Entlassung bedeutet.

Bill mag Maggiottos Star-Zeuge gewesen sein, aber das alles glich einer Vernunftehe. Bill mußte als Zeuge der Anklage aussagen, um seine eigene Vereinbarung abzusichern, während Maggiotto mit ihm tanzen mußte, um der Person habhaft zu werden, die er unbedingt bestraft sehen wollte: Pam.

Während Maggiotto zumindest höflich mit Bill umgehen mußte, stand die Verteidigung unter keinem derartigen Zwang. Es war sogar die *Pflicht* von Pams Anwälten, so rüde wie nur möglich mit Bill umzugehen, um ihrem Ziel näherzukommen – und das bestand darin, Bills Glaubwürdigkeit als Zeuge gegen Pam zu erschüttern und ihn in den Augen der Geschworenen völlig zu demontieren.

Ohne jede Vorrede leitete Sisti, kaum daß er das Wort erhalten hatte, seinen Frontalangriff gegen Bill mit einer Floskel ein, die sich den Prozeßbeobachtern als seine Standardeinleitung zu jeder Frage einprägen wollte: »Bitte, sagen Sie doch den Geschworenen . . .«

»Bill, können Sie den Geschworenen mit Gewißheit sagen, ob Sie am 2. Mai 1990 zu Mittag gegessen haben?«

Wenn diese Attacke dem Ziel dienen sollte, den Zeugen unvorbereitet zu treffen und zu verwirren, dann verfehlte sie ihr Ziel durchaus nicht. Eine solche Frage hatte Bill erkennbar nicht erwartet.

»Ehrlich – nein«, sagte er nach einer Pause. »Ich weiß es tatsächlich nicht mehr.«

Auch die Frage, ob Bill vielleicht mit einem Schulkameraden zusammen ein Sandwich gegessen habe, kam wie aus heiterem Himmel. Wenn Bill jetzt zugegeben hätte, daß er mit diesem Schulkameraden zusammen essen gegangen war, dann hätte ihm Sisti die Frage an den Kopf werfen können, die zu stellen er eigentlich vorgehabt hatte: Wurde dieses gemeinsame Mittagessen mit dem Geld finanziert, das im Hause Smart gestohlen worden war?

Das hätte ein klares Bild bei den Geschworenen ergeben: das neue Image eines Zeugen, der zwar gerade im Zeugenstand Tränen der Reue vergossen hatte, der sich aber andererseits Stunden nach dem Mord mit dem Geld des Ermordeten einen lustigen Tag gemacht hatte. Da Bill aber schlicht erwiderte, er wisse es nicht mehr, zwang er Sisti zu verschlungenen Umwegen, um zum selben Ziel zu gelangen, das aber für ihn unerreichbar blieb. Als Sisti endlich Bill nach zwei umständlichen Überleitungsfragen provokativ fragte, ob er sich noch erinnern könne, Greggs Geldbörse geleert zu haben, behauptete Bill, daran könne er sich nicht mehr erinnern. Auch konnte er sich nicht erinnern, Pete beobachtet zu haben, wie dieser vielleicht die Brieftasche geplündert habe.

»Dann lag also diese Brieftasche ohne jeden Grund einfach so auf dem Fußboden herum?« fragte Pams Anwalt.

»Ich bin sicher, dafür gibt es einen Grund«, erwiderte Bill.

Was denn mit Greggs Ring gewesen sei, wollte Sisti nun wissen, womit er zu einem Punkt zurückkehrte, auf den er sechs Tage zuvor auch Pete schon gebracht hatte. Aber der Verteidiger hatte bei Bill nicht mehr Glück als bei Pete. Bill leugnete, etwas über diesen Ring zu wissen.

Sisti bestand darauf, daß Bill noch einmal einen Blick auf das Foto warf, auf dem Gregg ausgestreckt auf dem Fußboden der Diele zu sehen war. Dies könnte der eigentliche Grund gewesen sein, warum Sisti die Frage nach der Brieftasche überhaupt aufgeworfen hatte; ihm konnte unmöglich entgangen sein, welch verheerende Wirkung dieses Bild zuvor schon auf Bill gezeitigt hatte, und seine Absicht könnte durchaus gewesen sein, ihn noch weiter zu entnerven. Pam hatte sich Cecelia gegenüber bei früherer Gelegenheit nicht ohne Grund gerühmt, sich zwar teure, aber auch sehr gute Anwälte besorgt zu haben.

»Was sehen Sie auf diesem Foto?« fragte Sisti. »Eine Brieftasche, einen Ring und verschiedene Schlüssel.«

»Können Sie den Geschworenen guten Gewissens erzählen, Sie hätten Greggs Brieftasche nicht gefilzt?«

Bill blickte zur Geschworenenbox hinüber. »Ich sage den Geschworenen, daß ich mich jedenfalls nicht mehr daran erinnere, falls ich es getan haben sollte. Ich war damals in keiner sonderlich ausgeglichenen Gemütsverfassung.«

»In welcher Verfassung befanden Sie sich denn? In einer wahnsinnigen oder rasenden oder was?« schnappte Sisti.

»Ich hatte Todesängste«, sagte Bill ruhig.

Der Verteidiger fragte ihn, ob er er sich erinnere, Gregg einen Ring vom Finger ›gerissen‹ zu haben oder ob er gesehen habe, daß Pete so etwas getan habe.

Als Bill wiederum verneinte, kehrte Sisti abrupt zu Bills früherem dramatischen Gefühlsausbruch zurück und ließ durchblicken, dieser sei womöglich nur gespielt gewesen.

Habe er etwa geweint, als er Gregg in den Kopf geschossen habe? Habe er vielleicht geweint, als er aus der rückwärtigen Tür hinausgerannt und entflohen sei? Habe er gar geweint, als er nach Seabrook zurückgefahren sei?

Bill antwortete jedesmal mit nein.

»Haben Sie über den Song gelacht?« fragte er, womit er sich auf die Singerei im Auto bezog, die die anderen veranstaltet hatten, um Bill wieder zu beruhigen.

»Ich glaube nicht«, sagte Bill. »Ich erinnere mich an diese Nacht nicht mehr besonders gut.«

Sisti faßte sofort nach. »Sie *erinnern* sich nicht mehr besonders gut an die Nacht, in der Sie Gregg Smart ermordet haben?« fragte er, und seine Stimme troff nur so von Sarkasmus.

»Ich erinnere mich schon an die Vorgänge«, erwiderte Bill, »aber ich erinnere mich nicht mehr, auf welche Weise ich versucht habe, damit fertigzuwerden. Ich hatte Angst.«

Sisti wandte sich nun einem Thema zu, mit dem er auch schon Pete und J. R. behelligt hatte. Er wollte aus Bill das Zugeständnis herausquetschen, der wahre Grund, warum er Gregg ermordet hatte, sei Eifersucht gewesen, gepaart mit blindem Haß auf den Ehemann seiner Geliebten.

Bill erwiderte auf eine entsprechende Frage, seine Wut auf Gregg habe sich im wesentlichen nur auf den Umstand bezogen, daß er Pam mißbraucht habe.

»Pam erzählte mir, er pflege sie regelmäßig zu schlagen. Sie sagte mir weiter, er reiße sie oft an den Haaren und werfe sie so zu Boden.« Einmal hatte er eine Schramme an ihrem Arm gesehen, sagte er, eine gelblich-braune

Wunde am Oberarm, von der Pam sagte, Gregg habe sie ihr beigebracht.

»Hat Sie das wütend gemacht, als Sie diese Schramme sahen?« fragte Sisti.

»Ja«, bestätigte Bill.

Als Bill sich dann nicht genau festlegen konnte, wann er diese Schramme gesehen haben wollte, unterstellte Sisti, daß sie wohl nur in seiner Phantasie existiert habe.

»Sie hat die Schramme auch Cecelia gezeigt«, bekräftigte Bill. »Ich habe nicht gesehen, daß Gregg sie ihr beigebracht hat, und deshalb kann ich nicht mit letzter Sicherheit sagen, daß sie auf eine Mißhandlung Gregg Smarts zurückzuführen war. In jedem Fall aber war es eine Verletzung.«

Sisti versuchte auch, aus den Unklarheiten Kapital zu schlagen, die es hinsichtlich der Frage gab, wann jene Schachtel mit Patronen gekauft worden war. Pete hatte gesagt: erst am Nachmittag des Mordtages. J. R. hingegen hatte gemeint, sich erinnern zu können, daß er sie schon einen Monat zuvor gekauft habe. Auf eine entsprechende Frage Maggiottos bezeugte Bill nun, sie hätten diese Patronen zwei Tage vor dem Mord gekauft. Unter dem Eindruck von Sistis Kreuzverhör geriet Bill hinsichtlich dieser ersten Aussage wieder ins Schwanken und gab zu, den genauen Zeitpunkt nicht mehr angeben zu können, immerhin blieb er bei der Behauptung, es müsse innerhalb der letzten Woche vor dem Mord gewesen sein.

Sisti maß der Frage, wann die Patronen gekauft worden waren, deshalb eine so überragende Bedeutung bei, weil er darauf hinauswollte, daß Bill diesen Mord schon lange vorher geplant hatte. Bills Eingeständnis, bereits im März versucht zu haben, einen Revolver zu stehlen, beweise, daß er schon zu Beginn seiner Beziehung mit Pam den Entschluß gefaßt habe, Gregg zu ermorden.

»Ich wollte den Revolver stehlen«, sagte Bill und sprang

von seinem Sitz hoch, »aber nicht, um Gregg damit zu töten! Sondern nur, um ihn Pam zu zeigen, damit sie glaubte, daß ich tun würde, was sie von mir verlangte. Und damit sie mich nicht mehr so bedrängte, ihren Mann umzubringen. Ich hätte Gregg nie getötet, wenn es nicht um Pams willen gewesen wäre.«

»Sie erzählen also dieser Jury, der einzige Grund, warum Sie Gregg töteten, sei gewesen, daß Sie Pam liebten? Wollen Sie das so sagen?«

»Nein«, erwiderte Bill schnell und erklärte noch einmal, er habe Gregg umgebracht, weil Pam ihn darum gebeten habe. Und er liebe Pam.

»Und Sie hätten alles getan, was Pam Ihnen aufgetragen hätte? Ist es das, was Sie uns sagen wollten?«

»Ja«, stimmte Bill zu. »Vielleicht hätte ich auch einen Rückzieher gemacht.«

»Scheint, als hätten Sie kein Gramm Hirn im Schädel«, bellte Sisti in der Hoffnung auf eine hitzige Reaktion Bills.

»Ich hatte ein Hirn«, sagte Bill ruhig, »aber ich war verliebt.«

»Sie sagen also, jemand habe Sie veranlaßt, Gregg umzubringen?« bohrte Sisti weiter.

»Ich hätte Gregg nicht umgebracht, wenn Pam mich nicht darum gebeten hätte«, erwiderte Bill, der sich nicht hereinlegen lassen wollte.

»Sie sagen also, daß Pam Sie veranlaßt hat, Gregg zu ermorden?«

»Ja.«

»Und diese Tat war nicht wirklich die Ihre?«

»Ich habe diese Tat begangen, ja, aber ich hätte es nicht getan, wenn Pam mir nicht gesagt hätte, ich solle es tun.«

»Dann sind Sie nur so eine Art Maschine – oder wie?«

»Sie war das erste Mädchen, daß ich geliebt habe«, sagte Bill. »Ich wollte nicht, daß sie mich verläßt.«

Bevor Sisti es aufgab, Bills Standfestigkeit erschüttern zu wollen, hatte er noch eine Karte im Ärmel, die er spielen wollte.

Zu der Zeit, als er, Pete und J. R. den Anschlag auf Gregg geplant hatten, waren Bill und J. R. Rollen als Terroristen in einem Planspiel zugewiesen worden. Entsprechend dem Skript hatten die Typen, die von Bill und J. R. dargestellt wurden, damit zu drohen, sie würden für jeden Tag, um den sich die Erfüllung ihrer Forderungen verzögere, eine Geisel umbringen.

Dies war, betonte Sisti, ein sehr handliches Szenario, das wie Sisti zu verstehen gab, von Bill und J. R. als Ausdruck ihres wahren Charakters ersonnen worden war.

Bill leugnete, irgendeine Rolle bei der Entwicklung der Charaktere gespielt oder Einfluß darauf genommen zu haben, welche Rollen er oder J. R. sollten.

Er befragte Bill hinsichtlich seiner Kurse auf der Winnacunnet High School. Dabei kam er darauf zu sprechen, daß einer dieser Kurse, die Bill in jenem Frühjahr belegt hatte, ›Verbrechen und Strafe‹ hieß. Bill hatte auch an dem Unterricht über Fragen der Dramaturgie teilgenommen, innerhalb dessen die Schüler einzelne Rollen in einem fiktiven Kriminalfall spielen sollten.

Es war ein geschickter Versuch Sistis gewesen, eine neue Saite in Bills Wesen zum Klingen zu bringen.

Als der erhoffte Erfolg ausblieb, hob Sisti resignierend die Schultern, als wollte er sagen, er habe sein bestes Pulver verschossen. Wenn nun auch seine Strategie keine nennenswerten Resultate bei Bill gezeigt hatte (wie es übrigens zuvor bei Pete und bei J. R. nicht anders gewesen war), blieb ihm noch immer der nächste Zeuge, und gerade diesen zu vernehmen, war die Verteidigung besonders begierig: Cecelia Pierce.

22

Bevor jedoch Cecelia an der Reihe war, galt es, noch einige wenige andere Zeugen zu vernehmen, die von Mrs. Nicolosi und Maggiotto benannt worden waren, um das zu bekräftigen, was bisher schon durch Zeugenaussagen bekannt war. Die Ankläger hatten den Geschworenen eine Menge Daten vorgelegt, und nun wollten Mrs. Nicolosi und Maggiotto darauf zurückkommen und einiges klarstellen, bevor sie sich der einen Person zuwenden konnten, von der sie hofften, sie werde Pam Smarts Schicksal endgültig entscheiden: Cecelia Pierce.

Elaine Flynn, Bills Mutter, sagte aus, daß sie das sehr starke Gefühl gehabt habe, ihr Sohn sei in eine romantische Affäre mit der attraktiven Mitarbeiterin der Schulbehörde verstrickt gewesen; ihre Besorgnisse seien jedoch mehr durch einen Satz Fotos gewachsen als durch das, was Bill ihr erzählt habe.

Bill, so sagte sie, habe sich seit dem gewaltsamen Tod seines Vaters immer mehr von ihr abgesondert, es habe zwischen ihnen nie ein sonderlich enges Verhältnis bestanden; offenbar hatte er wohl kein Vertrauen zu ihr. Aber sie hatte befürchtet, daß irgend etwas Unheilvolles im Schwange war, als ein Freund der Familie, der ein Fotogeschäft betrieb, ihr einen Satz Fotos brachte, die von ihrem Sohn in Auftrag gegeben worden waren. Die Fotos zeigten zwei Bikini-Schönheiten in aufreizenden Posen. Eine der Frauen war Pam Smart.

Während seiner Einvernahme hatte Bill am Tag zuvor ausgesagt, diese Fotos datierten aus der Zeit, bevor er sexuelle Beziehungen zu Pam aufgenommen hatte. Das sei während der Zeit des Orangensaft-Handels gewesen, sagte er, und Pam habe beiläufig erwähnt, daß sie noch Filmmaterial habe, das dringend entwickelt werden müsse. Bill hatte ihr daraufhin von dem Bekannten erzählt, der einen Fotoladen betreibe; und bei ihm bekäme er die Abzüge billiger.

Bill hatte also den Film abgeholt und ihn Pam samt der Abzüge zurückgegeben, aber er sei, so sagte er, nicht glücklich über die Art der Fotos gewesen und habe schon daran gedacht, sie kurzerhand wegzuwerfen. Aber Pam habe ihm angeboten, diese Bilder doch für sich selbst aufzubewahren. Bill, der im Kreuzverhör schon zugegeben hatte, er habe sich von dem Tag an, da er Pam zum erstenmal gesehen hatte, gewünscht, mit ihr zu schlafen, nahm die Bilder nur zu gern an sich.

Elaine Flynn sagte, den einzigen weiteren Hinweis darauf, daß ihr Sohn und Pam eine Affäre hatten, habe sie erhalten, als Bill ihr kurz vor seiner Verhaftung gesagt hatte, er stecke in großen Schwierigkeiten.

»Ich wußte nicht, wie weit er in den Mordfall verwickelt war«, sagte sie im Zeugenstand. »Ich war in Panik.«

Abgesehen von der kurzen Begegnung, als Pam ihren Sohn nach Hause gebracht habe, sagte Mrs. Flynn, habe sie mit Pam nur einmal zu tun gehabt: am Morgen nach Bills Verhaftung. Eine halb hysterische Pam habe sie angerufen und Informationen verlangt, was in dem Fall eigentlich los sei.

»Ich sagte ihr«, berichtete Mrs. Flynn, »daß ich einfach nicht glauben könne, was da vorgehe, und daß sie sich besser einen Anwalt suchen solle.«

Zusätzlich zu den Bildern, hatte Bill im Kreuzverhör durch Maggiotto zugegeben, hatten er und Pam sich eine ganze Reihe von ›Liebesbriefen‹ während der Zeit ihrer

Affäre geschrieben, in der Regel nur kurze Mitteilungen über den Grad der gegenseitigen Ergebenheit, obwohl dann am Ende einer auch unverhüllt ihre sexuellen Genüsse betraf.

Fast alle der nahezu ein Dutzend Briefe wurden später vernichtet. Ihr Inhalt indes war bei einer Reihe von Bills Freunden ein offenes Geheimnis. J. R. hatte bereits früher ausgesagt, daß Bill ihm bei den Unterrichtsstundem zum Thema ›Verbrechen und Strafe‹ die Briefe zugesteckt hatte, damit er sie lese. Bill gab weiter zu, diese Briefe auch Pete und Sarah Thomas gezeigt zu haben, einem Mädchen, das Bill schon seit der Mittelschule kannte.

Sarah bezeugte, daß in keinem der Briefe, die sie zu Gesicht bekommen hatte, von Mord die Rede gewesen war. Die Episteln der Verliebten seien jedoch sehr romantisch und pikant gewesen. In einem Schreiben allerdings habe Pam große Wut gezeigt, weil Bill bei einem Konzert von Mötley Crüe ein anderes Mädchen geküßt hatte. Das war etwa zwei Wochen vor dem Mord gewesen.

»Haben Sie Bill Flynn je gefragt, ob er in Pam Smart verliebt war?« fragte Sisti das Mädchen.

»Ja«, erwiderte Sarah, »das habe ich ihn gefragt. Er sagte, er wisse nicht, ob es Liebe sei, aber auch der Sex sei grandios.«

Ralph Welch, der Teenager, der geholfen hatte, daß Bill, Pete und J. R. so schnell verhaftet werden konnten, sagte aus, er habe sich ›krank‹ und ›geschockt‹ gefühlt, als er erfahren mußte, daß seine Freunde diesen Mord geplant und ausgeführt hatten.

»Ich konnte es nicht glauben«, sagte er. »Ich wollte es einfach nicht glauben. Ich konnte einfach nicht glauben, daß meine besten Freunde jemanden umbringen könnten.«

Er habe von dem Vorfall, so sagte er, durch einen anderen Freund namens Daniel Blake gehört, einem Cousin von Raymond Fowler. Blake habe ihm erzählt, da müsse sich mal jemand mit Raymond über so verschiedene Bemerkungen unterhalten, die dieser betreffend den Mord gemacht hatte.

Dies war der Augenblick, als Ralph zu Pete und J. R. ging, (bei letzteren wohnte er zu dieser Zeit), um sich zu erkundigen, ob das wahr sei. Als die beiden alles ableugneten, legte er sich draußen vor J. R.s Tür auf die Lauer und hörte, wie sie drinnen über den Mord sprachen. Als er sie erneut zur Rede stellte, nahm Pete ihn mit nach draußen und legte seine Beichte ab.

Eine Beichte ohne Reue allerdings.

Auf Befragen sagte Ralph, Pete habe ihm ganz ruhig und gelassen erklärt, dieser Gregg sei ›tot mehr wert als lebendig‹.«

Nachdem er mit J. R.s Vater zur Polizei gegangen war, fuhr Ralph nach Maine, wo Raymond sich zu dieser Zeit gerade aufhielt, um ihn zu warnen. Er sagte, es habe ihm auch daran gelegen, daß Raymond für den Fall vorbereitet wäre, daß etwa Bill, Pete und J. R. herkämen, um an ihm Rache zu nehmen.

»Ich wollte nicht, daß noch jemand umgebracht wurde«, sagte Ralph als Erklärung dafür, warum er Raymond gewarnt hatte.

Er erzählte auch, daß er am Sonntag morgen, als er alles über den Mord erfahren hatte, einen Anruf von Bill erhalten hatte – nachdem er sich mit Pete vor J. R.s Haus geprügelt hatte, weil Ralph nicht wollte, daß Pete weiter hierherkäme.

Bills Anruf, den er aus Pams Haus tätigte, diente dem Ziel, Ralph von einem Gespräch mit den Behörden abzuhalten. Während des Telefongesprächs, sagte Ralph, habe Bill ihn dringend gebeten, nichts weiterzuerzählen, weil dies das Ende seiner Beziehung zu Pam bedeuten würde. Bill hatte schon zugegeben, daß er zu Ralph gesagt habe, Pam bedeute ihm alles und er werde sich umbringen, wenn er sie verlieren sollte.

Wie Ralph weiter ausführte, leugnete Bill den Mord und sagte: »Du weißt doch, daß ich so etwas niemals tun würde.«

Völlig unbeeindruckt habe er dann erwidert: »Ich weiß, daß du es getan hast.«

Beim Kreuzverhör durch Paul Twomey, Pams zweiten Verteidiger, sagte Ralph dann, die Gerüchte, die ihm über die Mörder zu Ohren gekommen seien, hätten sich nicht mit Pam beschäftigt, oder doch nur insoweit, daß Pete und J. R. je fünfhundert Dollar aus einer Versicherung bekommen sollten, die sie nach dem Tod ihres Mannes kassieren würde.

Er fügte hinzu, immerhin habe J. R. ihm voller Stolz die Lautsprecher gezeigt, die er aus Gregg Smarts Pritschenwagen bekommen hatte. Statt aber zuzugeben, diese Lautsprecher habe er als Teilzahlung für seine Beteiligung an dem Mord erhalten, versuchte J. R. ihm weiszumachen, er habe Pam diese Lautsprecher auf Raten abgekauft.

Irgendwann vor dem Mord, sagte er, habe Bill lachend gesagt, er werde ›Gregg allemachen‹.

Twomey, dem es darauf ankam, daß die Geschworenen auch alle verstanden hatten, daß Bill dies scherzend gesagt hatte, versuchte, nähere Einzelheiten aus Ralph herauszulocken.

»Er war nicht von Trauer überwältigt, als er ihnen das sagte?« fragte Twomey. »Nein«, erwiderte Ralph. »Er hat gelacht. Deswegen habe ich ihn ja auch nicht ernst genommen.«

»Hatte er Tränen in den Augen?«
»Nein«, erwiderte Ralph.

Ralph, Sarah, und Elaine Flynn waren die letzten Zeugen vor Cecelias Auftritt. Richter Gray hatte es zuvor abgelehnt, verschiedene Äußerungen Raymonds als Beweismittel zuzulassen, die nach Meinung der Staatsanwaltschaft anderen Äußerungen widersprachen, die er ebenfalls getan hatte. Gray sagte, wenn er bestimmte Äußerungen als Beweismittel zulasse, andere aber nicht, wäre dies eine eklatante Beeinträchtigung von Pams ›Recht auf absolute Fairneß, die ihr durch die Verfahrensordnung garantiert‹ werde. Raymond sollte selbst nicht vor Gericht erscheinen, weil er gesondert angeklagt sei und auf ›nicht schuldig‹ plädiert habe. Wenn er in Pams Prozeß gehört werde, könne er sein eigenes Verfahren gefährden.

23

Cecelias Ruf eilte ihr voraus.

Bevor die Geschworenen sie noch zu sehen bekamen, hatten sie Cecelia schon auf den Tonbändern gehört, die so voller Störgeräusche und von derart schlechter Qualität waren, daß man den Wortlaut oft nur erahnen konnte.

Als Maggiotto soweit war, die Bänder vor Gericht zu präsentieren, wurden Kopfhörer und Kopien der Skripte, die nach den Tonbändern angefertigt worden waren, ausgegeben, damit die Geschworenen den mitgezeichneten Gesprächen besser folgen konnten.

Alle zusammen gaben diese Tonbänder, die zu einem bedeutsamen Beweismittel in diesem Fall werden sollten, Gespräche in einer Länge von etwa siebzig Minuten wieder. Die ersten vierzehn Minuten wurden abgedeckt von zwei Telefonaten vom Donnerstag, dem 19. Juni, eine Woche, nachdem Bill, Pete und J. R., von denen Cecelia später bei ihrer Vernehmung meistens als von den ›Jungs‹ sprach, inhaftiert worden waren. Den ersten Telefonanruf (um fünf Minuten vor zwei nachmittags) tätigte Cecelia, den zweiten (um vier Minuten nach fünf) Pam. Der erste war um fast eine Minute länger als der zweite.

Der größere Teil der Aufzeichnungen aber stammte aus zwei direkten Gesprächen fast identischer Dauer zwischen Pam und Cecelia. Das eine Zusammentreffen fand am 12. Juli in Pams Büro statt, einem Donnerstag, das andere am Tag darauf auf dem Parkplatz. Das zuerst genannte begann eine Minute vor ein Uhr am Mittag, das andere zehn Minuten vor eins.

Die schriftliche Wiedergabe der Gespräche umfaßte acht, sechs, zweiunddreißig und dreizehn Seiten. Der große Unterschied in der Länge der Niederschriften zwischen den beiden letzten Skripten erklärt sich hauptsächlich dadurch, daß das erste Zusammentreffen von Angesicht zu Angesicht deutlich mehr von kurzen Wortwechseln geprägt war, während bei dem zweiten Zusammentreffen vor allem Pam länger ohne Unterbrechung durch ihre Gesprächspartnerin sprach, so daß die Ausschriftung dieses Gespräches weniger Platz in Anspruch nahm.

Am Ende waren diese Tonbänder noch ungleich belastender für Pam als Cecelias Zeugenaussage.

Cecelia, ein übergewichtiges, eigensinniges Mädchen mit strähnigen, blonden Haaren und einem immerwährenden

Grinsen auf dem rundlichen Gesicht, besuchte die zweite Klasse der Winnacunnet High School, als Maggiotto sie am Freitag, dem 15. März, in den Zeugenstand rief, einen Tag, nachdem die Jury sich die Tonbänder angehört hatte, war sie sechzehn Jahre und zehn Monate alt. In einem blauen Kleid mit kleinen weißen Blümchen darauf saß sie fast die ganze Zeit mit leicht zur Seite geneigtem Kopf da, auf den Lippen die Andeutung eines Lächelns. Einen verwirrend hohen Prozentsatz der ihr von Maggiotto wie von Sisti gestellten Fragen beantwortete sie mit »Ich erinnere mich nicht«, »Ich weiß nicht«, »Ich bin nicht sicher« oder »Das sagte ich doch.« Sie war bemerkenswert unpräzise bei Daten, die sie sich nicht ausdrücklich eingeprägt hatte, so daß fast der Eindruck entstand, sie habe sich auf ein Quiz über Geschichte vorbereitet. Insgesamt gesehen bot sie das Benehmen eines verzogenen Teenagers, dem man gerade aufgetragen hat, den Tisch zu decken, und der sich dieser unangenehmen Pflicht zwar unterzieht, aber mit einem Gesichtsausdruck, als wolle er sagen: »Schon gut, ich mach's ja, aber es paßt mir nicht, und ihr sollt wissen, daß es mir nicht paßt.« Doch ungeachtet ihrer Unfähigkeit, sich einigermaßen positiv zu präsentieren – was sie zu sagen hatte, das nahm die Aufmerksamkeit der Jury gefangen.

Auf Befragen des Anklägers legte Cecelia zunächst detailliert dar, wie sie Pam Ende 1989 im Zusammenhang mit dem Projekt ›Selbstachtung‹ kennengelernt hatte. Zu dem Zeitpunkt kannte Cecelia Bill bereits seit zwei Jahren, und sie waren immer freundschaftlich miteinander umgegangen, ohne engeren Kontakt miteinander zu pflegen. Pete und J. R. kannte sie noch weniger gut als Bill, während sie Raymond und Ralph Welch nur vom Sehen kannte.

Über der Arbeit am Projekt ›Selbstachtung‹ waren sie und Pam Freundinnen geworden, und Pam hatte sie gefragt, ob sie nicht ihre Stellvertreterin werden wolle, eine Position, die von Cecelia wöchentlich etwa sechs Stunden Arbeit erforderte, die weitgehend darin bestand, Daten in einen Computer einzugeben. Dieser Job brachte es mit sich, daß sie Pam zweimal täglich sah, und als sie dann um Weihnachten herum auch gemeinsam die Arbeit an dem Projekt des Orangensaft-Handels aufnahmen, sahen sie sich auch noch an den Wochenenden. Sie wurden gute Freundinnen, setzte sie hinzu, und Pam vertraute ihr des öfteren auch Geheimnisse an. Es war an einem Nachmittag in der ersten Februarhälfte, sagte sie, als Pam ihr sagte, sie solle sich setzen, und als sie Platz genommen hatte, eröffnete Pam ihr, daß sie in Bill verliebt sei.

»Was haben Sie denn davon gehalten?« fragte Maggiotto.

»Ich habe gelacht«, erwiderte Cecelia. »Es war ja auch zu komisch. Pam war verheiratet. Sie war zweiundzwanzig Jahre alt. Aber sie sagte immer wieder, es sei ihr damit sehr ernst. Sie war davon überzeugt, in Bill verliebt zu sein.«

Eine Woche später, sagte Cecelia, habe Pam es Bill gegenüber erklärt.

Während der ganzen Woche habe Pam sehr mit sich gerungen und sich ständig das Für und Wider vor Augen geführt. Nach Cecelias Worten fühlte Pam sich unzweifelhaft sehr stark zu Bill hingezogen, aber dieses Gefühl habe immer mit ihrem Status als verheiratete Frau kollidiert. Da sie aber mehr an Bill als an Gregg interessiert war, hatte sie ihrer Meinung nach nur zwei Alternativen: sie mußte sich entweder von Gregg scheiden lassen, oder sie mußte ihn töten.

Für Cecelia aber hatte es immer nur die eine Chance gegeben: »Ich sagte ihr, sie sollte sich scheiden lassen«, sagte sie ein wenig blasiert. Pam aber konnte diesem Rat nichts abgewinnen. Nach Cecelias Aussage hat Pam behauptet, im Falle einer Scheidung werde Gregg sich den Hund und alle Möbel nehmen, und sie würde weder ein gesichertes Einkommen noch eine Wohnung behalten.

Während sie nun fortfuhr, sich wegen der anstehenden Entscheidung weiter selbst zu quälen, nahm die Beziehung zu Bill ihren Lauf. Nachdem Pam ihm gesagt hatte, was sie für ihn empfand, verbrachte dieser – wen könnte es wundern – immer mehr von seiner freien Zeit im Medienzentrum, und Cecelia bemerkte: »Man sah ihn stets nur lächeln.«

Zur selben Zeit, als Pams Beziehung zu Bill immer enger wurde, geriet die zu ihrem Mann Gregg immer mehr zur Katastrophe. Eines Tages, sagte Cecelia, sei sie ins Büro gekommen, als Pam gerade eine Auseinandersetzung am Telefon hatte. »Gregg?« flüsterte sie, und Pam nickte zustimmend. Während sie noch dort stand, sagte Cecelia, habe sie mitgehört, wie Pam hitzig darüber diskutierte, wer Halen, den Hund und die Möbel bekommen solle. Ein paar Minuten später habe Pam den Hörer auf die Gabel geknallt und Cecelia angekündigt, sie und Gregg würden sich scheiden lassen.

»Ich sagte ihr, das sei gut so«, sagte Cecelia.

Doch dann rief Pam schon wenige Minuten darauf Gregg an und sagte ihm, es tue ihr leid, daß sie sich gestritten hätten; sie drängte ihn, seine Eltern nicht anzurufen, sie nicht in ihre Eheprobleme einzuweihen. »Sie wollte nicht, daß irgend jemand erfuhr, daß sie Probleme hatte«, vermutete Cecelia.

Während Cecelia ihre Geschichte erzählte, saß Pam in einem pfirsichfarbenen Kleid und mit einer überdimensionalen schwarzen Spange im Haar unbeweglich nur wenige Schritt entfernt, das Gesicht so ausdruckslos wie aus Neuenglands berühmtem Marmor gemeißelt. Gelegentlich blickte sie leidenschaftslos zu ihrer früheren Stellvertreterin hinüber, dann wieder kritzelte sie etwas auf den Notizblock auf ihren Knien, und dann wieder unterhielt sie sich leise mit Paul Twomey, ihrem Verteidiger, der unmittelbar links neben ihr saß.

Kurz nachdem Pam sich entschieden hatte, Bill zu erzählen, was sie für ihn empfand, bat Pam Cecelia, die Nacht bei ihr zu verbringen, weil Gregg zu einer Schulung auf Rhode Island war und sie sich so allein fühlte. In der zweiten Nacht, die sie dort war, brachte Pam auch Bill mit nach Hause, und zu dritt schauten sie sich den Film *Neuneinhalb Wochen* an. Danach verschwanden Bill und Pam nach oben.

Einige Stunden später, so Cecelia, langweilte sie sich und ging, um nach ihnen zu sehen. Sie kündigte ihr Kommen durch lautes Rufen an und ging ins Eheschlafzimmer, wo sie Bill und Pam auf dem Fußboden fand. »Sie waren nackt«, sagte Cecelia, »und liebten sich gerade. Pam war gerade auf dem Höhepunkt. Verwirrt habe sie sich wieder nach unten zurückgezogen, wo sie sich vor den Fernseher setzte. Später kam Bill herunter, füllte ein Glas mit Eiswürfeln und verschwand wieder nach oben.

Als Pam und Bill sich immer häufiger sahen, sagte Cecelia, sei sie immer stärker in diese Beziehung hineingezogen worden, in der Regel als eine Art Anstandswauwau, der diese Liebesbeziehung vor der Außenwelt verbergen sollte, vor allem, wenn Leute in der Nähe waren, die Gregg womöglich etwas gesteckt hätten. So zum Beispiel vor einem Mädchen namens Tracy Collins, der Freundin von Greggs bestem Freund.

In der Regel holte Pam zuerst Cecelia ab, und dann fuhren sie gemeinsam zu Bill. Manchmal saßen sie zusammen in Bills Zimmer und redeten, bei anderen Gelegenheiten pferchten sie sich zu dritt in Pams CRX, einen kleinen Zweisitzer, und Cecelia, die nicht einmal einen Führerschein hatte, saß am Steuer. Pam saß dann auf Bills Schoß auf dem Beifahrersitz. So fuhren sie oft in der Gegend herum. Gelegentlich parkten sie auch hinter abgedunkelten Bürogebäuden und diskutierten tiefgründig über das Leben ganz allgemein oder den Tod im besonderen: Greggs Tod.

Unter dem Eindruck der sich ständig intensivierenden Beziehung der beiden begannen Pam und Bill, immer öfter darüber zu reden, Gregg umzubringen. Diese Unterhaltungen fanden in aller Offenheit vor ihren Ohren statt, sagte Cecelia. Und wenn sie einmal bei einer solchen Debatte nicht dabeigewesen war, weihte Pam sie hinterher ein. Zu Beginn waren Unterhaltungen dieser Art nicht eben häufig, doch im Laufe der Zeit wurden sie zur täglichen Routine.

»Von was für Dingen hat Pam Ihnen berichtet?« fragte Maggiotto.

»Sie erzählte mir, was sich so zugetragen hatte und worüber sie alles geredet hatten«, sagte Cecelia. »Sachen wie, daß sie vorsichtig sein müßten, daß sie am besten dunkle Kleider anzögen und es am Ende wie einen Raubüberfall aussehen lassen könnten. Solche Sachen eben.«

Zuerst, sagte Cecelia, hätten Pam und Bill erwogen, jemanden anzuheuern, der Gregg umbringen sollte. Doch offenbar konnten sie niemanden finden, der den Mord für sie übernahm. Deshalb entschied Pam, Bill solle es tun. Es habe dann gar nicht mehr lange gedauert, bis Bill sich an sie, Cecelia, gewandt habe und sie um einen Tip bat, woher er eine Schußwaffe bekommen könnte.

Sie erzählte ihm, ihr Vater besitze eine Schußwaffe. Aber als er dann hörte, daß es sich um ein Gewehr handelte, verlor er das Interesse. Er suchte nach einer Handfeuerwaffe.

Eifrig darum bemüht, hilfreich zu sein, erzählte Cecelia ihm von einer Frau, mit der sie zusammen arbeitete und die angeblich einen Revolver im Wagen aufbewahrte. Eines Nachts rief sie Bill dann an und erzählte ihm, die

Frau habe jetzt Nachtschicht und ihr Auto stehe auf dem Firmenparkplatz. Das sei jetzt eine gute Gelegenheit, den Wagen zu durchsuchen. Bill sagte, er würde sofort kommen. Ein paar Minuten später war er dann da und durchsuchte den Wagen, aber offenbar ohne Erfolg. Er fand keine Waffe im Innern. Später erzählte Cecelia ihm, wo die Frau wohnte, und er durchsuchte das Auto scheinbar ein zweites Mal, wieder ohne dort einen Revolver zu finden, den sie angeblich immer bei sich führte.

Sie und Pam hatten es sich angewöhnt, von Bill und seinen Freunden stets als den ›Jungs‹ zu reden, und Pam fuhr fort, sie peinlich genau über den Stand des Mordplanes auf dem laufenden zu halten.

Einmal sei sie Zeugin gewesen, sagte sie, wie Pam ihrem Geliebten aufgetragen habe, besonders darauf zu achten, daß dem Hund nichts passiere, wenn sie ins Haus gingen, um Gregg zu ermorden. Der Mord sollte nicht in Gegenwart des Hundes geschehen, weil Pam befürchtete, das Tier könne ein Trauma davontragen, wenn es mit ansehen müßte, wie Gregg ermordet wird.

Warum sie dann nicht zur Polizei gegangen sei, obwohl sie über die Mordpläne Schritt für Schritt informiert wurde, wollte Maggiotto wissen.

»Ich habe nicht geglaubt, daß sie es ernst meinten«, erwiderte Cecelia.

»Und warum nicht?«

»Weil ich Bill schon etliche Jahre kannte und mir nicht denken konnte, daß er fähig sein würde, einen Menschen zu ermorden. Dafür schien er mir einfach nicht der Typ zu sein.«

Cecelia sagte, Pam habe ihr am 1. Mai (wobei die Tageszeit, zu der diese behauptete Unterhaltung stattgefunden haben sollte, nie restlos geklärt werden konnte) gesagt, Gregg werde noch an diesem Abend ermordet werden. Cecelias Worten zufolge erzählte Pam ihr, der Plan werde am späten Abend ausgeführt, und Teil dieses Planes sei eine Sitzung, die sie zur selben Zeit hatte. Während sie selbst an der Sitzung teilnahm, konnten ›*sie*‹ dann nach Derry fahren, um Gregg zu ermorden.

»Sagte sie denn auch, wer ›*sie*‹ seien?« fragte Maggiotto.

»Ich erinnere mich nicht«, erwiderte Cecelia und wurde wieder vage, wie sie es während ihrer ganzen Vernehmung immer wieder tat, wenn man Einzelheiten von ihr hören wollte.

Maggiotto fragte Cecelia dann, wer ›*sie*‹ denn nach ihrer persönlichen Meinung gewesen sein könnten.

»Bill, Pete, J. R. und vielleicht auch noch Raymond«, erwiderte sie.

Cecelia sagte, sie habe Pam später am Tag so gegen neunzehn Uhr noch einmal gesehen, als sie und ihr damaliger Freund, Michael Welch, auf dem Weg in ein Lokal bei ihr vorbeigeschaut hätten. Sie sagte, sie und Pam hätten ein paar Minuten miteinander geredet, doch der Mord sei nicht erwähnt worden.

»Wie erfuhren Sie denn von dem Mord?« fragte Maggiotto.

Sie habe es am nächsten Morgen von der Direktorin der Winnacunnet High School erfahren, sagte sie.

Und wie habe sie reagiert?

Sie sei geschockt gewesen, behauptete sie, weil sie nicht geglaubt hatte, daß die anderen es tun würden. Sie fügte hinzu, daß Bill und Pete, denen es bei gleicher Gelegenheit mitgeteilt worden war, ›geschockt reagierten‹.

Als Maggiotto sie noch einmal fragte, warum sie nicht

gleich zur Polizei gegangen sei, erwiderte Cecelia, daß sie erschrocken gewesen sei. »Ich hatte Angst, ich könnte in Schwierigkeiten geraten, weil Pam mir doch gesagt hatte, ich hinge mit drin.«

Das nächste Mal sah Cecelia Pam bei der Totenwache, aber das war nur ein kurzes Zusammentreffen. Sie blieb nicht lange dort, weil Pam sie beiseite gezogen und ihr gesagt hatte, sie sollte wieder gehen, weil sie sich in ihrer Gegenwart unbehaglich fühle. Sie würde es gern sehen, zitierte Cecelia ihre Freundin, wenn sie die Schuldirektorin bitten würde, sie, Bill und J. R. mit nach Seabrook zurückzunehmen. Ein paar Minuten später seien sie dann gegangen, berichtete Cecelia.

Etwa eine Woche später kam Pam wieder zur Arbeit, aber zu diesem Zeitpunkt sei ihr, Cecelia, schon alles andere als wohl gewesen, und so habe sie so wenig Zeit wie möglich mit Pam verbracht. »Ich versuchte, ihr aus dem Weg zu gehen«, bekannte Cecelia. »Ich wollte mit der ganzen Situation nichts mehr zu tun haben.«

Trotzdem, sagte sie, hätten sie und Michael in der Nacht des 10. Juni nach einem Konzert auf dem Heimweg noch bei Pam Station gemacht. Zu ihrer Überraschung fand sie Pam überaus erregt vor. Sie bat Cecelia, mit ihr nach oben zu kommen, wo sie ihr dann berichtete, daß Ralph Pete und J. R. belauscht hatte, als diese sich gerade über den Mord unterhalten hatten, und daß zu befürchten stand, Ralph werde zur Polizei gehen. Sie fügte hinzu, Bill, Pete und J. R. seien ›abgehauen‹ und sie wisse nicht, was sie jetzt tun sollte.

»Sie schien nervös zu sein«, sagte Cecelia. »Sie sprach schnell und zitterte an allen Gliedern.«

Pam fragte sie, ob sie nicht über Nacht bei ihr bleiben wolle, und sie war einverstanden. Michael fuhr nach Hause, aber Cecelia mußte noch mit ihm fahren, um ihre Handtasche zu holen. Deshalb folgte Pam ihnen in ihrem

CRX. Auf dem Weg zurück zu Pams Haus, sagte Cecelia, sei sie schier aus dem Häuschen gewesen, als sie von einer kleinen Armee von Polizeifahrzeugen überholt wurden. Als sie sich umblickte, sah sie einen Gefängniswagen, zwei oder drei gekennzeichnete Geländewagen und etliche Polizisten auf dem Motorrad. Als sie rechts herangefahren waren und sich noch fragten, was denn passiert war, stach auf einmal der gebündelte Lichtstrahl eines Scheinwerfers durch die Dunkelheit und blendete sie sekundenlang. »Ich fragte sie dann, warum sie uns angehalten hatten«, sagte Cecelia.

Der Beamte ging davon, um sich mit einem Kollegen zu besprechen, und als er wenige Minuten später zurückkehrte, sagte er, hier liege ein Irrtum vor und sie hätten den falschen Wagen angehalten. Pam und Cecelia konnten wieder fahren.

Am nächsten Tag, sagte Cecelia, sei sie nach der Schule bei einer Freundin vorbeigegangen, als ihre Mutter sie angerufen und ihr mitgeteilt habe, die Polizei sei dagewesen und wolle mit ihr reden. Sie ging zur Polizeiwache von Seabrook und war überrascht, dort auf dem Parkplatz Pam vorzufinden. Pam sagte ihr, sie wolle mit ihr hineingehen, und wartete dann in einem Vorzimmer auf sie, während Cecelia drinnen von einem Kripobeamten aus Derry vernommen wurde. Cecelia gestand Maggiotto, daß sie den Vernehmungsbeamten nicht erzählt hatte, was sie über den Mord an Gregg wußte.

Trotz ihres Schweigens argwöhnte Captain Jackson sofort, daß sie erheblich mehr wußte, als sie erzählte. Sie sagte, Jackson habe ihr noch die Drohung mit auf den Weg gegeben, er werde sie wegen Behinderung der Ermittlungen belangen, falls sich herausstellen sollte, daß sie ihn belogen habe.

»Ich hatte Angst«, sagte sie. »Aber noch legte ich nicht offen, was ich wußte.«

Gefragt, ob Pam sich über ihre Gefühle angesichts der gesamten Situation geäußert habe, erwiderte Cecelia, daß Pam ihr erzählt habe, Bill werde ihre Rolle in der ganzen Angelegenheit nicht erwähnen. Sie glaubte, er werde schweigen, weil er sie liebte und nicht wolle, daß ihr etwas geschehe. Im übrigen, soll Pam hinzugesetzt haben, würde Bill ja den Mord zugeben müssen, wenn er irgend etwas sagen wollte, das ihr schaden könnte.

24

Es dauerte nicht lange, bis Cecelia dann doch zu anderen Überlegungen hinsichtlich einer Kooperation mit der Polizei kam. Es dauerte genaugenommen nur vier Tage, nachdem ›die Jungs‹ verhaftet worden waren.

Kurz vor Mitternacht am 15. Juni rief ihre Mutter Captain Jackson an und vereinbarte mit ihm einen Termin in einem Restaurant in Seabrook. Als sie dort ankamen, war dieses Restaurant allerdings geschlossen, und so gingen sie in ein anderes ganz in der Nähe. Bei einer Tasse Kaffee erzählte Cecelia ihnen dann, was sie über den Mord wußte. Als sie geendet hatte, fuhren sie alle zusammen nach Derry, wo Cecelia ihre Aussage vor einer Videokamera wiederholte und Jackson sie fragte, ob sie gewillt sei, die Arbeit der Ermittlungsbehörden zu unterstützen. Bei dieser Gelegenheit, sagte sie, erklärte sie sich auch damit einverstanden, ihr Telefon überwachen zu lassen und ein Mikrofon am Körper zu tragen, wenn sie sich mit Pam unterhielt.

Kurz nach ihren Unterhaltungen vom 12. und 13. Juli mit Pam, so sagte Cecelia, habe sie die Stadt zu einem kurzen Sommerurlaub in Missouri verlassen und sei erst nach zwei Wochen am 30. Juli, zurückgekehrt; von Bekannten erfuhr sie, daß Pam ganz versessen darauf gewesen sei, mit ihr zu reden. Daher rief sie ihre Freundin an, sagte ihr, sie sei nicht in der Stadt gewesen und werde sie am Tag drauf wieder anrufen.

Am 1. August führte sie ein weiteres kurzes Gespräch mit Pam, das ebenfalls aufgezeichnet wurde, aber Richter Gray fand die Qualität der Aufnahme so schlecht, daß er der Jury nicht zumuten wollte, sich damit auseinanderzusetzen. Ohnehin war diese Unterhaltung sehr kurz gewesen und hatte sich im wesentlichen darin erschöpft, daß Cecelia Pam sagte, sie wolle sich möglichst bald mit ihr treffen. Dazu aber kam es nicht mehr, denn wenige Stunden später wurde Pam verhaftet.

Maggiotto fragte Cecelia, ob sie Kontakt mit den Medien gehabt habe.

»Ja«, gab Cecelia zu. Sie war in den Fernsehshows ›*A Current Affair*‹ und ›*Hard Copy*‹ aufgetreten und war auch beide Male bezahlt worden, im ersten Fall hatte sie dreihundert Dollar erhalten, im zweiten tausend Dollar. Nach diesen beiden Shows erhielt sie so viele Anrufe von Produzenten, die unbedingt einen Film über sie machen wollten, daß sie und ihre Mutter sich einen Anwalt nehmen mußten, um die verschiedenen Angebote richtig würdigen zu können.

Am Ende stimmten sie zu, das Angebot einer Gesellschaft, die sich *Once Upon a Time Productions* nannte, für eine Option auf einen möglichen Film anzunehmen, wonach ihr zweitausend Dollar allein für die Option auf einen möglichen zukünftigen Film gezahlt wurden. Wenn der Film je gedreht würde, sagte Cecelia, sollte sie weitere hunderttausend Dollar erhalten, die in einen Fond eingezahlt werden sollten. Sie sollte über dieses Geld nicht verfügen dürfen, bis sie einundzwanzig Jahre alt geworden war, was im Mai 1995 der Fall sein würde.

Bevor er sie dem Kreuzverhör der Verteidigung überließ, wollte Maggiotto aber noch zwei andere Sachverhalte aufgeklärt sehen. Hatte sie mit den ›Jungs‹ noch über den Mord gesprochen, nachdem er geschehen war, fragte er. Oder hatte sie einen von ihnen besucht, seit sie in das Jugendgefängnis eingeliefert worden waren? Sie beantwortete beide Fragen mit nein.

Eine Frage allerdings stellte Maggiotto dem Mädchen nicht, und es war die Frage, die Sisti brennend interessierte: Warum hatte sie nicht von allem Anfang an der Polizei mitgeteilt, daß sie sich ernstlich bemüht hatte, Bill zu einer Schußwaffe zu verhelfen.

Zu Beginn gab sich Sisti so leutselig wie der liebe Onkel von nebenan.

»Sitzen Sie bequem?« fragte er Cecelia fürsorglich, während er seine Unterlagen auf dem Pult vor sich ausbreitete. Bei Pete, J. R. und vor allem Bill hatte sich der Verteidiger nicht so sehr um deren körperliches Wohlergehen besorgt gezeigt und war sofort mit beiden Beinen in eine ganze Reihe harter Fragen gesprungen. Aber bei Cecelia versuchte er es auf die sanfte Tour. J. R., Bill und Pete waren geständige Mörder, und das ließe sich von Cecelia nicht sagen. Einige Leute, zu denen er sich allerdings selbst nicht zählte, sahen in ihr sogar so etwas wie eine kleine Heldin. Wenn auch diese Meinung überhaupt nicht in sein Verteidigungskonzept paßte – schließlich war es sein *Job*, seiner Klientin zu helfen, indem er ihre Feinde und Feindinnen verbal attackierte –, mußte er dennoch vorsichtig sein. Es hätte kein gutes Bild bei den Geschworenen abgegeben – von denen der eine oder andere zu Hause ebenfalls eine sechzehnjährige Tochter haben mochte –, wenn er hier einen Teenager allzu hart anging, der immerhin geholfen hatte, ein gräßliches Verbrechen aufzuklären. Denn alles in allem war es wohl nur Cecelia zu verdanken, daß Pam überhaupt vor Gericht gekommen war.

Sehr behutsam vorgehend, befragte Sisti Cecelia noch einmal bezüglich ihrer Version, wie sie Bill bei der Beschaffung einer Waffe behilflich gewesen sein wollte.

»Bill hat dem Gericht gesagt, daß er nach einer Schußwaffe gesucht hat, um mit ihr Gregg zu töten, weil er Pam damit einen Gefallen erweisen wollte. Hat Ihnen Bill das auch so gesagt?«

»Nein«, erwiderte sie und bewies damit ihre Cleverneß. »So hat *Pam* es mir erzählt.«

Sisti nickte zum Zeichen, daß er diesen Unterschied durchaus akzeptierte. »Sagte er denn, er wollte eine Schußwaffe haben, um sie Pam zu zeigen?« fragte er weiter.

»Nein«, wiederholte sie. »Er wollte nur einfach ein Schießeisen haben.«

»Er wollte ein Schießeisen haben, um damit Gregg zu erschießen, richtig?«

»*Für Pam,* ja.«

»Nicht einfach nur, um es ihr zu zeigen und sie so zu beruhigen?«

»Nein«, erwiderte Cecelia mit Emphase.

An diesem Punkt schien Sisti zu einem Entschluß zu kommen. Sein onkelhaftes Verhalten brachte ihn seinem Ziel keinen Schritt näher. Was Cecelia getan hatte, war nur geeignet, seiner Klientin auf Dauer gesehen einen Strick um den Hals zu legen, und er würde den Geschworenen nicht begreiflich machen können, daß man ihrer Zeugenaussage nicht trauen konnte, ohne das Bild zur

Schau gestellter Wohlanständigkeit zu zerstören. Mit einem deutlich vernehmbaren Mahlen seiner Kiefer kündete er an, daß er das Ende der Schonzeit gekommen sah.

»Als Sie nun dieses traute und zu Herzen gehende, vertrauensvolle Gespräch mit der Polizei hatten«, begann er in deutlich rauherer Tonart, »haben Sie ihr da auch schon von diesem Versuch erzählt, irgendwo ein Schießeisen aufzutreiben?«

»Ich erinnere mich nicht«, erwiderte sie mit deutlicher Reserve.

Sisti wußte ja aus ihrer Aussage bereits, daß sie der Polizei nichts von diesem Versuch erzählt hatte. Hier setzte er nun den Hebel an, indem er sie fragte, *wann* sie denn der Polizei davon erzählt hatte.

»Sobald es mir wieder eingefallen war, habe ich es auch erzählt«, erwiderte sie ausweichend.

»Vielleicht achtundvierzig Stunden später?«

»Ich erinnere mich nicht.«

Nun, wollte Sisti daraufhin wissen, wenn sie schon nicht sagen könne, *wann* sie es erzählt hatte, müsse sie doch noch wissen, *wem* sie zum erstenmal davon erzählt hatte, damit man diesen dann wegen des exakten Zeitpunktes befragen könnte.

»Ich bin nicht sicher«, erwiderte sie darauf.

Wie lange denn die Generalstaatsanwaltschaft schon von ihrer Verwicklung in die ganze Sache wisse, wollte Sisti als nächstes wissen.

In diesem Fall, sagte er, um eine andere Fährte aufzunehmen, wüßte er gern den Namen der Frau, in deren Wagen Bill angeblich bei seinem Versuch, eine Schußwaffe in die Hände zu bekommen, eingebrochen sein sollte.

Cecelia erwiderte, das wisse sie nicht. Inzwischen habe diese Frau nämlich geheiratet und sei weggezogen. Sie behauptete weiter, sie wisse weder den neuen Namen dieser Frau noch wohin sie gezogen sei.

Sisti knurrte ungeduldig.

Ängstlich darum bemüht, der Jury vor Augen zu führen, wie listig Cecelia – jedenfalls aus seiner Sicht – ihre Verwicklung in den Versuch, eine Schußwaffe zu organisieren, zu verbergen versucht hatte, fragte Sisti sie, ob sie das alles eigentlich auch schon in einer Aussage erwähnt hatte, die sie Anfang September vor einem anderen Staatsanwalt gemacht hatte, lange bevor der Druck auf J. R., Pete und Bill groß genug geworden war, um diese davon zu überzeugen, daß es besser sei, auf Mord zweiten Grades zu plädieren. Der Verteidiger wollte sie dazu bringen zuzugeben, daß sie mit Vorbedacht versucht hatte, ihre Verwicklung in den ganzen Mordfall zu verbergen, um nicht selbst angeklagt zu werden.

»Ich glaube schon«, erwiderte Cecelia und kaute auf der Unterlippe.

Sisti förderte aus dem Stapel von Papieren vor ihm ein Dokument zutage, von dem er behauptete, es handele sich hier um die Kopie des Protokolls dieser Zeugenaussage. »Haben Sie vor diesem Staatsanwalt nicht *unter Eid* ausgesagt, ob Sie nun oder nicht an einem Versuch beteiligt waren, eine Schußwaffe für Bill Flynn zu besorgen?«

»Ich erinnere mich nicht mehr.«

Er reichte ihr seine Kopie des Vernehmungsprotokolls und lud sie ein, es aufmerksam durchzulesen, und ihm dann die Stelle zu zeigen, wo sie ein entsprechendes Zugeständnis gemacht habe.

Cecelia blätterte einige Minuten in dem Dokument und blickte dann mit ausdruckslosem Gesicht zu ihm auf. Er ging zu ihr hinüber und nahm ihr das Papier aus der Hand. »Sie haben anläßlich dieser Vernehmung kein einziges Wort über Ihre Rolle in dem ganzen Fall verloren, nicht wahr?« fragte er und stapfte wieder zu seinem Platz.

»Ich glaube nicht«, sagte sie.

Cecelia wünschte sich, Sisti würde durch ein Loch im Fußboden fallen und auf immer verschwinden; Sisti seinerseits hoffte, er könne sie noch genügend unter Druck setzen, um sie in den Augen der Jury als das erscheinen zu lassen, wofür er sie ohne Einschränkung hielt: als eine doppelzüngige junge Frau. Beide reagierten ihren jeweiligen Wunsch genauso ab, wie es ihrem Naturell und der Situation entsprach. Cecelia suchte ihr Heil in Unverbindlichkeiten und Sisti darin, eine neue Front zu eröffnen.

»Haben Sie den Leuten in der Sendung *A Current Affair* davon erzählt, daß Sie versucht haben, einen Revolver zu beschaffen?« fragte er. »Haben Sie es den Zuschauern der Sendung ›*Hard Copy*‹ erzählt, als Sie davon sprachen, daß Sie zwischen dem 19. Juni und dem 12. Juli nicht schlafen konnten und sich die Nächte über nur in Ihrem Bett hin und her gewälzt haben? Haben Sie in diesem Zusammenhang vor den Kameras auch nur ein einziges Mal von einer Schußwaffe gesprochen?«

Sie gab zu, das habe sie nicht.

Sisti nickte zufrieden und fragte Cecelia, ob die Generalstaatsanwaltschaft ihr etwa gesagt habe, daß ihr Verschweigen dieses Umstandes sich mit einer Handbewegung und einem Lächeln aus der Welt schaffen ließe.

»Nein«, erwiderte sie und setzte auf die ergänzende Frage des Verteidigers auch gleich hinzu, ihr sei nicht versprochen worden, daß auf eine Anklage gegen sie verzichtet werden würde.

»Glauben Sie, daß Sie demnächst noch verhaftet werden?« fragte Sisti.

»Ich weiß es nicht«, erwiderte sie. »Ich habe die Polizei schon gefragt, und da sagte man mir, damit müßte ich nicht unbedingt rechnen.«

Auf Sistis hartnäckige Fragen sagte Cecelia, sie habe sich hinsichtlich ihres Status' erst einige wenige Tage, bevor sie als Zeugin geladen worden war, erkundigt, und Captain Jackson habe ihr gesagt, wenn keine Beweise für eine weitergehende Verwicklung als die bereits zugegebene in diesem Mordfall auftauchten, werde sie wohl kaum angeklagt werden.

Sisti, der sichtlich nicht mit dieser Entscheidung einverstanden war, hämmerte weiter auf diesem Thema herum.

»Hatten Sie es denn so verstanden, daß diese Schußwaffe dazu ausersehen war, für den Mord an Gregory Smart benutzt zu werden?« fragte er.

»Ja, schon«, erwiderte sie ein wenig zögernd, »aber ich habe nicht geglaubt, daß sie ihn wirklich umbringen würden.«

Sisti stürzte sich sofort auf den Umstand, daß sie im Plural gesprochen hatte. »Ach, jetzt sind es auf einmal *sie*«, sagte er sarkastisch. »Vor Tische las man's anders. Da war es nur Bill, und jetzt auf einmal sind es Bill *und* Pam.«

Cecelia erwiderte, sie habe im Plural gesprochen, weil sie damals, als sie zum erstenmal mit Bill darüber gesprochen hatte, in Pams Büro gewesen seien, Pam also dabeigewesen sei.

Sisti wollte die Jury glauben machen, daß Cecelia zur Polizei ging, weil sie zum einen fürchtete, verhaftet zu werden, und zum anderen – aber das kam erst später –, weil sie eine Gelegenheit witterte, beträchtlich von der Situation zu profitieren.

Als sie zum erstenmal am 11. Juni durch die Kripo vernommen wurde, so legte Pams Anwalt dar, hatte Cecelia die Beamten schlicht angelogen und die Wahrheit erst erzählt, als sie fürchtete, das Netz ziehe sich auch um sie langsam zu. Er wollte von ihr wissen, ob sie auch von den Gerüchten gehört habe, daß, nachdem Bill, Pete und J. R. verhaftet worden waren, die Verhaftung eines weiteren Teenagers – diesmal eines weiblichen – unmittelbar bevorstünde.

»Ja«, erwiderte sie, und ihre Lippen waren nur noch wie ein Strich in ihrem Gesicht.

»Hat Sie das nervös gemacht?«

»Ja«, gestand sie.

»Und dann«, fragte er, »gingen Sie zur Polizei, erzählten ihr, Pam habe den Mord geplant und sie sei diejenige, für die sie sich doch bitte interessieren sollten. Bei der Gelegenheit sagten Sie dann, Sie selbst hätten mit der ganzen Sache nichts zu schaffen. Richtig?«

»Ich habe ihnen erzählt, was ich mit der Sache zu tun hatte – bis auf die Schußwaffe.«

Sisti lehnte sich vor und wiederholte mit erhobener Stimme: »*Bis auf die Schußwaffe!* In Ordnung.« Er sonnte sich in dem Gefühl, einen wichtigen Punkt für sich verbuchen zu können.

Sisti fragte sie nun, wie sie angesichts all dessen, was sie über die Planung des Mordes gewußt haben wollte, eigentlich verwundert gewesen sein konnte, als es dann wirklich passierte.

»Am 1. Mai setzte sich Pam mit Ihnen zusammen und sagte: ›Heute nacht passiert ein Mord.‹ Und dann erzählen Sie uns hier, Sie seien verwundert gewesen, als der Mord wirklich auch passierte. Sollen wir daraus schließen, Sie hätten Pam nicht geglaubt?«

»Nein«, erwiderte Cecelia schnell, »das soll nur heißen, daß Pam *glaubte*, es werde einen Mord geben, aber *ich* ging davon aus, daß die Jungs ihn nicht ausführen würden.«

Eins zu Null für Cecelia.

Sisti fragte Cecelia, wieso sie eigentlich noch immer Sorge hatte, sie könne verhaftet werden, wo Sie doch Pam und ›die Jungs‹ schon für alles verantwortlich gemacht hatte.

»Weil ich Kenntnis von einem bevorstehenden Mord hatte, noch bevor er passierte«, erwiderte sie.

»Sie haben also doch ernsthaft damit gerechnet, daß jemand ermordet werden würde?«

»Nein«, sagte sie, »aber es war ja ein Mord geschehen.«

Wie ein Boxer, der schon die Glocke hat läuten hören, wollte Sisti noch einen Schlag anbringen, bevor er wieder in seine Ecke zurück mußte.

»Was dazu führte«, sagte er eher als Feststellung denn als Frage, »daß Sie einen Reibach in Höhe von hunderttausend Dollar machen konnten, war's so?«

»Ja.«

»Und wieviel hat man Ihnen davon bis jetzt schon gezahlt?«

»Ungefähr dreitausenddreihundert.«

»Und man hat Ihnen gesagt, Sie würden nicht verhaftet werden?«

»Nun«, erwiderte sie ein wenig lahm, »man hat mir keine Immunität oder so was garantiert.«

Sisti hob die Hand, blickte zur Jury hinüber und sagte: »Und um was hätte sie sonst wohl bitten können?« Damit ging er wieder zu seinem Platz zurück und setzte sich.

Cecelia war die letzte bedeutsame Zeugin der Anklage. Mit ihrer Aussage hatten Maggiotto und Mrs. Nicolosi ihre Marschroute abgesteckt. Es gab zwar noch einige lose Enden, die zusammengefügt werden mußten, aber nicht lange, nachdem Cecelia den Gerichtssaal verlassen hatte, erhob sich Maggiotto und erklärte, daß die Beweisführung der Anklage damit abgeschlossen sei. Nunmehr sei die Verteidigung an der Reihe.

Obwohl es heftige Debatten in den Medien und bei den Zuschauern im Saal darüber gegeben hatte, ob Pam überhaupt in den Zeugenstand gehen werde, hatten Twomey und Sisti keine Bedenken, sie sogar vereidigen zu lassen. Die Anklagebegründung war sehr detailliert gewesen. J. R. und Pete waren aufregend effektiv von ihrem wie einstudiert wirkenden Desinteresse gewesen, und Bill hatte so manches Auge feucht werden lassen, als er im Zeugenstand zusammengebrochen war und immer wieder unter Tränen beteuert hatte, daß er Gregg gar nicht töten *wollte*, sondern daß dies der einzige Weg gewesen sei, den er gesehen habe, um sich Pams Liebe zu erhalten. Das einzig schwache Glied der Kette war Cecelia, die mit ihrem ganzen Auftreten und ihrem Eingeständnis, von allem anderen als selbstlosen Überlegungen motiviert gewesen zu sein, keinen sonderlich guten Eindruck auf die Jury gemacht zu haben schien. Aber es war nicht so sehr ihre Zeugenaussage, die Maggiotto und Mrs. Nicolosi den Geschworenen ans Herz legten: Es waren Pams eigene Worte, die Cecelia nur auf Band aufgezeichnet hatte, die ihr am meisten schadeten.

Die offensichtlich einzige Chance, die die Verteidigung noch hatte, die Anschuldigungen zurückzuweisen, nachdem die Geschworenen sich die Bänder angehört hatten, war, daß Pam mit eigenen Worten erklären konnte, wie diese Äußerungen zu interpretieren seien. Wenn irgend jemand auf dieser Welt es vermocht hätte, die Jury davon zu überzeugen, diese Äußerungen seien durchaus nicht das, als was sie erschienen, dann wäre das Pam selbst gewesen.

25

Als Pam am Montag, dem 18. März, in den Zeugenstand trat, war ihr Gesichtsausdruck ganz anders, als es die meisten der Zuschauer wohl erwartet haben mochten. Obwohl sie während des ganzen bisherigen Verfahrens physisch im Gerichtssaal anwesend gewesen war, war sie doch mehr oder weniger nur eine Art attraktiver Dekoration gewesen, ein stilvoller Farbtupfer auf dem Drama, das sich wenige Schritte entfernt im Zeugenstand abspielte.

Jene im Gerichtssaal und die Tausende an den Bildschirmen hatten zugesehen, wie die schöne junge Blondine in ihren konservativ geschnittenen Kleidern mit schnellem Schritt den Gerichtssaal betrat und wieder verließ, oder wie sie sich ruhig und gelassen mit Twomey und Sisti unterhielt. Doch als sie dann die rechte Hand erhob, um vereidigt zu werden, und sich danach wieder hinsetzte und ihre Ankläger herausfordernd anblickte, war ihr Verhalten ganz anders, als es die meisten erwartet hatten.

Wie gewöhnlich war sie ausgesprochen gut gekleidet. Sie trug eine gestärkte weiße Bluse mit hohem Kragen, um den Hals ein Goldkettchen mit einem kleinen Kruzifixi dazu und ein marineblaues Kostüm von beinahe militärisch akkuratem Schnitt. Das Vorderteil ihrer Jacke trug auf beiden Seiten drei parallel angeordnete, weiß gefaßte Doppeltaschen. Als sie sich auf ihrem Stuhl zurechtrückte, verengte sich ihr Mund zu einer schmalen, strengen Linie. Das Haar fiel ihr bis auf die Schultern herunter und breitete sich über ihre ganze Stirn aus. Hinten wurde es von der sattsam bekannten Spange zusammengehalten.

Ihr Make-up war so perfekt, daß es kaum wahrzunehmen war. Äußerlich eine beeindruckende Erscheinung, die an jedem Moderatorentisch vor der Fensehkamera hätte bestehen können. Aber es war ihre Stimme, die so befremdlich wirkte; wer bis dahin in Pam eine erfahrene Verführerin mit rauchiger Stimme à la Kathleen Turner in dem Film *Body Heat* gesehen hatte, sah sich geradezu geschockt. Als Pam sprach, geschah es mit einer raschen, ungeduldigen, sehr hohen Kleinmädchen-Stimme, die sie fast noch jünger erscheinen ließ als all die anderen, die vor ihr den Zeugenstand betreten hatten. Und ihre Geschichte unterschied sich so sehr von dem, was die anderen hier vorgetragen hatten, daß sie eine ganze Serie weiterer Überraschungen auslöste.

Pam begann damit, daß sie Gregg geheiratet habe, weil sie ihn liebte, und daß sie vorgehabt hatte, den Rest ihres Lebens mit ihm zu verbringen. Er sei, sagte sie, das Gesicht von tiefem Schmerz umwölkt, ein liebenswerter Mann gewesen, mit dem sie gern zusammen gewesen sei.

In einem Anfall scheinbarer Aufrichtigkeit gab sie zu, sie hätten ein paar Probleme in ihrer Ehe gehabt, Probleme, die kurz vor Weihnachten 1989 angefangen hatten. Ihre heile Welt sei eines Nachts im Dezember zerbrochen – das genaue Datum wisse sie nicht mehr –, als Gregg nicht nach Hause gekommen sei, sagte sie. Sie hatte einen arbeitsreichen Tag hinter sich, erinnerte sie sich, und war schon früh – etwa gegen zweiundzwanzig Uhr – zu Bett gegangen. Gregg war von einem Termin noch nicht heimgekehrt, aber sie dachte sich – noch – nichts dabei. Erst am nächsten Morgen, als der Wecker kurz nach sechs Uhr klingelte und sie feststellen mußte, daß Gregg nicht in seinem Bett geschlafen hatte, kam erste Besorgnis bei ihr auf. Als sie sich gerade fertig machte, um zum Dienst zu fahren, stolperte dann Gregg zur Tür herein, sagte sie. Wo er denn gewesen sei, habe sie ihn schließlich nicht ohne Grund gefragt.

Nach einem Treffen mit Geschäftsfreunden, erzählte er ihr, sei er noch auf ein paar Drinks mit einem seiner alten Freunde ausgegangen. Dabei hatte er sich so betrunken, daß er nicht mehr mit dem Auto nach Hause fahren konnte, und deshalb habe er bei seinem Freund auf der Couch geschlafen. Er habe nicht telefoniert, um ihr Bescheid zu sagen, weil er gewußt habe, daß sie müde war, und er sie nicht wecken wollte.

»Ich sagte ihm auf den Kopf zu, daß ich ihm nicht glaubte«, zwitscherte sie, »aber er wollte nicht mehr darüber reden.«

Später an diesem Tag, setzte sie hinzu, habe er sie im Büro angerufen und ihr dieselbe Story noch einmal erzählt, und wieder hatte sie ihm gesagt, daß sie davon überzeugt sei, er lüge sie an. Wieder leugnete er. Später, als sie mit ihren Versuchen nicht locker ließ, weitere Einzelheiten in Erfahrung zu bringen, fertigte er sie kurz angebunden ab und sagte, sie würde die Wahrheit bestimmt nicht wissen wollen.

»Da«, sagte sie, »*wußte* ich, daß er log.«

Sie bedrängte ihn fortwährend, er solle ihr erzählen, was wirklich vorgefallen sei, und schließlich gestand er, die Nacht mit einer anderen Frau verbracht zu haben.

»Ich war wie von Sinnen«, sagte sie. »Wir haben uns deswegen sehr heftig gestritten. Er sagte, er sei betrunken gewesen und erinnere sich kaum noch an etwas. Ich sagte, das sei pure Ausrede. Ich war am Boden zerstört und fühlte mich schwer verletzt. Den ganzen Tag habe ich kein Wort mehr mit ihm geredet.«

»Und wie fühlten Sie sich dann?« hakte Twomey nach.

»Ich fühlte mich so wertlos«, sagte Pam sanft. »Ganz offensichtlich war mein Vertrauen erschüttert.«

Sie versuchte, nicht mehr daran zu denken, sagte sie,

aber das gelang ihr nicht. Und dann gab es drei Tage vor Weihnachten einen weiteren Zwischenfall.

Sie war mit Gregg auf einer Party gewesen, an der auch seine Eltern, William und Judith, teilgenommen hatten. Gregg hatte zu viel getrunken. Seine Eltern fuhren die beiden heim, und alles schien in bester Ordnung. Doch kaum waren sie in ihren eigenen vier Wänden, begannen sie wieder, sich zu streiten. »Gregg lallte sinnloses Zeug«, sagte Pam, »und deshalb wollte ich gleich ins Bett gehen.«

Sie zog sich ein Sweatshirt und eine weite Gymnastikhose an und war schon dabei, unter die Laken zu kriechen, als der Streit erneut aufflammte. Sie war auf Gregg wegen seines Benehmens so wütend, sagte sie, daß sie ihm androhte, sie werde gehen; sie war schon in Richtung Tür unterwegs. Er faßte nach ihr in dem Versuch, sie von ihrem Vorhaben abzuhalten, und dabei streifte er mit dem Handrücken ihren Kiefer.

»Er wollte mich nicht verletzen«, sagte sie traurig und fügte noch hinzu, Gregg habe sie nie geschlagen, und so etwas habe sie auch niemandem gegenüber behauptet, auch und gerade nicht gegenüber Bill Flynn.

Sie war so wütend, sagte sie, daß sie hinausgegangen sei und die Tür hinter sich ins Schloß geknallt habe, ohne dabei daran zu denken, daß sie gar keine Schlüssel bei sich hatte. Immer noch wütend ging sie dann, anscheinend barfuß und ohne Mantel, zum Haus von Greggs Eltern, das nur einen Block entfernt lag.

Weinend und aufgeregt erklärte sie dort den Eltern ihres Mannes, sie hätten einen heftigen Streit gehabt, und sie habe sich unglücklicherweise selbst ausgeschlossen. Greggs Vater ging nun zum Haus seines Sohnes und klopfte energisch an die Tür, aber Gregg gab keine Antwort. Er versuchte es dann am Telefon, aber Gregg nahm den Hörer nicht ab.

»Wir haben dann später herausgefunden, daß Gregg total zusammengeklappt war«, sagte sie.

Als er wieder zu sich gekommen war und sie ihm erzählte, was sich zugetragen hatte, war er überaus zerknirscht gewesen.

Einen Augenblick wich Pam dann von dem Bericht über ihre Ehe mit Gregg ab und erzählte, wie sie mit den Teenagern auf der Winnacunnet High School in Kontakt gekommen war, wie sie den Job beim Schulamt bekommen hatte – speziell einen Job auf dem Feld der Public Relations – und sich angeboten hatte, bei dem Projekt ›Selbstachtung‹ zu helfen. Durch dieses Programm, bekräftigte sie, habe sie Cecelia, Bill und J. R. kennengelernt.

Cecelia sei ein geselliger Mensch gewesen und habe sich sehr für Pams Arbeit interessiert. Sie wollte einmal Journalistin werden, erläuterte Pam, und ihr Job erschien ihr als eine durchaus attraktive Alternative.

Sie wußte wohl, wer Pete Randall war, sagte sie, da ihr ja nicht verborgen bleiben konnte, daß er einer von Bills Freunden war, aber soweit sie sich erinnere, habe sie sich allenfalls zweimal mit ihm unterhalten.

»Eigentlich«, korrigierte sie sich sofort selbst, »weiß ich gar nicht, ob ich überhaupt je direkt mit ihm gesprochen habe. Er war weiter nichts als ein Mitglied einer größeren Gruppe, mit der ich damals gesprochen habe.«

Jedenfalls leugnete sie nicht, daß sie sich von allem Anfang an zu Bill hingezogen gefühlt hatte.

»Ich hielt ihn für einen lieben Kerl«, sagte sie. »Man konnte sich ohne große Schwierigkeiten mit ihm unterhalten, und er war immer freundlich. Er liebte zum größten Teil dieselbe Musik wie ich auch. Außerdem spielte er Gitarre.«

Aber, machte sie geltend, wäre da nicht eines Tages mit der Post der Versandhauskatalog mit dem Wettbewerb für die besten Ideen zu einem Orangensaft-Handel gekommen, hätte die Beziehung zu Bill schon in diesem Stadium ihr Ende gefunden.

Als Cecelia, mit der sich Pam recht eng angefreundet hatte, den Spezialkatalog sah, war sie von dieser Idee sofort fasziniert und drängte Pam, sich daran zu beteiligen. Pam stimmte zu und trug Cecelia auf, eine Mannschaft zusammenzustellen, um die Arbeit an dem Projekt zu beginnen. Rein zufällig bestand diese Gruppe dann am Ende aus Pam, Cecelia, Tracy Collins, Rachel Emond und – Bill.

»Wir machten unser eigenes Video«, sagte Pam voller Stolz, »und einen eigenen Song haben wir auch gemacht.«

In dem Maße, wie die Arbeit an diesem Handel voranschritt, entwickelte sich auch die Beziehung zu Bill. Pam sagte, sie habe gemerkt, daß Bill ein Auge auf sie geworfen habe, weil Cecelia es ihr gesagt hatte.

»Und«, gab sie zu, »ich hatte angefangen, ihn zu mögen.«

Nichtsdestoweniger, setzte sie hinzu, habe sie ihm gesagt, daß sie verheiratet sei, auch wenn sie ihn ebenfalls sympathisch fände, und daher sei sie nicht interessiert daran, mit ihm eine intime Beziehung aufzunehmen.

»Ich hatte es nicht darauf angelegt, eine Affäre mit ihm zu beginnen«, sagte sie mit sittsam gesenkter Stimme, »aber es passierte dann doch.«

Es begann, so erzählte sie, eines Tages, als sie bei ihm zu Hause war und sie gemeinsam an dem Projekt arbeiteten.

Sie waren in seinem Zimmer, setzte sie hinzu, die Tür

sei geschlossen gewesen, als er sich plötzlich zu ihr herübergelehnt und sie geküßt habe.

Sie war so konfus, sagte sie, daß sie auf der Stelle nach Hause gefahren sei. »Ich wollte wirklich keine Affäre, und ich habe versucht, gegen meine Gefühle anzukämpfen.«

Es war, wie sie eingestand, ein aussichtsloser Kampf, den sie dann in der Folge ja auch verlor. Einige Wochen später, am 24. März, gab sie es auf, sich gegen ihre Gefühle wehren zu wollen.

Gregg war damals in Geschäften in Atlantic City, erinnerte sie sich, und Cecelia wohnte bei ihr im Haus, solange ihr Mann nicht da war. Bill fragte, ob er nicht ebenfalls kommen könne, und sie stimmte zu.

»Ich *wollte*, daß er zu mir kam«, fügte sie hinzu.

An diesem Punkt unterbrach Twomey ihren Bericht mit einer Frage. Als Bill gekommen war, fragte er, hatte sie da bereits erwartet, daß es zu sexuellen Kontakten kommen werde?

»Ja«, erwiderte Pam ruhig.

»Und *hatten* Sie dann sexuellen Kontakt mit ihm?«

»Ja.«

Er wollte dann wissen, ob sie sich den Film *Neuneinhalb Wochen* angesehen hatten und ob sie sich danach geliebt hätten.

»Ja«, erwiderte sie.

»Haben sie auch das mit den Eisstückchen gemacht?«

»Nein«, sagte sie mit Emphase, das sei der Einbildungskraft Bills entsprungen. »Ich denke mir, er hat Schwierigkeiten, sich zu erinnern, wo die Wirklichkeit endete und der Film anfing.«

Bis hierhin deckte sich ihre Zeugenaussage weitgehend mit der der früheren Zeugen, vor allem mit der Cecelias und Bills, und doch gab es einige bedeutsame Unterschiede. Einmal hatte sie den Beginn der Affäre um sechs

Wochen später datiert. Nach Bills Erinnerungen hatten sie *Neuneinhalb Wochen* Mitte Februar gesehen, vielleicht einen Tag nach dem Valentinstag. Pam aber sagte, es sei der 24. März gewesen. Bill behauptete, sie habe die körperlichen Berührungen initiiert, indem sie ihn aufgefordert hatte, sie zu küssen, als sie bei ihm zu Hause waren; sie wiederum behauptete, die Initiative sei von ihm ausgegangen.

Bill sagte, er erinnere sich genau, ein Glas voll Eisstückchen geholt zu haben, um diese in ihr Liebesspiel einzubeziehen, wie das auch in dem Film zu sehen gewesen war. Cecelia hatte ebenfalls ausgesagt, sich zu erinnern, daß Bill heruntergekommen sei, die Eisstückchen geholt habe und wieder hinaufgegangen sei. Pam dagegen sagte, das alles habe nie stattgefunden.

Aber das waren nicht die einzigen Punkte, an denen sich die Zeugenaussagen widersprachen.

Bezüglich der Fotos, die Bill von Pam im Bikini besaß – jene, von denen er behauptet hatte, sie habe sie ihm gegeben, noch bevor die Affäre begann –, behauptete Pam, sie habe sie Bill *nicht* angeboten und sie wisse nicht, wie er in ihren Besitz gelangt sei.

Und was die kleinen Botschaften anbelangte, die sie ausgetauscht haben sollten, so gab sie zu, tatsächlich etliche geschrieben zu haben, von denen einige sogar als sexuell recht freizügig empfunden werden konnten.

Pam zufolge hatte ihre Affäre impulsiv begonnen und schnell wieder geendet.

»Ich *mochte* Bill«, sagte sie aus, »aber ich *liebte* Gregg.«

Vielleicht, gestand sie, habe sie auch Bill bis zu einem gewissen Punkt geliebt, doch das habe nur ihre Konfusion vergrößert und ihr ständige Pein bereitet.

Twomey unterbrach sie wieder. »Haben Sie darüber je mit Ihrem Mann gesprochen?« fragte er.

Pam seufzte. »Ja«, sagte sie, »das habe ich.« Und damit

startete sie in eine detaillierte Schilderung dessen, was passiert war, als Gregg erfuhr, daß sie ihm Hörner aufgesetzt hatte.

26

Es war der 27. April, erinnerte sie sich, der Freitag, bevor er ermordet wurde.

»Es hatte einige Gelegenheiten gegeben, bei denen ich mit ihm darüber hätte reden können, aber ich habe es dann doch nie getan«, erinnerte sich Pam.

An diesem Tag hatte sie frühzeitig das Büro verlassen, so daß sie ein wenig mehr Zeit mit Gregg zusammen verbringen konnte. Das sollte ihr dann endlich auch die Gelegenheit geben, ihm zu gestehen, was sich ereignet hatte. Erst zwei Tage zuvor hatte Bill die Nacht in ihrem Haus verbracht, und es war ein unglaublich häuslicher Abend gewesen. Pam hatte ein Abendessen gekocht, und Bill hatte den Tisch gedeckt und wieder abgedeckt und den Müll hinausgetragen, wobei er die Treppe hinunter in den Keller und von dort die Tür an der Kelleraußentreppe benutzt hatte, jene Tür, die Bill dann später benutzte, um in das Haus einzudringen und Gregg umzubringen.

Nach dem Abendessen, sagte Pam, seien sie nach oben gegangen, ins Ehebett gestiegen und hätten sich geliebt. Am nächsten Tag sagte sie dann zu Bill, die Affäre sei zu Ende.

Sie könnten weiter gute Freunde sein, aber kein Liebespaar mehr. Danach wollte sie ihren Frieden mit Gregg machen und versuchen, ihre Probleme aus der Welt zu schaffen.

An jenem Freitag abend saß sie friedlich mit Gregg am Tisch, sagte sie, ließ ihn sich entspannen und ihr von seiner Reise erzählen. Eines Nachts nach einer Reihe von geschäftlichen Besprechungen brachten einige der Männer ein Flittchen mit ins Hotel und nahmen ihre Dienste reihum in Anspruch.

Dies, dachte Pam, war genau der richtige Einstieg in das geplante Gespräch mit ihm. Sie fragte ihn, ob *er* auch gewartet habe, bis er an der Reihe gewesen sei. Gregg war schockiert. Nein, erwiderte er, so was würde er *niemals* tun.

Niemals? schoß Pam zurück. Und was, bitte schön, sei dann mit der Nacht im Dezember gewesen, als er nicht nach Hause gekommen war?

Gregg wurde wütend und fragte Pam, ob sie etwa vorhabe, diesen einmaligen Ausrutscher wieder und immer wieder zur Sprache zu bringen.

»Ich fragte ihn, wie er sich wohl gefühlt hätte, wenn ich so etwas getan hätte«, sagte Pam, »und er erwiderte, daß er darüber auch nicht gerade beglückt wäre, aber deshalb würde er mir das doch nicht für den Rest meines Lebens bei jeder passenden und unpassenden Gelegenheit an den Kopf werfen. Also erzählte ich ihm von meiner Affäre«, sagte sie und legte eine dramatische Pause ein. »Er war nicht glücklich. Er sagte, er könne einfach nicht glauben, daß ich so etwas getan haben könnte.«

Sie erzählte, sie habe ihm dann gesagt, daß die Affäre vorbei sei und daß sie eine gute Ehefrau sein wollte. Bills Namen hatte sie ihm nicht verraten, ergänzte sie, ebensowenig wie die Art ihrer Verbindung.

Wieder unterbrach Twomey sie und fragte sie, ob sie zuvor schon einmal versucht habe, die Beziehung zu Bill zu beenden.

»Ja«, erwiderte sie zerknirscht. »Ich hatte ihm gesagt, daß ich mich so nicht wohl fühlte. Ich hatte ihm gesagt, daß ich Gregg liebte und daß ich keine Scheidung wollte.«

Ängstlich darum bemüht, Material beizusteuern, das hoffentlich die Aussagen der Zeugen der Anklage erschüttern werde, Pam habe gesagt, sie könne keine Scheidung riskieren, weil Gregg in diesem Fall alles bekäme, fragte Twomey sie, was sie denn gemeinsam mit Gregg besessen habe.

Pam berichtete mit zufriedenem Gesichtsausdruck, daß ihnen die Möbel gemeinsam gehört hätten, während sie ansonsten getrennte Bankkonten gehabt hätten. Gregg besaß einen eigenen Wagen, sagte sie, und sie ebenfalls. Der Hund gehörte praktisch ihr, denn er sei ja ein Geschenk Greggs aus Anlaß ihres Studienabschlusses gewesen. »Ich wußte, daß er einige Lebensversicherungen hatte«, setzte sie hinzu, »aber über deren genaue Höhe war ich nicht im Bilde.«

Twomey wollte von ihr wissen, wie Bill reagiert habe, als sie ihm sagte, die Affäre sei vorüber.

Er fing an zu weinen, sagte sie. Er sagte, er könne ohne sie nicht leben und werde sich das Leben nehmen. Sie erzählte, darauf habe sie in der Weise reagiert, daß sie ihm gesagt habe, sie könnten in jedem Fall gute Freunde bleiben, aber sie liebe nun mal Gregg und fühle sich ihm gegenüber schuldig wegen ihres Verhältnisses mit ihm, Bill. Daher habe sie sich dazu durchgerungen, diese Affäre zu beenden, Gregg alles zu gestehen und ihn um Verzeihung zu bitten.

Als sie vorschlug, sie könnten ja gute Freunde bleiben, hörte Bill auf zu schluchzen und schien sich wieder zu beruhigen. Sie erinnerte sich, ihm geraten zu haben, es wäre sicher besser, wenn er nicht mehr ins Medien-Zentrum käme, aber dann ließ sie sich doch wieder erweichen, als er sagte, er wolle sie wenigstens regelmäßig wiedersehen.

Twomey wechselte das Thema und fragte Pam, ob sie Bill je ihr Auto überlassen habe.

Ja, sagte sie, zweimal. Aber beide Male, fügte sie sofort hinzu, habe sie sich versichert, daß ein anderer am Steuer saß, weil Bill noch keinen Führerschein hatte, obwohl er seit kurzem alt genug war, um die Prüfung abzulegen.

Twomey fragte, wann Bill sie um ihren CRX gebeten habe.

Das letzte Mal sei es Ende April gewesen, erinnerte sie sich. Bill hatte sie eines Nachmittags angerufen und gefragt, ob er und J. R. ihren Wagen haben könnten, um damit nach Haverhill zu fahren. Zuerst hatte sie abgelehnt, aber er rief sie wenig später noch einmal an, und da erklärte sie sich dann doch einverstanden. An diesem Abend hatte sie eine Konferenz, wie sie ihm erklärte, so daß sie ihr Auto bis weit nach Einbruch der Dunkelheit nicht brauchte, aber sie müsse es rechtzeitig zurückbekommen, um nach Hause fahren zu können, wenn die Sitzung vorbei war. Und dann hatte sie noch eine Bedingung gestellt: J. R. müsse fahren, weil sie nicht wollte, daß jemand ohne Führerschein ihr Auto steuerte. Das wäre nämlich gesetzwidrig gewesen.

Sie erklärte sich einverstanden, die Schlüssel steckenzulassen, damit Bill und J. R. sich das Auto ohne Schwierigkeiten holen konnten. Danach dachte sie nicht mehr daran, bis die Konferenz beendet war, und sie sich zum Gehen wandte. Da mußte sie dann feststellen, daß ihr Auto noch nicht wieder da war. Also blieb ihr nichts weiter übrig, als zu warten. Sie hatte Angst, andere im Haus würden sie fragen, wo denn ihr Auto sei und wer es habe, wenn man sie in ihrem Büro sitzen sah. Da sie nicht gerade darauf erpicht war, jedermann kundzutun, daß sie ihr Auto einem Studenten namens Bill Flynn geliehen hatte, setzte sie sich in ihr Büro und wartete im Dunkeln auf die Rückkehr von Bill und J. R. Doch als ihr Wagen zurückkam, war nicht J. R. bei Bill, sondern ein anderer Teenager, den sie zuvor noch nie gesehen hatte. Sein Name war Raymond Fowler.

»Ich fragte Bill: ›Wer ist denn das?‹ Er erwiderte: ›Das ist Raymond. Du erinnerst dich doch bestimmt an Raymond, oder?‹ Und ich sagte: ›Nein‹.«

Sie fragte Bill, ob Raymond denn einen Führerschein habe, und er sagte ja, und da war ihr schon wieder ein wenig wohler. Sie war noch immer ärgerlich, erinnerte sie sich, weil Bill ihr gesagt hatte, er wollte ihr Auto für sich und J. R. haben und nicht für jemanden, den sie überhaupt nicht kannte. Jedenfalls fuhr sie zuerst Raymond nach Hause und dann Bill. Auf dieser Fahrt, sagte sie, habe sie das Autoradio eingeschaltet und sehr laut eingestellt, so daß ihr überhaupt nicht der Sinn nach irgendwelchen Unterhaltungen gestanden hätte, und das nicht zuletzt auch deshalb, weil sie noch immer wütend war, daß Bill sie angelogen hatte. Nachdem sie die beiden dann abgesetzt hatte, strich sie den Vorfall aber schon bald aus ihrem Gedächtnis.

In dem Versuch, sie daran zu hindern, allzuweit abzuschweifen, unterbrach Twomey sie, um sie zu fragen, wie oft Bill denn bei ihr in ihrem Häuschen in Derry gewesen sei.

Pam dachte kaum nach, bevor sie antwortete. »Dreimal«, erwiderte sie schnell. Einmal, als sie an dem Orangensaft-Handel arbeiteten; dann wieder, als sie sich den Film *Neuneinhalb Wochen* angesehen hatten; und ein drittes Mal, als sie für ihn gekocht hatte und sie anschließend die Nacht miteinander verbrachten.

»Und haben Sie Bill je Geld gegeben, damit er Patronen kaufen konnte, um Gregg zu ermorden?« fragte Twomey.

»Mit absoluter Sicherheit nicht«, erwiderte Pam.

Nachdem solchermaßen das Szenarium einigermaßen abgesteckt war, fragte Twomey gezielt nach dem Tag des Mordes und forderte sie auf, detailliert zu schildern, wie dieser Tag für sie abgelaufen war.

Sie holte tief Luft, bevor sie mit ihrem Bericht begann.

Am Morgen des 1. Mai, einem Donnerstag, schlief sie länger als sonst.

Sie wußte, daß sie spät am Abend noch eine wichtige Konferenz erwartete, auf der Mitglieder der Schulbehörde zu drei Themen sprechen würden, die ihr ausnahmslos persönlich sehr am Herzen lagen – ihr Gehalt, die geplante Umorganisation des Medienzentrums und die Möglichkeit, daß sie bei nächster Gelegenheit vielleicht einen Kurs an der Winnacunnet High School übernehmen konnte –, und so beschloß sie, erst spät ins Büro zu fahren und durchzuarbeiten, bis die Sitzung begann.

Als sie dann aber eintraf, fiel ihr wieder ein, daß sie eine ›Woche der Sekretärinnen‹ hatten und daß sie und andere Abteilungsleiter des Amtes geplant hatten, die Sekretärinnen mittags zum Essen nach Portsmouth einzuladen, das ein Stück die Küste hinauf lag. Sie verließen Hampton gegen elf Uhr dreißig, sagte sie, und kehrten nicht vor vierzehn Uhr dreißig zurück. Als sie wieder zurückkamen, war die Schule schon leer gewesen und sämtliche Schüler nach Hause gefahren.

Twomey nickte ihr ermunternd zu, während sie sprach. Mit der Erwähnung des Zeitpunktes, zu dem sie und die anderen wieder zurückkehrten, hoffte er, habe sie Zweifel an Cecelias Behauptung geweckt, Pam habe ihr am Nachmittag gesagt, Gregg werde noch an diesem Abend umgebracht. Wenn Pam erst nach Hampton zurückgekehrt war, als Cecelia schon nach Hause gegangen war, konnte sie unmöglich noch mit ihr gesprochen haben; also mußte Cecelia gelogen haben.

Es scheint, daß sie noch kaum aus Portsmouth zurückgekommen und wieder in ihrem Büro eingetroffen war, als Bill anrief, um sie zu fragen, ob sie ihn und J. R. nach Haverhill fahren könne, damit J. R. sich dort das Auto seiner Großmutter ausleihen konnte.

»Ich sagte nein«, behauptete Pam. »Ich sagte, daß ich den ganzen Tag unterwegs gewesen sei und jetzt endlich an meine Arbeit wolle.«

Etwa eine oder anderthalb Stunden später rief Bill dann noch einmal an und fragte sie wieder, ob sie ihn und J. R. nicht fahren könne. Er klang ausgesprochen unglücklich, erinnerte sie sich, und so ließ sie sich erweichen. Doch als sie dann zu dem Haus kam, wo J. R. lebte, um Bill und J. R. abzuholen, war auch Pete dort anwesend. Er fragte, ob er vielleicht auch mitfahren könne, um dann J. R. auf der Rückfahrt Gesellschaft zu leisten, während Bill doch sicher mit ihr fahren würde. Da Pam in der Tat nicht gerade versessen darauf war, allein zurückzufahren, stimmte sie zu. Weil J. R. sie ausdrücklich darum bat, ließ sie ihn ans Steuer, während sie und Bill sich auf die hinteren Notsitze zwängten. Während der Fahrt unterhielten sie sich über Motorräder und über ihr Auto.

»Haben Sie auch einen Plan diskutiert, Ihren Ehemann umzubringen?« fragte Twomey.

»Nein«, erwiderte Pam einfach, doch sie bekannte, daß sie J. R. mindestens einmal ermahnen mußte, die Höchstgeschwindigkeit zu beachten. »Ich sagte ihm, ich sei nicht daran interessiert, mir ein Strafmandat einzuhandeln, denn immerhin waren wir zu viert in einem Auto, das nur für zwei Personen zugelassen war, und ich glaube, das ist ungesetzlich.«

Maggiotto, der Pams Zeugenaussage interessiert zugehört hatte, rollte ungläubig mit den Augen und schüttelte leicht den Kopf.

»Was passierte als nächstes?« fiel Twomey ein.

Sie setzten Pete und J. R. ab, sagte sie, und dann fuhren

sie und Bill nach Seabrook zurück. Sie setzte Bill bei J.R.s Wohnung ab und fuhr zurück ins Büro. Dort vergrub sie sich in ihre Akten und arbeitete ohne Pause durch, bis es Zeit war, zu der Konferenz zu gehen. Kurz bevor es soweit war, wurde sie noch von Cecelia unterbrochen, die mit ihrem Freund Michael Welch vorbeikam. Die beiden blieben vielleicht drei Minuten, erinnerte sich Pam, und gingen dann essen. Als sie wieder weg waren, ging sie zu ihrer Sitzung. Danach begleitete sie der Ehemann ihrer Sekretärin, der der Schulpflegschaft angehörte, zu ihrem Wagen, wie er es immer getan hatte, wenn es draußen schon dunkel war. Sie setzte sich ans Steuer und fuhr auf dem direkten Weg heim nach Derry.

Nun war sie an dem Punkt angelangt, auf den Twomey die ganze Zeit geduldig gewartet hatte. Entweder wurde ihre Glaubwürdigkeit jetzt bewiesen oder nie. Um die Schäden auszugleichen, die die vorherigen Zeugenaussagen – vor allem die von Bill Flynn – angerichtet hatten, mußte Pam an dieser Stelle ihrer Aussage glaubwürdig bleiben, oder ihr Fall würde den Bach hinuntergehen. Und um sich selbst ein wenig in diesem Sinne aufzubauen, müßte sie nun ein wenig lockerer werden, sie müßte einfach ein klein wenig mehr Emotionen zeigen und beweisen, daß sie eben nicht die ›Eisprinzessin‹ war, als die die Medien sie längst abgestempelt hatten.

Und sie wuchs mit der Aufgabe.

27

Pam erinnerte sich angeblich, wie sehr sie sich gewundert hatte, daß die Lichter am Hauseingang nicht brannten, als sie zu Hause ankam.

Normalerweise war es das erste, was Gregg tat, wenn er nach Hause kam, daß er die Außenbeleuchtung einschaltete, damit sie nicht im Dunkeln bis zur Haustür gehen mußte. Aber die Lichter waren dunkel, und sie erinnerte sich, daß sie sich sehr unwohl gefühlt hatte, weil sie ganz sicher war, daß Gregg lange vor ihr zu Hause angekommen sein mußte. Doch dann streifte sie das ungute Gefühl, irgend etwas könne nicht stimmen, tapfer ab, parkte ihren Wagen, ging zur Haustür und steckte den Schlüssel ins Schloß. Einmal drinnen, knipste sie das Licht im Flur an und machte einen Schritt ins Innere des Hauses. Doch dann verhielt sie abrupt den Schritt. Auf dem Fußboden lag Gregg, die Arme weit ausgestreckt, das Gesicht nach unten und den Kopf in einer Blutlache.

»Dies alles geschah im Zeitraum von kaum einer Sekunde, glaube ich«, sagte sie. »Ich erinnere mich, ihn, den Kerzenständer und den Kopfkissenbezug gesehen zu haben.«

In ihren Augenwinkeln bildete sich Feuchtigkeit, und ihre Lippen bebten. Es war das erste Anzeichen einer größeren inneren Bewegung, das die Prozeßbeobachter an ihr wahrnahmen, seit der Prozeß seinen Anfang genommen hatte.

»Mein erster Gedanke war, Hilfe zu holen. Aber ich zögerte ein wenig. Ich rief Gregg leise beim Namen. Aber er antwortete mir nicht. Da bin ich hinausgerannt.«

»Wußten Sie da schon, daß er tot war?« fragte Twomey mit sanfter Stimme.

»Nein«, sagte sie und drohte in Tränen auszubrechen, »ich dachte, es sei vielleicht noch jemand im Haus.«

Dann beschrieb sie einen verzweifelten Versuch, Hilfe zu finden. »Niemand war da, um mir zu helfen«, sagte sie. »Ich rannte ins nächste Haus und klingelte an der Tür Sturm. ›Rufen Sie die Polizei!‹ schrie ich. Aber sie kamen nicht schnell genug. So rannte ich zum nächsten Haus und fing an, gegen die Haustür zu trommeln. Da kam ein Mädchen die Treppe herunter. Ich glaube, sie hat mich schreien gehört. Sie fragte mich, was los sei.

Offenbar hatte aber schon jemand 110 gerufen. Ich weiß noch, daß ich wieder nach draußen lief und daß inzwischen alle möglichen Leute und Autos angekommen waren. Ich weinte und rief: ›Ruft Greggs Eltern!‹ Irgend jemandem habe ich auch die Telefonnummer genannt.«

Nur wenige Minuten später, sagte sie, seien Greggs Mutter und sein Vater erschienen. Einer von Greggs Brüdern sei ebenfalls dabeigewesen. Sie fragten sie, berichtete sie tränenreich, wo denn Gregg sei und was überhaupt los sei. Greggs Mutter wollte in das Häuschen hinein, aber die Polizei hinderte sie daran.

»Alle schrien sie auf mich ein, und ich konnte nur noch weinen«, sagte sie. »Ich lag am Boden auf den Knien. Dann kam eine Ambulanz, und zwei Männer gingen ins Haus hinein.«

Sie erinnerte sich noch, daß Greggs Bruder sie angefleht hatte, Gregg zu helfen, aber es schien, als tue niemand auch nur das Allergeringste.

Pams Verhalten war, als sie die Ereignisse in der Nacht des 1. Mai rekapitulierte, ruhig und gefaßt, aber ihr Gesicht wirkte düster. Doch nun wurde sie zunehmend ruheloser.

»Sie sagten«, berichtete sie und schluckte schwer, »er sei tot.«

Das nächste, woran sie sich erinnerte, war, daß sich sie im Hause der Smarts aufhielt. Die nächsten Stunden vergingen wie hinter einem Nebelschleier, und gegen zwei Uhr in der Nacht ging sie zur Polizeistation von Derry, um dort alles zu erzählen. Etwa zwei Stunden später war sie fertig, setzte sich in ihren Wagen und fuhr zu ihren Eltern nach Canobie Lake. Sie blieben die ganze Nacht wach und redeten über das, was passiert war.

Sogar zu diesem frühen Zeitpunkt lehnte es die Polizei ab, ihr irgendwelche Informationen zu geben. Zunächst war sie davon ausgegangen, Gregg sei durch einen Schlag auf den Kopf getötet worden, vielleicht mit dem Kerzenständer, den sie auf dem Boden hatte liegen sehen. Erst sehr viel später, sagte sie, daß er erschossen worden war. Erfahren hatte sie es, wie sie sagte, aus einer Nachrichtensendung, die sie in ihrem Autoradio hörte. Sie war von allem Anfang an total von allen Informationen über den Stand der Ermittlungen abgeschnitten worden, und die einzige Möglichkeit, sich über deren Fortgang zu informieren, bestand darin, Radio zu hören.

Den nächsten größeren Schub in der Entwicklung erlebte sie etwa fünf Wochen später, fuhr sie fort. Am Sonntag, dem 10. Juni, war Bill gekommen, um sie in ihrer neuen Wohnung in Hampton zu besuchen. Diese lag nicht weit von der Winnacunnet High School entfernt. Sie gingen gemeinsam ins Kino und danach zu ihr, wo sie sich etliche weitere Videofilme sahen; da es darüber sehr spät wurde, fragte Bill sie, ob er nicht über Nacht bleiben könne. Zu diesem Zeitpunkt seien sie schon weiter nichts als gute Freunde gewesen, behauptete sie, und deshalb hatte sie auch nichts dagegen. Sie sagte, sie habe ihm ein Bett auf der Couch gemacht und sei dann nach oben in ihr Zimmer gegangen.

Am nächsten Morgen stand sie noch unter der Dusche, als die Haustürklingel ging. Sie ließ Bill an die Tür gehen, duschte zu Ende, zog sich an und ging dann nach unten. Dort war Bill in einen heftigen Wortwechsel mit Pete und J. R. verwickelt.

Als sie sich erkundigte, was denn los sei, erzählte Bill ihr, Pete habe sich mit einem anderen Jugendlichen mit Namen Ralph Welch geprügelt, weil dieser Dinge über Pete erzählt hatte, die nicht stimmten. Das sei nichts, worum sie sich Sorgen machen müßte, erklärte Bill ihr, und sie sollte am besten wieder nach oben gehen. Als sie später wieder nach unten kam, waren Pete und J. R. noch immer da.

»Sie haben ein paarmal telefoniert«, erzählte sie, »aber ich habe keine Ahnung, wen sie angerufen haben.«

Etwas später rief dann J. R.s Mutter an und sagte, sie hätten die ganze Familie zusammengerufen und J. R. solle bitte nach Hause kommen. Bill entschloß sich, mit ihm und Pete zusammen zu gehen. Da aber J. R. und Pete auf einem Motorrad gekommen seien, auf dem nur zwei Leute Platz hatten, fragten sie Pam, ob diese sie nicht fahren könne.

Sie war einverstanden.

Nachdem sie J. R. zu Hause und Pete sowie Bill vor einem kleinen Laden in der Nähe abgesetzt hatte, ging sie einkaufen und hatte eigentlich vor, von dort aus wieder nach Hause zu fahren. Auf dem Weg zurück sah sie dann Bill, Pete und J. R. die Straße entlanggehen. Sie hielt an und erbot sich, sie nach Hause zu fahren.

Als sie J. R. und Pete fragte, wann sie denn ihr Motorrad wieder abholen wollten, das noch immer in ihrer Garage stand, sagte sie, sie würden es gleich mitnehmen. Deshalb fuhren sie mit zu ihr nach Hause, setzten sich auf die Maschine und röhrten davon. Bill sagte ihr, er wolle ebenfalls gehen, und das letzte, was sie von ihm sah, bis sie sich hier vor Gericht wieder begegneten, war, daß er zur Winnacunnet High School hinüberging.

An jenem Abend, wenige Stunden, nachdem Bill gegangen war, saß Pam allein in ihrem Häuschen, als es plötzlich an der Tür klingelte. Es waren Cecelia und ihr Freund, Michael Welch.

Sie kamen herein, berichtete sie, und fingen an zu reden. Wenig später fragte Cecelia, ob sie über Nacht bleiben könne, und Pam sagte ja. Michael entschloß sich, nach Hause zu fahren, und deshalb fuhr Pam Cecelia zu ihrer Wohnung, damit sie sich frische Wäsche und ihre Schultasche für den nächsten Tag holen konnte.

Auf dem Weg mit Cecelia am Steuer (sie hatte zwar keinen Führerschein, aber das sei nicht weiter schlimm gewesen, fand Pam, weil sie ja mit ihr im Wagen gesessen habe und Cecelia sich schon dem Alter näherte, da sie die Prüfung ablegen und den Führerschein bekommen konnte) wurden sie von einer Polizeikolonne überholt.

»Sie waren alles andere als freundlich«, erinnerte sich Pam. »Sie umringten den Wagen, richteten diese riesigen Scheinwerfer auf uns und sagten uns, wir sollten uns nicht vom Fleck rühren.«

Ihr Hund Halen sei mit im Wagen gewesen, berichtete Pam, und der wurde nun angesichts der hektischen Betriebsamkeit ängstlich. Als sie nach ihm langte, um ihn zu beruhigen, dachte einer der Polizisten ganz offenbar, sie wolle eine Waffe ziehen, und seine Kollegen reagierten darauf überraschend grob. Einer der Beamten starrte auf ihre Hand und befahl Pam, sie nicht weiter zu bewegen. Ein paar Sekunden später kam dann eine Beamtin und fragte Cecelia nach ihrem Führerschein und den Fahrzeugpapieren.

»Ich wollte es ihr erklären, aber die Frau war so gemein«, sagte Pam. »Sie hat mich richtig angeschrien. Ich war wirklich nervös. Das war alles so bedrohlich.«

Sie sagte, kurz darauf habe sie aus dem Funksprechgerät eine Stimme gehört, die die Beamten rings um sie aufforderte, sie und Cecelia in Ruhe zu lassen, weil hier ein Irrtum vorläge und man das falsche Auto gestoppt habe. Sekunden später wiederholte die Beamtin ihr gegenüber fast dieselben Worte noch einmal.

»Ich hab's gehört – bin doch nicht bescheuert«, will Pam ihr darauf gesagt haben.

Am darauffolgenden Abend, einem Montag, schaltete sie die Elf-Uhr-Nachrichten ein und hörte, drei Jugendliche seien im Zusammenhang mit dem Mord an Gregory Smart in Derry festgenommen worden.

»Ich war schrecklich aufgebracht«, sagte sie. »Erstens wurde da jemand im Zusammenhang mit dem Mord an meinem Ehemann festgenommen, und ich wußte gar nichts darüber; und zweitens mußte ich die Neuigkeit aus dem Radio hören. In der Nachrichtensendung hieß es, die Verhaftungen hätten in Seabrook stattgefunden, und da wußte ich ja nicht, ob es nicht vielleicht jemand war, den ich kannte.«

Sie hätte nie daran gedacht, daß es sich bei den drei Jungendlichen, die da verhaftet worden waren, um Bill, Pete und J. R. handeln könnte. Jedenfalls habe sie dann ein wenig in der Gegend herumtelefoniert, um zu sehen, ob sie irgendwo etwas in Erfahrung bringen konnte.

Zuerst rief sie ihre Sekretärin an, deren Mann Mitglied in der Schulpflegschaft war, aber die wußte gar nichts. Dann rief sie die Polizei in Derry an, doch dort beschied man sie, bei der Kripo arbeite so spät niemand mehr.

Früh am nächsten Morgen versuchte sie dann, Bill und Cecelia anzurufen, um mal zu hören, ob die vielleicht etwas wußten.

Als sie bei Bill anrief, war seine Mutter am Apparat. Pam nannte ihren Namen und wollte mit Bill reden. Was ihr Bills Mutter dann aber erzählte, sagte sie, ließ sie im ersten Moment innerlich erstarren. Mrs. Flynn berichtete ihr, Bill, J. R. und Pete seien verhaftet worden, Bill mit der Anschuldigung des Mordes ersten Grades und die beiden anderen als seine Komplizen.

»Meine Reaktion bestand in einem totalen Schock und völligem Unglauben«, sagte sie aus. »Ich konnte nicht glauben, daß Bill verhaftet worden sein sollte. Aber dann dachte ich mir – großer Gott, sie haben herausgekriegt, daß ich was mit Bill hatte, und jetzt haben sie den Falschen eingebuchtet.«

Pam führte aus, Bills Mutter habe ihr gesagt, sie hätten Beweise, die im Zusammenhang mit dem Mord auf Bill hindeuteten, aber sie konnte ihr nicht sagen, welcher Art diese Beweise sein könnten. Und dann soll sie Pam zufolge etwas sehr Merkwürdiges gesagt haben.

»Sie sagte mir«, erinnerte sich Pam, »ich sollte mir besser einen Anwalt suchen. Als ich sie nach dem Grund fragte, wiederholte sie nur, es sei bestimmt besser für mich.«

Inzwischen total durcheinander, sagte Pam, sei sie zu ihren Eltern gefahren und habe von dort aus wieder versucht, mit der Polizei von Derry Kontakt aufzunehmen. Aber wieder habe man sie abgeblockt.

»Sie erzählten mir dasselbe, was sie mir auch schon immer während der Ermittlungen erzählt hatten. Sie sagten einfach nur, sie könnten mir keine Auskünfte geben. Und jetzt, da hier Jugendliche betroffen seien, sagten sie, könnten sie mir erst recht nichts erzählen, weil die Verhafteten noch minderjährig seien.«

Twomey fragte sie, was sie angesichts der Entwicklung der Dinge empfunden habe.

»Es war sehr hart für mich, glauben zu sollen, daß Bill dieses Verbrechen verübt haben sollte«, sagte sie und fügte hinzu, sie habe unausgesetzt an Greggs Ermordung denken müssen. »Jeder fragte mich, und ich hatte doch keine Antworten, sondern ich fragte doch selbst jeden in meiner Umgebung nach ergänzenden Informationen. Ich kam mir wie ein Nichts vor. Ich fühlte mich wie ein Reporter, der nur zu dem einen Zweck hinter Informationen herjagt, nämlich um sie dann dem Rest der Welt mitzuteilen. Ich kam mir nicht vor wie die Frau des Opfers. Jeden Abend habe ich den Fernseher angestellt, um wenigstens dort zu erfahren, was in meinem Leben vorging. So schlimm war das alles.«

Voller Verzweiflung wandte sie sich zwei Informationsquellen zu: Cecelia und den Medien.

Twomey war mit seinen Fragen fast am Ende. Er wollte nur noch eines wissen und bat Pam, dem Gericht von den Ereignissen zu erzählen, die zu den Tonbandaufzeichnungen führten, die Cecelia von ihren Unterhaltungen angefertigt hatte. Pam hob die Schultern, Cecelia, sagte sie, habe sie in den Stunden nach Bills, J. R.s und Petes Verhaftung pausenlos angerufen.

»Sie war sehr nervös«, rekapitulierte Pam, »sehr aufgeregt, sehr besorgt. Ich fing schon an, mich zu wundern, worüber sie nur so besorgt sein mochte.«

Schließlich, sagte sie, sei sie zu dem Schluß gekommen, Cecelia müsse mehr wissen als das, was sie ihr erzählt habe. Einerseits wußte Cecelia natürlich von ihrer Affäre mit Bill, aber Pam argwöhnte, sie müsse noch etwas anderes wissen.

»Meine einzigen Informationsquellen waren doch

Cecelia und die Fernsehnachrichten«, bekräftigte Pam. »Ich war völlig von dem Wunsch besessen herauszufinden, wer meinen Mann ermordet hatte. Also dachte ich mir, wenn sie vielleicht mehr über den Mord oder gar den Mörder wußte, würde sie es mir vielleicht eher erzählen, wenn ich so tat, als wüßte *ich* mehr darüber, als ich preisgab. Ich überlegte mir also, ein Spielchen mit ihr zu spielen und so zu tun, als wüßte ich mehr über den Mord und den Mörder.«

Was denn die Absicht dahinter gewesen sei, wollte Twomey sofort wissen.

»Informationen zu bekommen«, erwiderte Pam rasch. »Alle Informationen, die mir zugänglich waren, wiesen darauf hin, daß die Burschen schuldig waren, aber das wollte ich einfach nicht glauben. In mir sträubte sich alles dagegen zu glauben, daß jemand, den ich kannte, das getan haben könnte. Ich war ja wie besessen von dem Wunsch, in Erfahrung zu bringen, was wirklich passiert war. Jede Nacht habe ich wach in meinem Bett gesessen und mich gefragt, was Gregg nur zugestoßen sein mochte. Mich hat nichts anderes mehr interessiert.«

Um an Informationen zu kommen, eine Formel, die sie zur tragenden Säule ihrer Verteidigung machte, entschied sie sich, Cecelia an der Nase herumzuführen, indem sie ihr vorspielte, sie wisse mehr, in der Hoffnung, Cecelia damit zu bewegen, das preiszugeben, was sie ihrerseits vielleicht wußte. Denn, so beteuerte Pam immer wieder, sie wollte unter allen Umständen das Geheimnis um den gewaltsamen Tod ihres Mannes aufklären. Dies sei auch der Grund gewesen, erläuterte sie Maggiotto wenig später auf eine entsprechende Frage, warum sie auf den Bändern immer so klang, als sei sie über alles bestens informiert. Das alles sei nur Show gewesen, um Cecelia zum Reden zu bewegen. Der Ankläger glaubte ihr diese Version nicht eine Sekunde lang.

28

Als die Anklage dann ihre Breitseiten gegen Pam abfeuerte, wirkte Paul Maggiotto wie ein Boxer in der ersten Runde eines Titelkampfes, der vor Ungeduld, daß es endlich anfangen möge, zu tanzen begann.

Maggiotto stellte Pam zunächst einmal wegen der Tatsache zur Rede, daß sie ihr Verhältnis mit Bill Flynn so lange verschwiegen hatte. Wenn ihr, wie sie behauptet hatte, daran lag, den Mord an ihrem Mann aufgeklärt zu sehen, warum hatte sie denn dann den Ermittlungsbehörden Informationen vorenthalten, die geeignet gewesen wären, den Fall abzuschließen? Er kam noch einmal auf ihre Aussage von vor gut einer Stunde zurück, als sie gesagt hatte, ihr erster Gedanke, als sie von der Verhaftung Bills gehört habe, sei gewesen, daß man ihr Verhältnis zu ihm aufgedeckt und dann die falsche Person verhaftet habe. Er fragte sie, warum sie nicht spätestens da den Ermittlungsbehörden von dieser Affäre berichtet habe.

»Weil ich dachte, die Polizei würde automatisch auf den Gedanken kommen, ich könnte etwas mit dem Mord zu tun haben, wenn sie erst wüßte, daß ich etwas mit Bill gehabt habe«, erwiderte sie so kalt wie Eiscreme.

»Aha, anstatt also den möglicherweise Falschen zu entlasten, zogen Sie es vor, zu schweigen?«

Als sie diese Frage bejahte, fragte Maggiotto sie, ob dies von ihrer Seite eine bewußte Entscheidung gewesen war, eine Entscheidung, die katastrophale Folgen für ihren jugendlichen Liebhaber hätte zeitigen müssen, wenn er wirklich unschuldig gewesen wäre.

Nun ja, gab sie zu, aber ein weiterer Grund, warum

sie der Polizei gegenüber diese Affäre verschwiegen hatte, sei gewesen, daß man sie schlicht nicht danach gefragt habe.

Maggiotto hob die Hände gen Himmel. »Oh«, sagte er betont sarkastisch, »man hat Sie nie danach gefragt! Aber wenn man Sie gefragt hätte, dann hätten Sie es ihnen aber doch bestimmt gesagt, nicht wahr?«

Völlig unbeeindruckt erwiderte Pam: »Darüber kann ich nicht spekulieren, weil ich ja nicht in dieser Situation war. Wenn ich in einem Zimmer voller Polizisten gesessen hätte, hätte ich es vielleicht gesagt.«

Dies war ein Thema, auf das Maggiotto immer wieder zurückkam, bevor das Kreuzverhör beendet war: Wiederholt fragte er sie, warum sie in einer bestimmten Situation nicht offen die Wahrheit gesagt habe, und sie erwiderte jedesmal, man habe sie ja nicht entsprechend befragt. Jedesmal, wenn sich dieser Dialog wiederholte, schien der Staatsanwalt ein wenig frustrierter zu werden und Pam eine Spur bockiger.

Als er später im Verlauf des Kreuzverhörs wieder einmal auf diese Intransigenz stieß, knurrte er, für Pam sei die Wahrheit wohl etwas, das sich nach der Situation definiere, in der sie sich gerade befinde. »Wahrheit ist für Sie wohl nur, was gerade konveniert. Stimmt das?«

»Nein, überhaupt nicht«, sagte sie abwehrend.

Aber, fuhr er fort, sie habe zugegeben, daß sie keine Auskunft gäbe, wenn man sie nicht präzise frage. »Wenn man nicht die Glocken läutet oder wenigstens am Strang zieht, wird nie jemand etwas davon erfahren, korrekt?«

»Ich denke nicht«, gab sie murrend zurück.

Im Ergebnis, legte Maggiotto dar, hatte sie mittlerweile ein Teilgeständnis dahingehend abgelegt, daß sie wohl zugab, eine Affäre mit Bill Flynn gehabt zu haben, daß sie aber weiter leugne, irgend etwas mit dem Mord an ihrem Mann zu tun zu haben.

Pam nickte heftig mit dem Kopf, als habe Maggiotto gerade die vernünftigste Feststellung auf der Welt getroffen. »Ja!« sagte sie.

Aber, schoß der Staatsanwalt zurück, sei es nicht genau dieses, was sie Cecelia gegenüber in einem der aufgezeichneten Gespräche angekündigt habe?

Ohne auch nur mit der Wimper zu zucken, gab Pam zu, auch das sei so korrekt wiedergegeben.

»Nun, was war Ihnen denn eigentlich wichtiger?« fragte er. »Wollten Sie lieber den Mörder Ihres Mannes finden oder lieber Ihre Affäre mit Bill Flynn geheimhalten?«

»Den Mörder meines Mannes finden«, erwiderte sie und fügte hinzu, daß sie eine Woche nach dem Mord schon einen leichten Verdacht gegen Bill gehabt und ihn zur Rede gestellt habe. »Ich fragte ihn: ›Du hast doch wohl nichts mit alledem zu tun, nicht wahr?‹ Und er sagte nein.«

Und natürlich, sagte Maggiotto, habe sie dieses Schmankerl auch gleich an die Polizei weitergegeben.

»Nein«, sagte sie.

In diesem Fall, fuhr er fort, hätte sie vielleicht etwas zu William und Judith Smart gesagt.

»Nein«, sagte Pam.

Gut – und der eigenen Familie?

»Nein«, antwortete sie wieder.

Hatte sie denn überhaupt *irgend jemandem* gegenüber die Tatsache erwähnt, fragte er, daß sie die Beziehung zu ihrem jugendlichen Liebhaber wenige Tage, bevor ihr Mann ermordet wurde, abgebrochen hatte? »Haben Sie zu irgend jemandem gesagt: ›Hey, nur eine Woche, bevor Gregg ermordet wurde, habe ich mit einem Jungen Schluß gemacht, und der könnte durchaus etwas damit zu tun haben?‹«

Sie gab zu, das unterlassen zu haben.

Mit geheucheltem Erstaunen fragte Maggiotto sie nach dem Grund dieses Versäumnisses.

Weil es, erwiderte sie, zu diesem Zeitpunkt für sie noch so ausgesehen habe, als sei Gregg bei einem mißlungenen Einbruch und nicht nach einem vorgefaßten Plan ermordet worden. Die selbstverständlichste Folgerung daraus war, daß sie keine wie auch immer geartete Notwendigkeit sah, die Affäre zu offenbaren, solange sie sich nicht in eine Ecke gedrängt sah, aus der sie sich anders nicht befreien könne – wie etwa eine Gerichtsverhandlung.

Ganz gleich, aus welcher Ecke heraus Maggiotto Pam auch anging, jedesmal schien sie tänzelnd auszuweichen, bevor er einen zählbaren Schlag anbringen konnte. Je erregter er im Verlauf wurde, desto ruhiger und kooperativer schien sie zu werden. Anders als andere Zeugen in diesem Verfahren, die bemüht waren, möglichst viele Fragen mit einem einfachen Ja oder Nein zu beantworten, schien Pam Gefallen daran zu finden, mit ihren Antworten allerlei verschlungene Wege und mitunter auch über die gestellte Frage hinauszugehen. Mehr als einmal nahm sie vorweg, worauf Maggiotto erst noch hinauswollte, und beantwortete bereits Fragen, die er noch gar nicht gestellt hatte, eine Strategie, die den Staatsanwalt mächtig irritierte, kam er doch auf diese Weise immer wieder von seiner Marschroute ab. Wenn er vorhatte, Pam in einer Falle zu fangen, die sie sich selbst gestellt hatte, mußte er methodisch vorgehen. Und er konnte sein Ziel so lange nicht erreichen, wie es ihm nicht gelang, ihr den verbalen Ausweg zu verstellen.

Einmal, als er wieder eine Reihe Fragen stellte, die auf einen bestimmten Punkt hinausliefen, platzte sie mit einer Antwort heraus, die keineswegs die war, die er zu hören gehofft hatte. »Wenn es sonst noch etwas gibt, das Sie der Jury aus freien Stücken erzählen möchten, bevor ich Sie danach gefragt habe, dann tun Sie sich nur keinen Zwang an«, sagte er steif.

»Aber wieso denn?« erwiderte sie gelassen, und es schien fast, als wolle sie lächeln.

In gewissem Sinn mußte Mark Sisti unter erschwerten Bedingungen antreten, weil die Zeugen, die er ins Kreuzverhör nahm, allesamt noch im Teenager-Alter waren und er vorsichtig sein mußte, sie nicht allzu aggressiv anzugehen. Wenn er den Anschein erweckt hätte, als ginge er allzu brutal mit ihnen um oder drangsaliere sie mehr als unbedingt nötig, lief er Gefahr, sich nicht nur beim Publikum, sondern auch bei den Mitgliedern der Jury unbeliebt zu machen, ganz gleich, wie gerechtfertigt die Mittel auch immer sein mochten, um ihnen Zugeständnisse abzupressen, die ihm seine Arbeit, Pam freizubekommen, erleichtern konnten.

Auf der anderen Seite brauchte Maggiotto Rücksichten dieser Art nicht zu nehmen. Dank ihres eigenen Auftretens und der Tatsache, daß es zuvor schon etliche stark belastende Zeugenaussagen gegen sie gegeben hatte, war Pam eine ebenbürtige Gegnerin. Der Ankläger war also in der glücklichen Lage, sie so hart anfassen zu können, wie er es nur wollte oder Richter Gray es zuließ.

Mehrmals während Maggiottos Kreuzverhör sprang Twomey auf und protestierte beim Richter, der Staatsanwalt quäle die Zeugin. Gray lehnte es ab, von Maggiotto mehr Zurückhaltung zu fordern, wie dies viele andere Richter unter vergleichbaren Umständen vielleicht getan hätten. Bei einem Kreuzverhör gehe es nun einmal darum, welcher Hund welchen Hund am Ende frißt, fand er, und die Gerichte gestatten im allgemeinen schon ein weites Feld aggressiver Methoden der Befragung.

Pams Einlassungen bezüglich ihres Verhältnisses mit

Bill unterschieden sich deutlich von denen Bills, nicht allein was die Dauer der Romanze betraf, sondern auch hinsichtlich ihrer Intensität, solange sie noch andauerte. Nehmen wir als Beispiel nur das Thema Sex.

Als Bill im Zeugenstand war, schwor er, er und Pam hätten jede sich nur bietende Gelegenheit zur Kopulation wahrgenommen, sie hätten ihrer Liebe auf den Rücksitzen ihres Autos gefrönt, am Strand, in seinem Bett, in ihrem Bett, auf dem Bett im Campingbus von J. R.s Großmutter, auf dem Fußboden und auf der Erde. Manchmal, sagte er aus, hätten sie nicht weniger als siebenmal an einem Nachmittag Liebe gemacht. Als Maggiotto aber dann Pam hinsichtlich ihrer Arrangements befragte, sagte sie, sie hätten genau dreimal Sex gehabt: zweimal in ihrem Haus und einmal bei Bill im Zimmer. Auch unter Berücksichtigung eines möglichen Hangs zur Prahlerei mit der eigenen Männlichkeit bei einem Teenager hoben doch gut die Hälfte aller Zuhörer im Saal zweifelnd die Brauen, als Pam darauf bestand, ihre Angaben seien korrekt.

Dann gab es da noch die Frage der Bilder von ihr im Bikini, Bilder, von denen sie Stein und Bein schwor, sie niemals Bill ausgehändigt zu haben.

Worüber sich denn der Herr Staatsanwalt so aufrege, wollte sie wissen. Diesen Bildern komme doch keine besondere Bedeutung zu.

Maggiotto ging zum Tisch mit den Beweismitteln hinüber und holte die Bilder.

Dann reichte er sie Pam und bat sie, diese doch einmal zu beschreiben.

»Es handelt sich um weiter nichts als eine Gruppe von Leuten im Bikini, die da rumstehen und posieren«, sagte sie.

»Sie *stehen?*« fragte er und stellte klar, daß sie auf dem einen Bild wohl kaum stand. »Knien sie da nicht vielleicht auf einem Bett?« schlug er vor. »In einer – sagen wir – provokanten Pose?«

»Hm – vielleicht«, gab Pam zu. »Ich glaube schon, daß man die Pose hier und auch die auf anderen Fotos provozierend nennen kann.« Aber so könne man nur jemanden provozieren, setzte sie hinzu, dessen Vorstellungswelt ohnehin hauptsächlich der Gosse entlehnt sei.

»Sie bezeugen also, Sie hätten diese Bilder niemals Bill Flynn gegeben. Ist das richtig?«

»Stimmt«, sagte sie.

Nun, fragte er und wechselte den Gegenstand seines Interesses, was denn mit der kleinen Notiz in ihrer Handschrift war, die erst kürzlich entdeckt wurde. Das sei wohl ein Liebesbrief, oder?

Pam sah wieder aus, als wolle sie lächeln. Das sei kein Liebesbrief, bekundete sie, das sei lediglich der Text eines Songs, den sie sich herausgeschrieben habe, weil sie den Klang der Worte so mochte. Der Song hieß ›First Love‹ und stammte von der religiös motivierten Heavy-Metal-Gruppe *Stryker* und handele von Gott, wie sie sehr blasiert feststellte, und habe nichts mit einer schmierigen Romanze oder Sex zu tun.

Was denn mit den anderen Briefen sei, die sie, wie sie zugegeben hatte, geschrieben hatte, wollte Maggiotto nun wissen. Ihrer eigenen Beschreibung zufolge waren sie teilweise ziemlich scharf.

Nun, meinte sie, das falle in dieselbe Kategorie wie die Bilder: ob man sie für anzüglich hielte, das läge doch sehr an der Sichtweise des Lesers.

»Waren sie sexuell offenherzig?« fragte er rundheraus.

»Ich kann mich nicht mehr an spezielle Ausdrücke oder Redewendungen erinnern«, sagte sie vage, »aber ja – da war auch schon mal von Sex die Rede, aber ob es sich um freizügigen Umgang mit Sex handelt, das ist wohl weitgehend eine Frage der Interpretation. Vielleicht kommen

Ihnen die Bilder und Briefchen sexuell freizügig vor – mir jedenfalls nicht.«

Ob denn diese Briefchen graphische Darstellungen enthalten hätten, die als Sexsymbole hätten gewertet werden können.

»Nicht daß ich wüßte«, sagte sie.

Schließlich kamen sie auch zu der Nacht der Verführung.

»Erzählen Sie mir etwas über den Film *Neuneinhalb Wochen*«, lud er sie ein.

»Ich denke, er enthält schon Sexszenen«, sagte sie, »aber so genau erinnere ich mich nicht mehr daran.«

Was denn mit dem Tanz sei, fragte Maggiotto. Hatte sie nun für Bill Flynn in ähnlicher Weise getanzt wie Kim Basinger es in dem Film getan hatte?

Was Bill dazu gesagt hatte, sei nur teilweise wahr gewesen, behauptete sie. »Ich trug zwar ein Negligé, habe aber nicht getanzt.«

Maggiotto schüttelte den Kopf. Zuerst leugnete sie, daß Eisstückchen eine Rolle gespielt hatten. Dann leugnete sie auch noch den Tanz. Irgendwie, meinte er, müsse man schon fast überrascht sein, daß sie überhaupt zugebe, einen Film gesehen zu haben.

»Wann haben Sie denn endgültig mit ihm Schluß gemacht?« fuhr Maggiotto hartnäckig fort.

»Das war an einem Mittwoch oder Donnerstag«, erwiderte sie, womit sie sich auf die Woche bezog, die der Ermordung Greggs vorangegangen war.

»So, so, am Dienstag war also noch alles Friede, Freude, Eierkuchen. Dienstag nacht haben sie ihm noch nichts gesagt. Als er Ihr Haus verließ, tat er es in der Erwartung, alles sei in bester Ordnung?«

»Ich denke schon«, erwiderte sie kühl.

»Und nun«, fragte Maggiotto mit deutlich lauter werdender Stimme, »wollen Sie, daß diese Jury glaubt, Bill

Flynn habe sich entschlossen, Ihren Ehemann umzubringen, weil Sie mit ihm Schluß gemacht hatten?«

»Ich möchte, daß diese Jury die Wahrheit glaubt.«

»Das heißt, was Sie als Wahrheit für sich reklamieren?«

Sie suchte Ausflüchte und vermied eine direkte Antwort auf diese Frage. »Ich weiß nicht, warum Bill Flynn Gregg umgebracht hat«, sagte sie. »Ich kann hier nur meine Zeugenaussage machen.«

Maggiotto wollte sich damit nicht zufriedengeben. »Und warum *glauben* Sie, daß er es getan hat?«

»Vielleicht weil er dachte, dann würden wir weiter zusammenbleiben«, erwiderte sie.

Viel war es nicht, aber es waren doch wenigstens Teilgeständnisse. Nach etlichen Stunden des Kampfes war der Ankläger derjenige, der seine Energien bis an die Grenze verausgabt hatte. Er sah geschafft und unzufrieden drein; sie dagegen wirkte ruhig und gelassen. Aber der Kampf hatte ja auch gerade erst begonnen.

»Erzählen Sie mir von Cecelia«, verlangte der Staatsanwalt in der Hoffnung, sie werde sich ein wenig öffnen.

Pam zögerte nicht. »Ich glaube, sie hat eine Tendenz, sich als Star zu sehen«, sagte sie. »Aber trotzdem ist sie ein guter Mensch.«

Über die Monate, berichtete sie, seien sie Freundinnen geworden, und wie andere Freundinnen auch hätten sie gelegentlich auch schon mal Meinungsverschiedenheiten gehabt.

»Wenn wir uns stritten, geschah es fast immer deshalb, weil sie eifersüchtig auf andere Leute in meiner Umgebung war«, sagte Pam. Bei solchen Gelegenheiten habe sie dann gern Dinge gesagt, die sie verletzen sollten. »Dinge wie, ich sei zu fett. Dumme Sachen eben.«

Dies war nicht der Weg, den zu gehen sich Maggiotto

vorgestellt hatte. Pam war es gelungen, unterschwellig zu unterstellen, Cecelias Motive, Pam in Schwierigkeiten zu bringen, könnten vielleicht in Eifersucht zu suchen sein. »Wann fing sie an, mit Ihnen über den Fall zu reden?« fragte Maggiotto.

Pam sagte, sie sei einen Tag, nachdem Bill, Pete und J. R. verhaftet worden waren, mißtrauisch geworden. Irgend etwas in Cecelias Tonfall habe sie aufmerksam werden lassen, sagte sie, ein leichter Unterton von Erregung oder Nervosität vielleicht oder auch von Sorge.

Maggiotto unterbrach sie und behauptete, was sie sagte, ergebe keinen Sinn. Wenn sie besorgt gewesen sei, wie sie ausgesagt hatte, daß ihr Telefon überwacht werde, warum habe sie denn dann weiter am Telefon mit Cecelia über diesen Mord geredet?

In der Unterhaltung vom 13. Juli, sagte Pam, habe sie Cecelia gegenüber erklärt, sie habe von dem Mord gewußt, noch bevor er passierte, weil sie deren Reaktion darauf testen wollte. Und Cecelia antwortete damals, daß Bill ihr (Cecelia) niemals gesagt habe, daß sie (Pam) vorher davon gewußt habe. Pam behauptete nun, dies sei eine Enthüllung gewesen, die Bestätigung ihres Verdachtes, daß Cecelia mehr wußte, als was sie zugeben wollte. Im Ergebnis, sagte sie, entschloß sie sich, ihre Bemühungen zu verstärken endlich herauszufinden, was Cecelia verbarg.

»Dann wäre also alles, was Sie gesagt haben, nur ein Trick gewesen, um mehr Informationen von Cecelia zu bekommen?« fragte Maggiotto.

»Genau«, bekräftigte Pam.

»Dann bestätigte sie also nur, was Sie von ihr hören wollten«, konzedierte Maggiotto um des Argumentes willen. »Dann erzählen Sie doch bitte dieser Jury einmal, warum sie dann nicht mit Ihrem neu erworbenen Wissen umgehend zur Polizei gegangen sind.«

Das habe sie deshalb nicht getan, sagte Pam, weil Cecelia ihr anläßlich desselben Gespräches gesagt habe, es habe bereits früher einen Anschlag auf Greggs Leben gegeben, und das sei etwas gewesen, das sie damals noch nicht zu glauben bereit gewesen sei. Sie brauchte einfach noch die Zeit, diese Information zu verarbeiten.

»Ich hörte damals zum erstenmal davon«, sagte sie. »Zudem hätte die Polizei auch von meinem Verhältnis mit Bill erfahren, wenn ich mit ihr darüber geredet hätte.«

Das aber wollte sie nicht, sagte sie weiter. Zudem habe sie sich nicht verpflichtet gefühlt, ihr Wissen mit der Polizei zu teilen, nachdem diese ihr gleichfalls keinerlei Informationen zukommen ließ.

»Ich hatte Angst, ich würde wieder ganz am Anfang ohne jede weitere Information dastehen, wenn ich der Polizei von meinen Beobachtungen berichtete und diese sie dann für sich auswerte.«

»Mit anderen Worten«, sagte Maggiotto, »Sie hatten sich entschlossen, auf eigene Faust zu recherchieren. Kann man das so sagen?«

»Ja«, gestand Pam. »Ich habe da sicher nicht sehr vernünftig gehandelt. Immerhin war mein Mann ermordet worden.«

»Und das letzte, was Sie zu tun gedachten«, schnappte er sarkastisch, »war, der Polizei verwertbare Informationen weiterzugeben, die vielleicht hätten helfen können, diesen Mord aufzuklären.«

»Nein«, erwiderte sie sichtlich betroffen.

»Oh, Sie wollten es der Polizei erzählen?« fragte er in der sicheren Erwartung, ihre Antwort werde nein sein.

»Ich war verwirrt«, sagte sie ausweichend.

29

Im Zeugenstand schien Pam indes alles andere als verwirrt zu sein. Kalt, berechnend, konzentriert und entschlossen, gepaart vielleicht mit einem leichten Schuß Arroganz, so kam sie den Scharen von Beobachtern vor. Aber verwirrt schien sie in keiner Weise zu sein.

Am Dienstag, ihrem zweiten Tag im Zeugenstand, erschien sie in einem grünen Kostüm mit schwarzem Samtkragen und der unvermeidlichen Spange im Haar. Sie schien sich heute noch mehr zu verschanzen als schon am Tag zuvor. Und obwohl Maggiotto während des Verfahrens eine Fünfundsiebzig-Stunden-Woche praktizierte, erschien auch er gut ausgeruht, als er erneut mit Pam die Klingen kreuzte.

Ohne Umschweife kam er noch einmal darauf zurück, warum sie sich so krampfhaft bemüht hatte, ihre Affäre mit Bill Flynn geheimzuhalten. Er argwöhnte, daß es für Pam sowohl ein persönliches wie ein berufliches Problem hätte werden können, wenn allgemein bekannt geworden wäre, daß sie ein Verhältnis mit einem fünfzehnjährigen Jungen hatte – und darin könnte ihr wirkliches Motiv zu suchen sein.

»Wenn aber Gregg tot war, war auch die Wahrscheinlichkeit geringer, daß dieses Verhältnis je an die Öffentlichkeit dringen konnte, nicht wahr?« fragte er.

»Ich gebe diese Affäre zu, weil es der Wahrheit entspricht, daß ich etwas mit ihm hatte«, erwiderte sie und drückte sich so um eine klare Antwort auf die klare Frage.

Der Staatsanwalt erkannte die undurchdringliche Mauer durchaus, die sich da vor ihm befand, und deshalb ging er gleich zum nächsten Thema über und fragte Pam, was sie denn womöglich von Cecelia zu erfahren gehofft hatte, falls ihr Plan, Informationen von ihr zu erhalten, funktioniert hätte. »Was hat sie Ihnen denn erzählt, das Sie noch nicht gewußt hätten?«

Das war nun eine Frage, die Pam geradezu begierig beantwortete.

Sie berichtete ihr, erzählte Pam auf der Stelle, daß es bereits früher einen Anschlag auf Greggs Leben gegeben habe; daß Cecelia mit Bill zu *Papa Gino* gegangen war, um nach einer Waffe Ausschau zu halten; daß Raymond mit von der Partie gewesen war, als Bill offensichtlich zum erstenmal versucht hatte, Gregg zu ermorden; und daß sie ihren Wagen für diese erfolglose Tour benutzt hatten – lauter Dinge, von denen sie behauptete, davon habe sie vorher keine Kenntnis gehabt. Außerdem, fuhr sie fort, nachdem sie sich kurz unterbrochen hatte, um Luft zu holen, hatte sie von Cecelia erfahren, daß Bill der Mörder war, daß Pete und J. R. ihm geholfen hatten und daß sie Handschuhe am Tatort zurückgelassen hatten.

»Woher hatte denn Cecelia alle diese Informationen?« fragte Maggiotto skeptisch und hoffte, Pam werde sich jetzt selbst in eine Position hineinmanövrieren, aus der sie sich nicht mehr würde befreien können.

»Ich nehme an, Bill hat es ihr erzählt«, erwiderte Pam.

Das war ein bißchen zuviel für den Anklagevertreter. Obwohl beide, Bill und Cecelia, ausgesagt hatten, daß sie einander kannten, war dies kein Vertrauensverhältnis. Zudem war aber das Verhältnis Pams zu Cecelia durchaus eines, das von tiefem gegenseitigem Vertrauen gekennzeichnet war, und es erschien ihm nur schwer vorstellbar, sagte er, daß Cecelia nach der Inhaftierung von Pete, J. R. und Bill noch fast sechs Wochen gewartet haben sollte, bis sie Pam alle diese Einzelheiten mitgeteilt hatte.

»Nein«, erwiderte Pam ruhig, »wir sprechen so ziemlich jeden Tag über den Mord.«

»Aber sie sagte niemals ›du, dein Mann ist ermordet worden, und ich könnte dir helfen herauszufinden, wer es getan hat‹?« fragte Maggiotto mit einem ungläubigen Unterton in der Stimme. »Sie sagen doch im Grunde genommen, Cecelia habe Ihnen wichtige Informationen im Zusammenhang mit der Ermordung Ihres Mannes vorenthalten.«

»Ja«, erwiderte Pam, als sei dies die vernünftigste Frage von der Welt. »Aber das könnte vielleicht daran gelegen haben, daß sie selbst auch in der einen oder anderen Weise in die Sache verstrickt war. Zumindest wußte sie einiges darüber. Meine Meinung ist ja, ihre Verwicklung bestand darin, daß sie versuchte, eine Schußwaffe zu beschaffen, und deshalb hielt sie sich bedeckt, um sich nicht selbst zu belasten.«

Pam erwies sich als so schwer zu fassen wie ein nasses Stück Seife. Doch Maggiotto rief sich immer wieder ins Gedächtnis, daß Pam jedesmal, wenn sie ihm entglitt, der Jury ein klein wenig mehr von ihrem wahren Wesen offenbarte. Auch wenn es so aussah, als mache er keine sonderlichen Fortschritte bei dem Versuch, klare Antworten auf seine Fragen von ihr zu bekommen, würde bei den Geschworenen doch der Eindruck haften bleiche, daß Pam permanent auswich. Wenigstens hoffte er das.

»Warum«, fragte er und kam damit auf ein anderes altes Thema zurück, »versuchten Sie, ihr den Gedanken auszureden, zur Polizei zu gehen?«

Weil Cecelia, erwiderte Pam, in diesem Fall den Ermittlungsbehörden sicher auch mitgeteilt hätte, daß sie (Pam) ihr gegenüber behauptet hatte, sie habe von dem Mord bereits gewußt, noch bevor er verübt wurde. »Ich wollte natürlich nicht, daß sie das tat. So geriet ich fast automatisch in Panik. Ich hatte einfach Angst. Ich hatte schon von Gerüchten gehört, daß meine baldige Verhaftung zu erwarten sei, und da hatte ich natürlich Angst.«

»Und Sie dachten, die beste Methode, um damit fertigzuwerden«, sagte Maggiotto voller Sarkasmus, »sei, Informationen zurückzuhalten und billige Spielchen mit Cecelia zu treiben? Sehr interessant.«

Pam nickte zustimmend. Zu diesem Zeitpunkt, behauptete sie, sei ihr dies als die gescheiteste Lösung vorgekommen.

Aber, stieß Maggiotto weiter vor, wenn sie doch wußte, daß Cecelia bedeutsame Informationen zurückhielt, hätte sie den Teenager doch ermuntern können, sich einem Test mit dem Lügendetektor zu unterziehen, statt sie so enthusiastisch davor zu warnen, wie sie es getan hatte. Auf diese Weise wäre die Polizei zumindest in der Lage gewesen, den Mord aufzuklären.

»Ja, schon«, sagte Pam, »und dann hätte sie unter dem Lügendetektor auch noch über meine Affäre mit Bill berichtet und daß ich über den Mord an Gregg im vorhinein informiert gewesen sei. Ich wollte das auf meine eigene Weise klären.«

Maggiotto verzog das Gesicht. »Was hätten Sie denn unternehmen wollen?« verlangte er zu wissen.

»Irgendwann«, erwiderte Pam mit maskenhaft starrem Gesicht, »wäre ich sicher doch noch zur Polizei gegangen.«

Ganz gleich, wie sehr er sich abmühte, Maggiotto war außerstande, Pams Zeugenaussage zu erschüttern. Was er auch versuchte, sie konterte jedesmal überaus erfolgreich. Wenn er sich versteifte, ihre Weigerung, mit ihrem Wissen zur Polizei zu gehen, sei gleichermaßen widersinnig wie auch gefährlich für sie selbst gewesen, wurde sie nicht müde zu erwidern, daß sie nicht zur Polizei gehen konnte, bevor sie nicht so viele Informationen wie nur irgend möglich aus Cecelia herausgepreßt hatte. Nachdem sie Cecelia einmal wahrheitswidrig erklärt hatte, sie habe schon frühzeitig von dem bevorstehenden Mord gewußt, konnte Pam sich keine Rückzieher mehr erlauben, bevor sie nicht die ganze Wahrheit kannte. Andernfalls hätte Cecelia diese Information genauso an die Polizei weitergegeben wir ihr Wissen um Pams Affäre mit Bill.

»Ich möchte, daß diese Jury die Wahrheit glaubt«, sagte Pam. »Ich habe bestimmte Dinge vor der Polizei geheimgehalten, weil ich eine Affäre verheimlichen wollte. Aber ich war zweiundzwanzig Jahre alt und habe nur einfach die falschen Entscheidungen getroffen.«

Im weiteren Verlauf des Kreuzverhörs veränderte sich Pams Zeugenaussage in sehr subtiler Weise. Nachdem sie mehrfach zugestanden hatte, sie habe Cecelia gegenüber wahrheitswidrig erklärt, daß sie den Plan zur Ermordung Greggs gekannt habe, fügte sie dem auch noch einen Winkelzug hinzu: Sie behauptete jetzt, sie habe Cecelia gegenüber erklärt, auch *Bill* sei in ihr Wissen eingeweiht gewesen.

In der Erwartung, er könnte hier vielleicht einen wunden Punkt entdeckt haben, den es zu untersuchen galt, machte sich Maggiotto sofort ans Werk.

Paßte das denn überhaupt noch mit allem anderen zusammen, was sie bisher ausgesagt hatte? fragte er.

Auf jeden Fall, erwiderte sie leichthin. Eine Feststellung folgte der anderen: Wenn *sie* Bescheid wußte, war es nur natürlich, daß auch ihr *Liebhaber* wußte, daß sie im Bilde war.

Ein perfekt abgestimmtes Räderwerk, dachte Maggiotto, der von ihrer Gerissenheit fasziniert war. »Es ist verrückt«, sagte er einmal. »Ganz gleich, was Cecelia auch sagt, Sie beide sind in der Lage, darüber zu reden. Aber zur selben Zeit nehmen Sie für sich in Anspruch, nie ins einzelne gehend darüber geredet zu haben.«

»Genau!« erwiderte Pam und entschlüpfte ihm so ein weiteres Mal. »Sie werden beim Studium der Bänder unschwer bemerken, daß Cecelia diejenige ist, die die Details anspricht, während ich immer nur beipflichte.«

Ein weiterer Grund, warum sie sich weiterhin geweigert habe, zu den Behörden zu gehen, setzte sie hinzu, sei gewesen, daß sie zuerst mit Bill darüber reden wollte. Sie habe ihn mit dem konfrontieren wollen, was Cecelia ihr erzählt hatte, um zu sehen, ob er den Mord zugeben würde. Es sei ihr immer noch schwer gefallen, Cecelia in diesem Punkt zu glauben, behauptete Pam. Bill habe einfach nicht den Eindruck eines Mörders gemacht.

Sie habe versucht, einen Weg zu ersinnen, wie sie mit ihm in Kontakt kommen könne, ohne allzu deutlich werden zu müssen, gestand sie; und dann sei sie auf die Idee verfallen, seiner Mutter anonym die Tonbandkassette zuzuschicken, die er ihr nach der Nacht geschenkt hatte, als sie zum erstenmal miteinander geschlafen hatten. Pam beteuerte, sie habe genau gewußt, daß Mrs. Flynn die Kassette ihrem Sohn geben würde; der würde dann ahnen, daß sie von ihr, Pam, komme und versuchen, Kontakt mit ihr aufzunehmen. Genau das tat er dann aber nicht. Sie habe immer noch über eine Lösung dieses Problems gegrübelt, als sie auch schon verhaftet worden sei.

»Ich habe mich nicht gerade geschickt angestellt, und das tut mir jetzt auch leid«, sagte sie, wobei sie allerdings keineswegs zerknirscht klang. »Aber mit dem Mord an meinem Mann hatte ich nichts zu schaffen.«

»Ehrlichkeit ist die beste Polizei für Sie, nicht wahr?«

fragte Maggiotto, der sich von ihrer zur Schau gestellten Aufrichtigkeit nicht im mindesten beeindruckt zeigte.

»Offenbar aber nicht immer«, erwiderte sie, womit sie klar zu erkennen gab, daß sie einander sehr wohl verstanden.

Statt alles der Polizei zu erzählen, fuhr sie fort, habe sie versucht, diese zu verwirren. Auf diese Weise konnte sie die Zeit herausschinden, um ihre eigenen Nachforschungen abzuschließen. Vielleicht, gab sie zu, wäre sie dann zu den Behörden gegangen, wenn Bill selbst ihr den Mord gestanden hätte. Aber auch nur dann.

»Wenn Sie vor der Wahl standen, entweder Ihre Affäre geheimzuhalten oder aber die Polizei zu informieren, haben immer Ihre Bedenken hinsichtlich Ihrer Affäre den Ausschlag gegeben?« fragte er.

»Ja.«

»Sie müssen aber doch zugeben, daß Sie Informationen zurückgehalten haben« bohrte er nach. »Wir haben es schließlich auf Band.«

Zum erstenmal gab sie jetzt zu erkennen, daß sie des ewigen Katz-und-Maus-Spielens langsam müde wurde. »Wenn ich schuldig wäre«, sagte sie, »dann hätte ich auch auf schuldig plädiert und mit den anderen zusammen mit der Staatsanwaltschaft verhandelt.«

Verärgert bat Maggiotto den Richter, diese letzte Bemerkung aus dem Protokoll zu streichen und die Jury anzuweisen, sie als nicht gefallen anzusehen und nicht zu beachten. Gray war einverstanden, aber die Worte standen nun einmal im Raum. Sie waren gehört worden und sie wieder aus dem Gedächtnis zu streichen war nicht so einfach wie der Erlaß einer entsprechenden Anordnung durch den Richter.

Als Pam am 20. Juni durch die Kripo vernommen worden sei, erklärte der Staatsanwalt und zitierte aus der Niederschrift der entsprechenden Vernehmung, habe sie den Beamten dort erklärt, sie habe Cecelia dringend gebeten, der Polizei alles zu sagen, was sie wisse.

»Das war eine freche Lüge«, erläuterte er anklagend, womit er sich auf die Tonbänder bezog, auf welchen Pam ihrer Freundin genau den entgegengesetzten Rat gegeben hatte.

»Das stimmt«, sagte sie, nicht im mindesten verlegen.

»Haben Sie etwa versucht, der Polizei mit Ihrer Wahrheitsliebe zu imponieren?« fragte Maggiotto. »War das nicht derselbe Tag, an dem Sie gesagt haben: ›Ich erzähle nur die reine Wahrheit‹? Es scheint, als verändere sich Ihre ›reine Wahrheit‹ mit jedem Schritt, den Sie tun.«

»Das ist richtig«, stimmte sie zu. »Zu dieser Zeit habe ich mich wirklich so verhalten.« Aber was soll's, fuhr sie fort, und gestand ohne weiteres ein, einen Fehler begangen zu haben.

»Sie haben in diesem Fall wohl eine ganze Menge Fehler gemacht, wie es scheint, nicht wahr?«

»Ja, das habe ich ganz bestimmt.«

»War einer dieser Fehler vielleicht auch, Ihren Mann umgebracht zu haben?«

»Nein, keineswegs.«

»War der Entschluß, niemals eine Scheidung anzustreben, denn einer dieser Fehler?«

»Nein«, wiederholte sie. »Ich wollte eben keine Scheidung.«

Der Staatsanwalt versuchte hartnäckig, weitere Einzelheiten aus Pam über ihr Zusammentreffen mit Cecelia vom 12. Juli herauszupressen.

»Um Ihnen die Wahrheit zu sagen«, unterbrach ihn Pam, »ich kann mich nicht einmal so richtig an den ganzen Tag erinnern. Ich stand unter Streß und unter dem Einfluß von Medikamenten. Ich war außer mir und verwirrt. Und ich hatte große Angst. Mir waren viele Gerüchte zu Ohren gekommen. Ich befand mich in einem Zustand der Hysterie und der Verzweiflung. Und meine Stimme auf den Bändern belegt das auch.«

Warum sie denn nicht einfach die Wahrheit gesagt habe, fragte Maggiotto zum hundertsten Mal. Wie könne sie denn erwarten, daß die Jury ihr Glauben schenken werde, fragte er, wenn sie weder der Polizei noch Greggs oder ihren eigenen Eltern, geschweige denn ihren Freunden und Cecelia gegenüber offen und ehrlich gewesen sei.

»Da stand ich auch nicht vor einem Gerichtshof.«

»Oh«, erwiderte er sichtlich frustriert. »Und das ist für Sie ein Unterschied?«

»Allerdings«, sagte Pam betont sanft.

Maggiotto hob die Schultern. »Keine weiteren Fragen«, sagte er und setzte sich wieder hin.

Ohne eine Spur von innerer Bewegung auf dem Gesicht trat Pam aus dem Zeugenstand und ließ sich auf ihren Sitzplatz gleiten. Sie war während der letzten zwei Tage die meiste Zeit im Kreuzverhör gewesen, und sie wear kein Jota in ihrer Geschichte abgewichen. Sie war, Maggiotto kam nicht umhin, es sich einzugestehen, eine gerissene Zeugin.

30

Pams Zeugenaussage war der Höhepunkt des ganzen Prozesses. Nachdem sie den Zeugenstand verlassen hatte, nahm das öffentliche Interesse merklich ab, aber noch war das Verfahren nicht zu Ende. Twomey und Sisti hatten noch eine Handvoll Zeugen, die sie aufrufen wollten, um einige lose Enden zusammenzufügen, und dann hatten ja auch noch beide Seiten ihre Schlußplädoyers zu halten.

Patricia McGuiness, eine großgewachsene, blonde Bankangestellte in einem purpurfarbenen Kleid, wurde von Sisti aufgerufen, um zu bezeugen, daß es auf Pams Girokonto keinerlei Bewegungen gegeben habe, die Bills Aussage stützen könnten, Pam habe am 1. Mai oder einige Tage zuvor eine kleinere Summe abgehoben, die dazu bestimmt gewesen wäre, die Patronen zu kaufen, mit denen Gregg ermordet wurde. Im Kreuzverhör stellte Maggiotto dann allerdings klar, daß eine solche kleinere Transaktion gar nicht in Pams Kontoauszügen erschienen sein mußte, wenn sie statt mit einem Scheck mit Kreditkarte bezahlt hätte. Es wäre auch dann nicht aufgefallen, wenn sie mit einem Scheck den Kauf tätigte, den nicht sie, sondern ein anderer unterschrieben hätte.

Eine aus Sicht der Verteidigung verheißungsvollere Zeugin war Patty Weisser, Pams frühere Sekretärin. Sie bestätigte Pams Einlassung, daß sie am 1. Mai mit einer Gruppe von Kollegen an einem Essen in Portsmouth teilgenommen hatte und erst nach Hampton zurückgekehrt war, als der Unterricht an der Winnacunnet High School schon zu Ende war. Mit dieser Zeugenaussage sollte Cecelias Behauptung widerlegt werden, Pam habe ihr an diesem Nachmittag erklärt, der Mord werde jetzt innerhalb weniger Stunden passieren.

Die Ankläger konnten keinen schlagenden Gegenbeweis der Art führen, daß Cecelia sich wirklich an dem von ihr behaupteten Tag mit Pam getroffen habe, doch gelang es Mrs. Nicolosi, der Zeugin Weisser das Zugeständnis abzuringen, daß es für Pam und Cecelia durchaus die *Möglichkeit* gegeben hatte, sich irgendwann an diesem Tag auch außerhalb einer formalen Zusammenkunft in Pams Büro zu treffen.

Einer der letzten Zeugen der Verteidigung war ein untersetzt wirkender junger Mann namens Brian Washburn, der von sich behauptete, Greggs bester Freund gewesen zu sein. Er bezeichnete sich als freischaffenden Drehbuchautor und hatte blondes Haar, das ihm bis weit über die Schultern hinunterhing. Er wurde aufgerufen, um Pams Behauptung zu stützen, daß sie sich in der Tat einen Plan zurechtgelegt hatte, wie sie von Cecelia Informationen über den Mord an Gregg bekommen konnte.

Washburn erwies sich indes im Verlauf des Prozesses als echtes Desaster. Als er den Zeugenstand verließ, hatte er der Verteidigung, der er doch ihre Aufgabe erleichtern sollte, mehr Schaden zugefügt als der Anklage. Bei der Befragung durch Twomey bestätigte Washburn, daß er Gregg seit 1983 kannte und in ihm stets seinen besten Freund gesehen habe. Sie hätten immer viel zusammen unternommen, wie zum Beispiel ihre gelegentlichen Wochenendausflüge nach Atlantic City zeigten, wo Gregg öfter mal eine Partie Baccara gespielt habe.

Bei ihrer letzten gemeinsamen Fahrt in die Casinos Mitte April, etwa zwei Wochen, bevor er ermordet wurde, sei Gregg unausgeglichen gewesen und habe mehr getrunken als sonst, sagte Washburn. Offensichtlich auf der Suche nach einem ihm geneigten Ohr hatte Gregg sich bei dieser Gelegenheit seinem Freund anvertraut.

»Es ist alles so besch . . .«, soll Gregg laut Washburns Aussage gesagt haben. Und dann erläuterte er, warum Gregg so deprimiert gewesen war. »Sag's nicht weiter«, soll Gregg gesagt haben, »aber ich habe dieses andere Mädchen nun mal gebumst, und jedesmal, wenn ich mich jetzt mit Pam streite, schmiert sie mir das aufs Butterbrot.«

Washburn sagte, er habe seinen Freund bedauert und ihm aber gleichzeitig zu verstehen gegeben, nach seiner

Einschätzung sei er seine Probleme selbst schuld, weil er Pam seinen Seitensprung gebeichtet habe.

Zum letzten Mal habe er Gregg am Sonntag vor seiner Ermordung gesehen, aber er habe auch noch am Tag seiner Ermordung kurz mit ihm gesprochen. Gregg hatte ihn angerufen, weil er mit ihm zusammen essen gehen wollte, aber Washburn hatte keine Zeit gehabt.

In der Nacht rief ihn dann seine Freundin, Tracy Collins, an, um ihm zu sagen, Pam habe bei ihr angerufen und gesagt, Gregg sei ermordet worden. Er sei daraufhin umgehend zu Judith und William Smart gefahren, wo er Pam entweder kniend oder sitzend auf dem Fußboden vorfand. »Sie fragte immer nur: ›Warum sollte irgend jemand das tun wollen?‹«

In den Wochen, die auf den Mord folgten, sagte er, kamen er und seine Freundin Pam immer näher, und sie vertraute ihnen schließlich an, daß sie einen Plan entwickelt habe, wie sie Cecelia aushorchen konnte.

»Ich erinnere mich, daß ich einmal bei ihr zu Hause war und sie darüber sprach, daß sie über Wege nachsann, wie sie selbst herausfinden könnte, was eigentlich passiert war...« begann Washburn, als Mrs. Nicolosi ihn mit einem Einwand unterbrach.

Die Bemühungen der Verteidigung, diese Zeugenaussage in das Verfahren einzubringen, verloren einiges an Schwung, als Washburn zugeben mußte, er sei sich hinsichtlich des Datums dieser Unterhaltung nicht sicher, obwohl er sich zu erinnern meine, das sei noch vor der letzten aufgezeichneten Unterhaltung Pams mit Cecelia gewesen.

Um wieder Tritt zu fassen, fragte Twomey Washburn, ob Pam dabei erwähnt habe, wie sie sich das denn vorstellte, Informationen von Cecelia zu erhalten.

»Sie sagte: ›Ich frage mich, ob sie mir etwas erzählen würde, wenn ich so täte, als wenn ich etwas wüßte.‹«

»Haben Sie ihr darauf geantwortet?« fragte Twomey.

»Ja, sicher«, erwiderte Washburn, »ich habe ihr gesagt, sie solle doch um Gottes willen nicht so ein A. . .loch sein.«

Beim Kreuzverhör zerstörte Mrs. Nicolosi dann schnell alle Hoffnungen, die die Verteidigung vielleicht mit der Benennung Washburns als Zeuge verbunden haben mochte.

Mit einer Reihe gezielter Fragen belegte Mrs. Nicolosi, daß Washburn sein Gespräch mit Gregg in Atlantic City nur zur Hälfte wiedergegeben hatte. Außer daß er sich darüber beklagt hatte, Pam schmiere ihm bei jeder Gelegenheit seinen Seitensprung aufs Butterbrot, hatte Gregg seinem Freund nämlich auch erzählt, daß ›sie sich das auch nicht mehr länger leisten kann‹. Gefragt, was er damit meinte, bekannte Washburn, Gregg habe ihm erzählt, daß Pam ebenfalls eine Affäre hatte, und deshalb könne sie ihm nicht länger mehr Vorhaltungen machen.

Die Bedeutung dieser Aussage lag darin, daß Pam ausgesagt hatte, sie habe Gregg von ihrer Affäre mit Bill bis wenige Tage vor seiner Ermordung nichts gesagt. Wenn aber Washburns neue Zeugenaussage korrekt war, dann hatte Gregg von dieser Affäre schon *Wochen* vor dem 1. Mai gewußt.

Obwohl diese Entdeckung schon bedeutsam genug war, so kam Mrs. Nicolosi doch so richtig in Fahrt. Zusätzlich zu seiner unvollständigen Aussage vor dem Gericht, behauptete sie, sei Washburn auch alles andere als geradeheraus den Ermittlungsbehörden gegenüber gewesen.

Aus einem Polizeibericht las Mrs. Nicolosi vor, daß Washburn der Polizei gegenüber noch zwei Tage nach Greggs Ermordung erklärt hatte, daß in Greggs Leben ›alles bestens lief‹ und er sich keinen Grund denken könne, aus dem ihm jemand den Tod wünschen könnte.

»Haben Sie den Ermittlungsbehörden erzählt, daß Gregg Smart eine außereheliche Affäre gehabt hat?« fragte Mrs. Nicolosi.

»Nein«, gab Washburn zu.

»Haben Sie ihnen denn weiter gesagt, daß Gregg Ihnen erzählt hatte, er wüßte, daß Pam eine außereheliche Beziehung unterhielt?«

»Nein.«

»Und um das Maß voll zu machen«, trumpfte Mrs. Nicolosi auf, »haben Sie auch dieser Jury vorhin nichts davon erzählt.«

Er mußte auch das eingestehen.

Warum er denn niemandem etwas von diesem doch bedeutsamen Geheimnis erzählt hatte, wollte die Staatsanwältin ergänzend wissen.

Washburn hob die Schultern. »Ich hatte Gregg einmal versprochen, niemals mit anderen darüber zu reden«, erwiderte er ziemlich kleinlaut.

Mrs. Nicolosi aber hatte nicht vor, den unehrlichen Zeugen so einfach davonkommen zu lassen. »Ist Ihnen denn nie der Gedanke gekommen, ein verschmähter Liebhaber der Angeklagten könnte als Greggs Mörder in Frage kommen?« fragte sie und tat überaus erstaunt.

Washburn versuchte, die Frage zu umgehen, indem er behauptete, er habe keine Einzelheiten über die hier in Rede stehenden Verabredungen gekannt.

Mrs. Nicolosi legte jedoch großen Wert darauf, daß die Jury die Relevanz ihrer Fragen begriff. »Es wäre aber doch möglich, daß ein verschmähter Liebhaber Pamela Smarts ihn ermordet haben könnte, nicht wahr?« fragte sie.

»Ja«, gestand Washburn zu.

»Und es ist möglich, daß eine abgelegte Geliebte Gregg Smarts diesen ermordet hätte. Auch richtig?«

»Ja.«

»Und das haben Sie der Polizei nicht mitgeteilt?« fragte sie sehr von oben herab.

»Nö.«

Mrs. Nicolosi war noch lange nicht mit ihm fertig. Jetzt wollte sie wissen, wann er denn der Polizei sein Wissen endlich mitgeteilt habe.

Washburn gab zu, das sei erst geschehen, nachdem das Verfahren bereits eröffnet worden und er zu den Verteidigern gegangen war, um sich als Zeuge für Pam zur Verfügung zu stellen.

Um von Pam zu reden, erklärte Mrs. Nicolosi, so sehe es ganz danach aus, als wenn Washburn und seine Freundin erst nach der Ermordung Greggs so richtig Freundschaft mit Pam geschlossen hätten. In den ersten vier Wochen, seit sie hinter Gittern sei, hätten Washburn und seine Freundin sie schon viermal besucht, betonte sie.

Bevor sie Washburn gehen ließ, wollte Mrs. Nicolosi aber noch eine weitere Tatsache ganz deutlich machen.

»Haben Sie sich einen Anwalt genommen?« fragte sie übergangslos.

»Ja, das habe ich«, erwiderte Washburn.

»Und warum?« wollte Mrs. Nicolosi wissen.

»Weil ich ständig irgendwelche Schecks geschickt kriege«, erwiderte er und setzte hinzu, dies Geld stamme von irgendwelchen Film-Produzenten, die an einer Verfilmung des Falles Gregg Smart interessiert seien.

»Wie hoch sind diese Schecks denn ausgestellt?« fragte Mrs. Nicolosi.

»Ich erhielt einen über zweitausend Dollar«, sagte er.

Mrs. Nicolosi nickte. »Finden Sie das eigentlich gut«, fragte sie, »wenn Sie Verträge abschließen, die den Tod Ihres besten Freundes zum Inhalt haben, und damit Geld verdienen?«

Washburn blickte zu Boden und nahm sich viel Zeit für

die Antwort. »Das gilt doch wohl für jedermanns Tod«, murmelte er schließlich.

Mrs. Nicolosi sagte nichts. Schließlich setzte Washburn noch leise hinzu: »Nein, ich denke, das ist es wohl wirklich nicht.«

31

Paul Twomey, der frühere Sonderschullehrer, hatte sich der Jurisprudenz nicht zuletzt aufgrund seines Engagements für seelisch gestörte Jugendliche verschrieben, die mit den Gesetzen in Konflikt geraten waren. Für die Teenager allerdings, die mit den Fingern auf seine Mandantin wiesen, zeigte er nicht das mindeste Verständnis.

Er lehnte sich über sein Podium, das jetzt nicht mehr dem Zeugenstand, sondern mehr der Geschworenenbank zugewandt war, und begann sein Plädoyer mit einer ätzenden Verdammung der drei wichtigsten Zeugen der Anklage, Bill, J. R. und Pete. Alle drei bezeichnete er als ›Ungeziefer‹ und als ›zwielichtiges Gesindel‹. Sie hätten sich verschworen, Pam mit hineinzuziehen, als sie sich der Tatsache gegenübersahen, daß man sie für den ›aufregenden Mord‹ an Gregory Smart zur Rechenschaft ziehen würde.

»Sie sind weiter nichts als gemeine Tiere«, verkündete er, die Stimme so sanft und leise wie schon bei der unmittelbaren Vernehmung Pams im Zeugenstand. »Sie sind keine menschlichen Wesen, die Vertrauen verdient hätten, sie sind einfach nur schlechte Menschen.« Und dazu hätten sie auch noch einen Pakt mit dem Teufel geschlossen. »Diese drei brauchen sich keine Gedanken darum zu machen, den Rest ihres Lebens im Gefängnis zu verbringen«, führte er aus und wies noch einmal darauf hin, daß sie bereits ihre Belohnung in Form reduzierter Strafen erhalten hätten.

In einem Versuch, Zweifel bei den Geschworenen zu wecken, legte ihnen Twomey noch einmal eine Liste ungeklärter Merkwürdigkeiten im Zusammenhang mit dem Mord an Gregg Smart vor, Ungereimtheiten, denen bei den Zeugenvernehmungen nicht die notwendige Aufmerksamkeit geschenkt worden sei.

Als erstes sei da der Kerzenständer aus Messing zu nennen, der neben Greggs Leiche auf dem Fußboden gefunden worden war. Bill hatte ausgesagt, er habe diesen Kerzenständer zur Hand genommen, als er auf Gregg wartete, und kurze Zeit daran gedacht, ihn als Schlagwaffe zu benutzen, um Gregg ihm und Pete gefügig zu machen. Schließlich habe er diesen Gedanken wieder aufgegeben, sagte Twomey, und den Kerzenständer einfach fallen gelassen. Niemand habe dann aber erklären können, wie der Kerzenständer anschließend neben die Leiche gekommen war, oder warum.

Weiter, führte Twomey aus, gab es da das Mysterium mit dem Handtuch, von dem Pete behauptet hatte, er und Bill hätten ursprünglich vorgehabt, es Gregg über den Kopf zu werfen und ihn ins Innere des Hauses zu ziehen, sobald er die Tür aufmachte. Pete hatte ausgesagt, sie hätten diese Idee gleichfalls wieder aufgegeben und es einfach auf den Boden geworfen. Es sei nie geklärt worden, wie und warum es später direkt neben der Leiche aufgefunden wurde.

Dann gab es da auch ein Rätsel – jedenfalls wollte die Verteidigung eines daraus machen – um die Schußwunde in Greggs Kopf. Twomey sagte, die Aussage eines der Nachbarn von Pam und Gregg weise aus, daß der Schuß, der Gregg tötete, gedämpft geklungen habe, eine Feststellung, die sich mit der Feststellung der Gerichtsmedizin deckte, wonach sich zwischen dem Revolver und Greggs Kopf ein ›anderes Ziel‹ befunden haben könnte. Das hieße, meinte Twomey, daß der oder die Killer irgend etwas benutzt haben mußten, um den Knall des Schusses zu dämpfen. Aber keiner der Jugendlichen habe etwas erwähnt, das in diese Richtung weisen könnte.

Das größte Geheimnis von allen aber sei der Ehering des Ermordeten, sagte Twomey. Obwohl sowohl Pete als auch Bill leugneten, Gregg gezwungen zu haben, den Ring abzunehmen, oder ihm den Ring mit Gewalt abgenommen zu haben, wurde er neben der Leiche auf dem Fußboden gefunden. Nach dem Obduktionsbefund gab es aber an Greggs Finger Verletzungen, wie sie entstanden sein könnten, wenn ›ein Ring mit Gewalt entfernt‹ worden wäre. Wie, wann, warum und von wem ihm der Ring abgenommen wurde, sei nie geklärt worden.

Twomey bot auf keine dieser Fragen eine Antwort an: er warf sie nur einfach auf, um zu zeigen, daß das Bild, das man sich über die Vorkommnisse vom 1. Mai 1990 im Innern des Hauses Nr. 4 E auf dem Misty Morning Drive machte, nach wie vor unvollständig sei. Der Umstand, daß die Beweisführung der Staatsanwaltschaft derart viele Löcher aufweise, sei allein schon Grund genug für die Jury, den verlangten Schuldspruch zu verweigern, argumentierte er.

»Etwas Unaussprechliches ist in diesem Haus vorgegangen«, deklamierte Twomey geheimnisvoll. »Sie haben noch etwas anderes getan. Sie müssen diesen Mann in einer Weise gequält haben, über die selbst sie nicht reden wollen.«

Noch immer enttäuscht von dem Desaster, zu dem Brian Washburns Zeugenaussage geworden war, beschuldigte Twomey die beiden Staatsanwälte, sie hätten ›ihn schlimmer behandelt als die drei Mörder‹, die der Verteidiger anschließend einzeln attackierte.

»Sie können Mitleid mit Bill Flynn haben, wenn Sie wollen, aber Einfühlungsvermögen hat in diesem Fall nichts zu suchen«, bekräftigte Twomey. Der Eindruck, den die Jury von ihm gewonnen haben mußte, sei der eines kleinen verängstigten Hündchens, während er doch in Wirklichkeit ein kaltblütiger Killer sei, der lediglich den Nervenkitzel gesucht habe und sich einmal stark fühlen wollte. »Ist er der kleine verängstigte Junge, der hier im Zeugenstand geweint hat, oder ist er nicht doch der gefühllose Punker, der auf seinem Weg in das Gefängnis gelacht hat?«

Pete, argumentierte der Verteidiger, sei ein seelenloser Roboter, dessen größter Traum es sei, ein Profi-Killer zu werden. »Er verfügt über den Gefühlsreichtum einer Weinbergschnecke«, sagte Twomey, um sich gleich darauf auch schon zu korrigieren: »Nein, darüber verfügt er durchaus nicht, er hat im Gegenteil die Gefühlswelt eines Felsens. Wenn Sie in eine Schnecke eine Nadel hineinstechen, bewegt sie sich. Sie spürt Schmerz. Aber Pete Randall sind menschliche Regungen fremd.«

Bill und Pete befänden sich an entgegengesetzten Enden des emotionalen Spektrums, sagte Twomey, wobei er weit die Arme spreizte, um die Distanz zwischen den beiden zu demonstrieren. »Gefühle – erregend-mörderische Regungen – durchziehen Bills Körper. Er ist besessen von seiner Liebe zu Pamela Smart und dem Haß auf Gregory Smart.«

J. R. putzte er mit einigen wenigen kurzen Sätzen herunter und tat ihn als ›Lattime, der Lügner‹ ab – eine Bezeichnung, die er sich förmlich auf der Zunge zergehen ließ –, bevor er sich dann Cecelia zuwandte.

»Was motiviert sie?« fragte er, und diese Frage meinte er mehr rhetorisch. »Ich glaube, da gibt es wohl keine Zweifel.« Sie erstattete falsche Berichte an die Ermittler, behauptete er, und sie hatte unter Eid ausgesagt, daß sie die Polizei belogen hatte. Als könne er nicht begreifen, daß die Staatsanwaltschaft nicht gegen sie vorging, schüttelte er den Kopf und erinnerte die Jury daran, daß die Aktionen ›im Staate New Hampshire kriminelle Handlungen‹ seien. Er legte den Geschworenen dringend ans Herz, sich die Worte von Richter Gray ins Gedächtnis zurückzurufen, als dieser ihnen den Tatbestand der Verschwörung erläutert hatte, und sie sollten sich doch ernsthaft überlegen, ob nicht auch Cecelias Handlungsweise alle diese Tatbestandsmerkmale erfülle.

»Cecelia ist schuldig der Verschwörung zur Begehung eines Mordes ersten Grades«, erklärte er, »und gleichfalls dem der Beihilfe und dem der Anstiftung. Sie hat versucht, eine Schußwaffe zu besorgen, die erklärtermaßen bei einem Mord Verwendung finden sollte«, sagte er mit deutlich erhobener Stimme, »aber ihr hat man freies Geleit gewährt.«

Was Pam angehe, seine Mandantin, drängte er die Geschworenen, sich die Tonbänder genau anzuhören und vor allem darauf zu achten, wie sich in ihrer Stimme der wachsende Fanatismus widerspiegele, herauszufinden, wer ihren Ehemann umgebracht habe. Die Bänder seien in der Tat ›belastend‹, wie er zugab, aber alles, was sie wirklich bewiesen, sei, daß ihr das Urteilsvermögen gefehlt habe, weil sie in dem Versuch, den Mörder ihres Mannes zu finden, nicht mehr klar habe denken können. »Ich bitte Sie, sich diese Bänder genau anzuhören. Sie ist zweifelsohne schuldig, eine Affäre mit einem Minderjährigen geführt zu haben, und des Versuchs der Beeinflussung einer Zeugin, aber das stempelt sie noch lange nicht als Mörderin ab.«

Worauf es letztlich hinauslief, sagte Twomey, war, daß er und Sisti die Unschuld Pams nicht nachgewiesen hätten. Das aber sei auch gar nicht ihre Aufgabe gewesen; die Beweislast liege nie bei der Verteidigung, sondern immer bei der Anklage. Er bitte also die Geschworenen, daran zu denken, daß es Sache der Staatsanwaltschaft sei zu beweisen, daß sie schuldig sei. »Ich will Ihnen gar nicht sagen, wir hätten über jeden Zweifel erhaben nachgewiesen, daß Pam unschuldig ist, aber es gibt eine Menge Gründe für die Annahme, daß sie nicht schuldig ist.«

Er legte eine Pause ein und ließ seine Blicke über jeden einzelnen der Geschworenen gleiten, um Augenkontakt mit ihnen zu bekommen. Ganz leise setzte er dann hinzu: »Tun Sie das Richtige.«

Paul Maggiotto, der das Schlußplädoyer für die Anklage hielt, war nicht weniger beleidigend als Twomey, nur, daß er die Situation unter einem gänzlich anderen Blickwinkel sah.

Langsam wandte er sich Pam zu und blickte sie an. Dann bat Maggiotto die Jury, sich die Stoßrichtung ihrer Argumentation ins Gedächtnis zu rufen. Was sie behaupte, sagte er, sei nichts anderes, als daß sich angeblich eine ganze Heerschar von Zeugen der Anklage als Teil einer weitgefächerten Verschwörung erwiesen hätte, einer Verschwörung, die, nach den Worten der Verteidiger, sich als ›das wertloseste, gemeinste Gebräu‹ erwiesen habe, ›das je in einem Gerichtssaal des Staates New Hampshire versammelt gewesen‹ sei. Warum wohl sollten sie alle lügen? fragte er. Er machte eine dramatische Pause, bevor er die Worte förmlich ausspie: *»Um sie zu fangen?«* Er hob die Schultern und nutzte so die reine Körpersprache, um den Gedanken zu vollenden, der allzu deutlich lautete: *Für wie dumm will man Sie eigentlich halten?*

»Sie brauchen nicht einen einzigen Gedanken an die Frage zu verschwenden, wer Gregg Smart umgebracht hat«, fuhr er fort. Alles, was die Geschworenen zu tun hätten, sei, den Tonbändern zu lauschen, und schon passe alles zusammen, was sie während der letzten zwei Wochen von den Zeugen gehört hätten.

»Hören Sie sich die Tonbänder an, und Sie werden wissen, was sie getan hat«, argumentierte er. »Als sich der Kreis um sie zusammenzog, tat Pamela Smart alles in ihren Kräften Stehende, um einen Verteidigungsring um sich herum aufzubauen; um Cecelia zum Schweigen zu bringen; um die Polizei von ihrer Fährte abzubringen.«

In einem Punkt allerdings machte er Zugeständnisse an die Verteidigung, und zwar insofern, als Maggiotto anerkannte, seine Star-Zeugen kämen kaum für eine Belobigung wegen sonderlich moralischer Gesinnung in Frage. »Sie sind ohne Frage allesamt verachtungswürdige Individuen«, gestand er zu. »Wir haben sie auch nicht in den Zeugenstand gerufen, damit Sie Sympathien für sie empfinden sollten. Wir haben sie in den Zeugenstand gerufen, damit Sie ausloten können, ob sie die Wahrheit sagen.« Die Jury müsse durchaus nicht *mögen,* was sie zu sagen hatten; sie müsse es nur einfach *glauben.* »Ich gebe Ihnen folgendes zu bedenken«, sagte er. »Wenn Bill Flynn gelogen hätte, dann hätten Sie hier in diesem Gerichtssaal die wohl größte schauspielerische Leistung unserer Zeit erlebt.« Zugegeben, sagte er, Bill sei ein Punker mit einer bemerkenswerten kriminellen Vergangenheit. Doch selbst das hätte Teil von Pams großangelegtem Plan gewesen sein können. »Sie hat sich bewußt nicht an einen Schüler mit positivem Hintergrund herangemacht, um ihn für dieses Verbrechen zu mißbrauchen.«

Um die Ausmaße des Rahmens zu begreifen, in dem sich die Ermordung Greggs vollzog, müsse sich die Jury, so der Ankläger, allein auf das wahre Motiv konzentrieren und den ganzen Nebelvorhang außer acht lassen, den Pam darum herum aufzubauen versucht hatte. »Wir behaupten nicht, sie tötete Gregg Smart wegen der Lebensversicherungssumme. Wir unterstellen nicht, sie tötete ihn wegen der Möbel.« Aus ihrer Sicht lag ihr Beweggrund nicht im materiellen Bereich. »Sie war sehr, sehr besorgt um ihr Ansehen«, behauptete Maggiotto. »Wenn sie sich von Gregg hätte scheiden lassen, wäre die Affäre mit Bill herausgekommen. Das hätte unweigerlich ihre ganze Reputation ruiniert. Zudem hätte sie ihren Job verloren.« Und, fügte er hinzu, sie hätte unzweifelhaft eine neue Stelle nur sehr schwer gefunden. An diesem Punkt war die einzige Lösung, die für sie noch in Frage kam, Mord. Und ihr Werkzeug, diesen Entschluß in die Tat umzusetzen, war Bill Flynn.

Der Staatsanwalt glaubte wohl selbst, daß Pams Neigung für Bill echt gewesen war, doch war er nichtsdestoweniger gleichermaßen davon überzeugt, daß sie ihn in ihrem Sinne mit Sex manipuliert hatte, ihren Mann zu ermorden. Zu der Zeit, als sie den Mord plante, sagte Maggiotto, hatte sie ihren Haken schon so tief in die Seele dieses halben Kindes, so tief in seine Hormone versenkt, daß er willig mitmachte.«

Nichts als Spott hatte Maggiotto für die Idee der Verteidigung übrig, daß die Jugendlichen (Bill, Pete, J. R. und Cecelia), die Twomey nur ›die Bande‹ genannt hatte, ihre Zeugenaussagen nur deshalb gemacht hätten, weil sie Pam als so eine Art Sündenbock ansahen, sobald sie in Schwierigkeiten gerieten. Wenn sie sich eine solche Geschichte ausgedacht hätten, warum machten sie dann nicht gleich Nägel mit Köpfen? fragte Maggiotto die Jury. Sie hatten reichlich Zeit und Gelegenheit, da etwas zu konstruieren, doch gab es am Ende noch immer genug Ungereimtheiten, um die Leute sich wundern zu lassen. Die Tatsache, daß diese Ungereimtheiten übrigblieben, sagte er, verleihe ihrer Geschichte gerade ein zusätzliches Maß an Glaubwürdigkeit.

Er kehrte noch einmal zu den Hauptbeteiligten zurück und distanzierte sich noch einmal ausdrücklich von ihnen.

Nehmen wir als Beispiel nur Pete. »Es gibt keinen Zweifel«, sagte Maggiotto von ihm, »daß Pete ein eiskalter, berechnender Mörder ist. Das ganze Verbrechen wäre ohne ihn gar nicht durchführbar gewesen.«

Doch müsse man alles, was er gesagt habe, einmal in Beziehung setzen zu dem Zeugnis von Ralph Welch, der *kein* Mitglied dieser Gruppe gewesen sei, dessen Zeugenaussage aber die von Bill, Pete, J. R. und Cecelia bestätigt habe. Ralph hatte Pete und J. R. über den Mord reden hören, und als Pete dann zur Rede gestellt worden war, hatte er seine und der anderen Rolle in diesem Verbrechen genauso zugegeben, wie er sich auch über Pams Verwicklung darin geäußert hatte. Und das war, *bevor* sie verhaftet wurden, betonte Maggiotto. Bei diesem Stand der Dinge hatten Bill, Pete und J. R. noch keinerlei Veranlassung, Pam mit hineinzuziehen, weil sie da noch keinen Sündenbock brauchten. »Sie wußten ja nicht, daß Ralph zur Polizei gehen würde. Er war doch ein Freund, dem sie vertrauten.«

Soweit es Cecelia betraf, erinnerte er die Juroren daran, daß es auch nicht den geringsten Hinweis in den Zeugenaussagen darauf gab, daß Cecelia mit den anderen etwa ›unter einer Decke gesteckt‹ habe.

Ergänzend, sagte Maggiotto, gebe es noch zwei Zeugen, die nur einige Minuten im Zeugenstand gewesen seien, deren Zeugnis aber überaus wichtig gewesen sei, nicht weil es auf einer Kenntnis aus erster Hand bezüglich der Verwicklung Pams beruhte, sondern weil es zu dem paßte, was die Hauptzeugen über Pam ausgesagt hatten.

Einer von ihnen, erinnerte der Ankläger die Geschworenen, war Cindy Butt, eine Frau, die zusammen mit Cecelia bei *Papa Gino* gearbeitet hatte. Sie hatte ausgesagt, wie Cecelia einen Monat, bevor Gregg ermordet wurde, eine Freundin mit Namen Pamela erwähnt hatte, die ihren Mann am liebsten ermordet sehen würde. »Zu dieser Zeit gab es für Cecelia überhaupt keinen Grund zu lügen.«

Ein anderer Zeuge, an dessen Aussage sich die Geschworenen doch erinnern sollten, wie Maggiotto sagte, war George Moses, dessen Mutter im Frauengefängnis im selben Zellenblock eingesessen hatte wie Pam. George hatte gesagt, Pam habe ihn gebeten zu bezeugen, er habe gehört, wie Cecelia gesagt hatte, sie wolle Pam da mit hineinziehen. Aber, fügte Maggiotto hinzu, George sei Anfang November zu den Ermittlungsbehörden gegangen, um ihnen von diesem Vorfall zu berichten. Das, so betonte der Staatsanwalt, war drei Monate, bevor J. R., Bill und Pete gestanden hatten.

»Das ist das Angenehme für die Staatsanwaltschaft in diesem Fall«, erläuterte er: Die Anklage verfüge über so viele Zeugen.

Als Ergänzung dazu, daß alle Zeugenaussagen nahtlos zusammenpaßten, meinte Maggiotto, gebe es da ›zu allem Überfluß‹ auch noch Pams eigene Worte. »Sie kann die Existenz dieser Tonbänder nicht leugnen«, sagte er. »Sie kann nicht leugnen, die auf ihnen festgehaltenen Äußerungen getan zu haben.« Für die Idee, es könnte noch irgend etwas fehlen, um sie zu überführen, hatte er nur Hohn und Spott. »Das einzige, was Sie vielleicht noch vermissen könnten, wäre ein Videoband ihrer Unterhaltungen mit Bill Flynn.«

Twomey hatte fast eine Stunde gesprochen und Maggiotto etwas länger als eine Stunde. Aber die Jury war noch nicht so weit, mit ihren Beratungen zu beginnen. Bevor sie in einen Raum eingeschlossen wurde, um über

Pams Schicksal zu befinden, mußte noch eine Person gehört werden: Richter Gray. Bis zu dieser Stunde hatten die Geschworenen Stunden um Stunden immer neue Zeugenaussagen gehört, gewiß genug, um sich ihre eigene Meinung über Pams Schuld oder Unschuld zu bilden. Aber noch brauchten sie den Richter, um die Einzelfragen aus einer gesetzesrelevanten Perspektive zu sehen. Hier stellte sich ja nicht einfach nur die Frage, ob Pam es getan hatte oder nicht, sondern vielmehr stand die Frage zur Beantwortung an, wie ihre Meinung sich in konkretes Recht umsetzen ließ. Ihre Entscheidung mußte in gesetzeskonforme Formeln gekleidet werden, und es war die Pflicht von Richter Gray, ihnen klarzumachen, welches diese gesetzeskonformen Parameter waren.

32

Formal war Pam dreier Verbrechen angeklagt: Verschwörung zur Begehung eines Mordes, Tatbeteiligung bei einem Mord ersten Grades und Zeugenbeeinflussung.

Das bei weitem schwerwiegendste Verbrechen war ›Beteiligung an einem Mord‹, was im Falle eines Schuldspruchs eine lebenslange Gefängnisstrafe ohne Straferlaß nach sich gezogen hätte. Wenn aber die Geschworenen sie dieses Verbrechens für schuldig befinden wollten, müßten sie zunächst eine sehr subtile Unterscheidung zwischen den einzelnen Graden von Mord treffen. Pam war angeklagt eines Mordes *ersten Grades.* Obwohl Gregg ohne jeden Zweifel tot war und es ebenso unbestreitbar war, daß er ermordet worden war, hatte Bill sich eines Mordes *zweiten Grades* für schuldig bekannt, so daß es also nicht als gegeben angesehen werden konnte, Pams

Ehemann sei einem Mord ersten Grades zum Opfer gefallen.

Um von einem Mord ersten Grades ausgehen zu können, müßten also die Geschworenen zuerst einmal darin übereinstimmen, daß Gregg mit ›Vorsatz, Vorbedacht und Überlegung‹ ermordet wurde. Erst wenn die Jury darin übereinstimmte, daß Mord ersten Grades vorlag, konnten sie darüber nachdenken, ob Pam jenseits allen vernünftigen Zweifels dieses Verbrechen geplant oder bei seiner Ausführung geholfen hatte. Wenn sie diese Frage einstimmig mit Ja beantworteten, mußte ihr Spruch auf ›schuldig‹ lauten.

Um ihnen bei der Diskussion dieser Frage ein wenig zu helfen, erinnerte Gray die Geschworenen daran, daß Pam Bill nach Meinung der Anklage vorgeschlagen hatte, dunkle Kleidung und Handschuhe zu tragen und das Häuschen zu verwüsten, damit es aussehen sollte, als habe ein Einbruch stattgefunden. Zudem habe sie nach Auffassung der Staatsanwaltschaft eine Tür offen gelassen und Vorkehrungen getroffen, selbst nicht an dem Abend zu Hause zu sein, an dem der Mord stattfand – allesamt Anschuldigungen, die, wenn sie zu Recht erhoben würden, der Jury helfen könnten, die Frage zu beurteilen, ob sie an dem Verbrechen beteiligt war oder es geplant hatte.

Um sie wegen Verschwörung zur Begehung eines Mordes verurteilen zu können, mußten die Geschworenen darin übereinstimmen, daß Pam ›vorsätzlich‹ und im Zusammenspiel mit einem oder mehreren anderen handelte, ›um einen Mord zu begehen oder seine Begehung zu veranlassen.‹ Darüber hinaus müßte einer oder müßten mehrere Mitverschwörer einen ›offenkundigen Akt‹ in dieser Richtung unternommen haben. Ein ›offenkundiger Akt‹ in diesem Sinne könnte auch dann gegeben sein, wenn die Beschuldigte bei der Beschaffung einer Schußwaffe geholfen oder auch etwas sehr viel weniger Bedrohliches getan hatte, wie etwa einen Plan zu zeichnen, wie Pam es angeblich getan hatte, indem sie Bill aus Anlaß seines Versuchs vom April, Gregg zu ermorden, einen Plan des Hauses ausgehändigt hatte, von dem Bill behauptet hatte, er habe ihn auf dem Weg zu ihrem Häuschen verloren. Die am wenigsten gravierende der drei Anschuldigungen war die der Zeugenbeeinflussung. Um Pam in diesem Punkt zu verurteilen, mußten die Geschworenen einstimmig zu der Überzeugung gelangen, daß Pam versucht hatte, Cecelia dahingehend zu beeinflussen, daß sie entweder gar nicht oder aber falsch aussagte.

Bevor Gray den Geschworenen die Sache endgültig übergab, legte er ihnen noch etwas anderes nahe. Sie sollten doch bitte daran denken, daß nur die Tonbandaufzeichnungen als offizielle Beweismittel angesehen werden könnten, nicht aber die nach ihnen angefertigten Ausschriftungen. Um absolut akkurat bei den Beratungen vorzugehen, sollten die Geschworenen sich auf die Tonbänder und nicht auf die Skripte verlassen.

Es war interessant, daß auch Richter Gray die Bedeutung der Tonbänder unterstrich. Sowohl die Anklage wie die Verteidigung hatten zuvor schon den Geschworenen wärmstens ans Herz gelegt, sich diese Tonbänder genau anzuhören. Ihre Bedeutung lag darin, daß die Juristen beider Seiten die Relevanz der Bänder aus völlig verschiedenen Blickwinkeln bemühten. Die Verteidigung hoffte, die Geschworenen würden sie sich anhören und zu dem Schluß kommen, Pam sei eine passive Teilnehmerin der Gespräche gewesen und habe ausschließlich versucht, Informationen von Cecelia zu erhalten. Die Anklage hoffte andererseits, die Geschworenen würden sich die Bänder anhören und zu genau entgegengesetzten Erkenntnissen kommen.

Pam Smarts Fall wurde der Jury am Abend des 20. März, einem Mittwoch, übergeben. Die Gruppe von sieben Frauen und fünf Männern brauchte drei Tage – davon aber nur 13 Stunden intensiver Beratung –, um zu ihrem Spruch ›schuldig in allen drei Punkten der Anklage‹ zu gelangen, ein Vorgang, der als Story kurz und bündig in einer Schlagzeile des *Union Leader* in der Ausgabe vom 23. März vermeldet wurde. Sie brachte drei Reihen großer Lettern mit jeweils nur einem Wort: SCHULDIG! SCHULDIG! SCHULDIG!

Als das Verdikt verlesen wurde, verharrte Pam in ihrem lavendelfarbenen und schwarzen Umhang und dem schwarzen Rock genauso steinern wie schon während des ganzen Verfahrens. Sie verzog nicht einmal das Gesicht, als Richter Gray das Strafmaß für die Mittäterschaft verlas: lebenslange Freiheitsstrafe ohne die Möglichkeit eines Straferlasses.

Sisti schien in der Tat stärker geschockt als seine Mandantin. »Ich dachte, wir hätten begründete Zweifel gesät«, stöhnte er und fügte gleich hinzu, daß hier wohl kaum eine Berufung möglich sein werde.

Maggiotto und Mrs. Nicolosi vernahmen die Schuldsprüche gelassen und ohne Jubel. »Ich denke, hier wurde der Gerechtigkeit Genüge getan«, erzählte Maggiotto den Reportern. »Wir hatten von vornherein keinen Zweifel an unserer Beweisführung.«

Die Smarts, die während des Verfahrens still dagesessen und oft genug mit den Tränen gekämpft hatten, wenn die Zeugenaussagen allzu deutlich wurden, waren begeistert, als die Schuldsprüche verkündet wurden. »Gott sei Dank«, murmelte William, Greggs Vater. »Vielen Dank, Paul Maggiotto.«

Pams Eltern, John und Linda Wojas, verweigerten jeden Kommentar.

Was für die meisten Beobachter, die dem Verfahren von Anfang an beigewohnt oder es ständig über die Medien verfolgt hatten, so überraschend kam, war nicht die Entscheidung selbst, sondern wie harmonisch sie zustande kam. Nach Aussage eines der Geschworenen, eines jungen Studenten mit Namen Alec Beckett, gab es nie ernsthafte Differenzen innerhalb der Gruppe über Pams Schuld.

Eine Woche nach den Schuldsprüchen schrieb Beckett einen Bericht über die Beratungen für den *Globe* in Boston. Darin gab er einen ebenso seltenen wie bemerkenswerten Einblick in das, was hinter den verschlossenen Türen vor sich ging, als zwölf Fremde zusammengewürfelt und gebeten wurden, eine Entscheidung von solcher Tragweite zu fällen.

Nach Becketts Bericht fühlten sich die Geschworenen zunächst ein wenig gehemmt, als sie endlich die Freiheit hatten, über alles das zu urteilen, was zwei Wochen lang vor ihren Ohren verhandelt worden war, nachdem man sie zuvor ermahnt hatte, den Fall weder untereinander noch mit Dritten zu erörtern, solange das Verfahren noch andauerte. Das Eis war in dem Augenblick gebrochen, als eine Frau nervös wurde, das Wort ergriff und anmerkte, wie seltsam es ihr vorgekommen war, daß Pam sich ausgerechnet an jenem 1. Mai frei genommen hatte, an einem Tag, an dem sie ohnehin kaum im Büro gewesen war, um Bill, mit dem sie doch angeblich erst einige Tage zuvor gebrochen haben wollte, nach Haverhill zu fahren, und das aus keinem anderen Grund als dem, daß er sie darum gebeten hatte.

Um sicherzustellen, daß sie die erforderliche Aufmerksamkeit hatten walten lassen, als Twomey sein Plädoyer gehalten hatte, verwandte die Jury geraume Zeit darauf, die ›Mysterien‹ zu diskutieren, die er angeführt hatte, vor allem den Kerzenständer, den man nahe bei Greggs Leiche gefunden hatte. Sie hatten ebenfalls darüber diskutiert, ob Pam Bill jemals wirklich geliebt habe; ob die Gründe für die Teilnahme an der Konferenz der Schulpflegschaft am Abend, als ihr Mann ermordet worden war, realistisch oder nur vorgeschoben waren; und wie groß Bills Kenntnis von der Höhe der Lebensversicherungen Greggs war. Das war wichtig im Hinblick auf die Beweisführung der Verteidigung gewesen. Denn Twomey hatte darauf bestanden, es habe weder für Pam noch für sonst jemanden eine Möglichkeit gegeben, den Wert jener Police zu erfahren, die er durch seinen Chef abgeschlossen hatte – gemeint ist jene, die sich auf neunzigtausend Dollar belief –, bis sie nach seinem Tod errechnet worden war.

Alles in allem, schrieb Beckett, seien die zweieinhalb Stunden, die sie am Mittwoch damit verbrachten, den Fall zu diskutieren, vor allem eine Periode gewesen, in der sie Ideen aufbrachten und wieder verwarfen. Am Ende dieses Tages sagten drei der Geschworenen, sie seien fest von Pams Schuld überzeugt, während drei andere sagten, sie hätten doch gewisse Vorbehalte. Die sechs anderen waren hin und her gerissen, aber keiner plädierte ernstlich für einen Freispruch.

Am zweiten Tag, Donnerstag, dem 21. März, machten sie sich ernsthaft an die Arbeit. Als praktisch denkende Menschen behandelten sie die leichteste Anschuldigung zuerst. Da Twomey während seines Plädoyers nachdrücklich zugestanden hatte, daß Pam versucht habe, Druck auf Cecelia auszuüben, stimmte die Gruppe schnell und ohne Gegenstimmen ab, daß sie der Zeugenbeeinflussung schuldig sei. Die beiden anderen Anklagepunkte führten dann aber zu ernsthaften Debatten. Über eines allerdings waren sie sich absolut einig, und das war die Notwendigkeit, sich die Tonbänder genauestens anzuhören.

Als sie sie abspielten, krähte ihnen Pams Kleinmädchenstimme immer wieder dieselbe Vorsilbe ins Ohr: scheiß . . .

Als sie sich dieses der Gosse entlehnte Wort oft genug angehört hatten, konnte einer der Geschworenen einfach nicht mehr an sich halten. »Ich denke«, zitierte ihn Beckett in seinem Bericht, »wir haben keine andere Wahl, als sie scheiß-schuldig zu sprechen.«

Die anschließende Heiterkeit dauerte nicht lange. Die Geschworenen kehrten fast augenblicklich zur Erörterung der Tatsachen zurück . . . und das hieß hier, zu den Tonbändern.

Je öfter sie sich diese anhörten, desto mehr wuchs in ihnen die Überzeugung, daß die Bänder über die Umstände von Greggs Ermordung sehr viel beredter Auskunft gaben als Pams Zeugenaussage.

»So langsam«, schrieb Beckett, »wurden die Bedenken einiger der Geschworenen wegen der einen oder anderen Ungereimtheit und wegen der alternativen Sichtweisen, auf die die Verteidigung im Zusammenhang mit den Tonbändern hingewiesen hatte, mehr und mehr verdrängt vom Klang der Stimme der Angeklagten, die sich mal mehr, mal weniger deutlich selbst belastete.«

Spät am Nachmittag des zweiten Tages stimmte die Gruppe darin überein, daß die Staatsanwaltschaft die Schuld der Angeklagten nachgewiesen habe. Trotzdem wurde eine förmliche Abstimmung auf den nächsten Tag verschoben, weil drei Mitglieder der Jury die Angelegenheit noch einmal überschlafen wollten.

Obwohl am nächsten Morgen das Gefühl vorherrschte, es sei Einmütigkeit erreicht, schoben sie die Abstimmung weiter hinaus. Als nach dem Lunch nach Abstimmungszetteln verlangt wurde, stimmten sie zuerst über die Anklage wegen Verschwörung ab. Das Ergebnis lautete zwölf zu null. Dasselbe Ergebnis ergab sich bei der Abstimmung über den Punkt ›Beteiligung‹; das Ergebnis lautete auch hier zwölf zu null gleich im ersten Abstimmungsgang.

Andere Geschworene, die hinterher mit den Reportern sprachen, stimmten darin überein, daß die Tonbandaufzeichnungen Pam das Genick gebrochen hatten – sie und ihr steinernes Gesicht.

Charlotte Jefts, fünfundsiebzig Jahre alt, erzählte dem *Union Leader*, das Gremium sei, unter welchem Gesichtspunkt aus es auch immer die vorgelegten Beweise gewürdigt habe, stets zu demselben Schluß gelangt: Es gab nie ernsthafte Zweifel an Pams Schuld. »Wir haben jedes einzelne Wort auseinandergepflückt, um es auch auf einen Schatten von Zweifel an ihrer Schuld hin abzuklopfen, und wir konnten nichts in dieser Richtung finden. Es gab einfach zu viele Beweise gegen sie.«

Auch Pams ganzes Verhalten habe gegen sie gearbeitet, setzte die Geschworene hinzu. Ihre offenkundige Unfähigkeit, Emotionen zu zeigen, ließ Frau Jefts sogar an Schizophrenie bei der Angeklagten denken.

Norma Honor, eine sechsundvierzig Jahre alte Nonne, die als Sprecherin fungierte, erzählte dem *Globe*, daß die Beweise – und hier vor allem die Tonbänder – einfach zu erdrückend waren. »Ich wollte nicht, daß es so ausging, aber die Beweise . . . überzeugten uns davon, daß sie schuldig war.«

Nachdem die Urteilssprüche angekündigt worden waren und die Geschworenen befragt worden waren, ob ihre Entscheidung einstimmig gefallen sei, rief Richter Gray sie noch einmal kurz alle hinter verschlossenen Türen zusammen. Dort bekannte er, daß die Juroren immer neugierig seien, wie denn er selbst in dem anstehenden Fall entschieden hätte, doch da müsse er sie enttäuschen: das werde er ihnen nicht sagen.

Aber kurz bevor er sie entließ, heiterte sich die Stimmung im Zimmer deutlich auf und einer der Geschworenen fragte Gray scherzhaft, welcher Schauspieler denn in einem möglichen Film über den Fall der Pam Smart seine Rolle übernehmen sollte, wenn es nach ihm ginge. Sehr zu seinem späteren Bedauern beantwortete Gray diese Frage.

»Clint Eastwood«, bekannte er.

Diese unbedachte Äußerung war nicht das einzige, das ihn später noch im Zusammenhang mit diesem Fall verfolgen sollte. Während es nur bemerkenswert geringe Meinungsunterschiede im Geschworenenraum gegeben hatte, brodelte die Volksseele draußen dafür um so heftiger. Und manches davon drehte sich um Richter Grays Entscheidung, die Jury erst in der zweiten Nacht ihrer Beratungen von der Außenwelt isoliert zu haben.

33

So seltsam es auch in den Staaten der USA; in denen die Geschworenen ganz selbstverständlich isoliert werden, anmuten mag, arbeitete Richter Gray in New Hampshire noch unter historischem Verfahrensrecht. Vor Pams Verfahren war seit annähernd sieben Jahren keine Jury mehr im ganzen Staat New Hampshire während ihrer Beratungen eingeschlossen gewesen.

Dafür gibt es zwei Begründungen: Die eine Schule glaubt, die Bewohner New Hampshires seien von der Natur mit ausgeprägtem Geiz ausgestattet worden und seine Richter nur deshalb gegen die Sequestration der Geschworenen, weil sie das Geld für deren Unterbringung und Verpflegung nicht bewilligen wollten. Die andere Schule geht davon aus, die Richter zögerten deshalb mit der Sequestration, weil sie spürten, daß die Geschworenen selbst dies überhaupt nicht mögen; und als Wahlbeamte wollten sie mögliche Wähler nicht verprellen. Was auch immer die Ursache sein mag, zum letzten Mal wurde eine Jury in New Hampshire im Jahre 1984 isoliert, als ein Geschworenen-Gremium über eine Anklage wegen Mordes ersten Grades gegen einen früheren Marine-Soldaten namens Ray Place beriet. Sein Verfahren erregte seinerzeit einiges Aufsehen, weil er für sich in Anspruch nahm, er leide noch unter den Folgen traumatischer Fehlorientierungen, die er sich im Vietnam-Krieg zugezogen und die ihn dahin gebracht hätten, seine Verlobte umzubringen.

Bei Pams Verfahren bot sich noch ein Grund an, aus dem der Richter darauf verzichtet haben könnte, die Jury von der Außenwelt abzusondern. Man munkelte, daß die Geschworenen in der ersten Nacht nur deshalb nicht eingeschlossen wurden, weil man vergessen hatte, ihnen zu sagen, sie sollten sich Wäsche zum Wechseln und die nötigsten Toilettenartikel mitbringen.

Wie auch immer, das Unterlassen der Isolierung der Jury von Beginn an verursachte alle möglichen Probleme, vornehmlich deshalb, weil dieser Umstand auf der Liste der möglichen Berufungsgründe der Verteidigung ganz obenan stand.

Die Angelegenheit wurde noch komplizierter durch die Behauptung von Linda Wojas, der Mutter von Pam Smart, sie habe in der ersten Nacht der Beratungen einen anonymen Telefonanruf von einem unbekannten Mann erhalten, der ihr gesagt habe, einer der Geschworenen diskutiere öffentlich diesen Fall, ein absolutes Tabu der Verfahrensordnung.

Der Anruf selbst konnte dokumentiert werden, weil der gerichtliche Sicherheitsdienst das Telefon der Wojas' fast ständig überwachte, um Pams Eltern vor Telefonterror zu schützen. Als der Mann anrief, wurde seine Botschaft aufgezeichnet. Pams Mutter sagte, sie habe umgehend um eine Unterredung mit Richter Gray nachgesucht, als sich der Vorfall ereignete, und sei auch für Donnerstag, den zweiten Tag der Beratungen, in das Büro des Richters bestellt worden. Sie sagte, Gray habe den Geschworenen, dem sie vorgeworfen hatte, er habe über den Fall öffentlich gesprochen, zu sich bestellt und ihn entsprechend befragt. Laut Mrs. Wojas gab Gray sich mit der Erklärung zufrieden, es sei nicht gegen das Verbot verstoßen worden, über diesen Fall zu sprechen, und ließ die Beratungen ihren Fortgang nehmen. Am 28. März, sechs Tage, nachdem die Jury ihr Votum abgegeben hatte, ließ das Büro des Generalstaatsanwaltes verlauten, es habe die Vorgänge überprüft und sei zu dem Schluß gelangt, daß hier keinerlei Unregelmäßigkeit vorgelegen habe.

Doch auch ohne diesen Vorfall waren Sisti und Twomey davon überzeugt, sie hätten eine breite Basis für die Beantragung eines neuen Verfahrens. Andere Faktoren, die sie dafür anzuführen gedachten, schlossen Grays Weigerung ein, dem Gesuch der Verteidigung stattzugeben, angesichts des immensen öffentlichen Interesses an diesem Fall einen anderen Ort für die Durchführung des Verfahrens zu wählen; dann die Frage, ob es überhaupt gesetzeskonform gewesen war, der minderjährigen Cecelia zu erlauben, Pam abzuhören; weiter den Vorwurf, die Strafverfolgungsbehörden hätten der Verteidigung nicht alle Informationen über die Vereinbarung weitergegeben, die sie mit Cecelia über das Tragen eines Körpermikrofons getroffen hatte. Auf diese Informationen hätte sie ein Anrecht gehabt. Einen weiteren Berufungsgrund sahen die Verteidiger eigenem Bekunden zufolge in der Weigerung des Richters, Bill noch einmal in den Zeugenstand zu rufen, nachdem er bereits als Zeuge der Anklage aufgetreten war. Laut Twomey seien der Verteidigung Informationen zugegangen, wonach Bill nur geschauspielert habe, als er den Mord an Gregg so tränenreich bereute. Einige Beobachter waren auch der Meinung, Gray habe mit seiner Weigerung, ihn als Zeugen der Verteidigung noch einmal auszurufen, gegen Pams verfassungsmäßiges Recht verstoßen, ihren Ankläger zur Rede stellen zu dürfen.

Wie Gray sich auch immer drehen und wenden mochte, er schien in Schwierigkeiten zu stecken. Was seinen unglücklichen Kommentar betraf, Clint Eastwood möge seine Rolle in einem etwaigen Film über den Fall Pamela Smart spielen, erzählte der Richter dem *Globe* in Boston, diese Bemerkung habe er scherzhaft gemacht in dem Versuch, die Spannung bei den Geschworenen nach den Beratungen wieder abzubauen.

Es blieb der einzige Versuch des Richters, die Hauptakteure des ganzen Verfahrens etwas gelassener zu stimmen. Ansonsten waren deren Kommentare nach Abschluß des Prozesses überwiegend von derselben Bitternis getragen wie die ganze Beweisführung.

Die Smarts aber waren natürlich begeistert über den Ausgang der Angelegenheit.

Judith Smart, Greggs Mutter, sagte, die Spannung sei unerträglich gewesen, als die Jury nach Abschluß ihrer Beratungen den Gerichtssaal wieder betreten hatte. »Ich habe den Atem angehalten«, sagte sie, »und dann schien es eine Ewigkeit zu dauern, bis das Wort *schuldig* aus dem Mund der Sprecherin der Jury fiel.« Aber nachdem es einmal gefallen war, hätte sie ›am liebsten geschrien und gejohlt‹.

Ein jubelnder William Smart verkündete: »Das Rechtssystem in unserer Gesellschaft funktioniert. Wir sind sehr, sehr glücklich.«

Die übrigen Hauptdarsteller des Spektakels waren indes überwiegend sehr *unglücklich.*

Pams Eltern lehnten nach dem Prozeß jeden Kommentar ab, aber ihr Vater, John Wojas, erzählte Reportern, kurz bevor die Entscheidung der Jury verlesen wurde, daß dieses Verfahren eine schwere Heimsuchung für die Familie gewesen sei. »Wir haben auch früher schon Tragödien erlebt, aber keine dieses Ausmaßes«, sagte er. »Es kommt mir vor wie etwas, das anderen passiert ist, nicht uns.«

Von Pams Mutter, Linda Wojas, wurde berichtet, sie habe die Behandlung des Verfahrens in den Medien bitter kritisiert und die gesamte Berichterstattung einen ›Zirkus‹ genannt.

»Alles, was noch gefehlt hat«, soll sie gesagt haben, »war ein bißchen Zuckerwatte.«

Sisti und Twomey waren, wie es nicht anders zu erwarten sein konnte, über die Art der Berichterstattung erbittert.

»Ich meine, das Verhalten der Presse in diesem Fall war skandalös«, schimpfte Sisti.

Sein Partner, Paul Twomey, nannte es ›schlicht eine Verhöhnung des Gerichts‹, und setzte hinzu: »Ob ich glaube, daß die Berichterstattung einseitig gegen meine Klientin gewesen ist? Absolut!«

Dies war an sich keine Überraschung, aber die unglücklichste Person von allen war Pam. Und sie reagierte in einer Art und Weise, wie es die Reporter vor Ort nicht anders erwartet hatten. Acht Tage, nachdem sie schuldig gesprochen worden war, antwortete Pam auf ein schriftliches Gesuch für ein Interview mit dem *Globe* in Boston.

In dem Interview, das per Telefon geführt wurde, zeterte sie gegen die Vertreter der Anklage, den Richter, die Zeugen, die gegen sie ausgesagt hatten, die Jury und alle die, die ihrer Meinung nach aus ihrer mißlichen Lage auch noch Profit schlugen. Während des Interviews mit Bob Hohler vom *Globe* behauptete sie, daß

- sie niemals geglaubt habe, man würde sie verurteilen; das schlimmste, womit sie gerechnet habe, sei gewesen, daß das Verfahren als eine Art Hängepartie für die Jury enden würde;
- sie die Schande ihrer Verurteilung der ausufernden Berichterstattung über das Verbrechen und das Verfahren zu verdanken habe
- dieses schiefe Nachrichtenbild die Jury beeinflußt habe und
- sie von den Ereignissen so mitgenommen gewesen sei, daß sie ernsthaft an Selbstmord gedacht habe,
- Richter Gray einen unverzeihlichen Fehler gemacht habe, als er den Geschworenen sagte, er hoffe, daß Clint Eastwood seine Rolle spielen würde, wenn es zu einer Verfilmung ihrer Geschichte käme,
- sie für Bill Mitleid gespürt habe, als er im Zeugenstand schluchzte, aber sie habe dieses Gefühl verdrängt, da er derjenige gewesen sei, der ihren Mann ermordet hatte,
- sie womöglich nach Greggs Tod seltsam gehandelt haben könnte, aber ›niemand hat mir ein Handbuch für zweiundzwanzigjährige Witwen gegeben‹,
- sie das Image als ›die Eisprinzessin‹ nicht verdient habe; in der Privatsphäre ihrer Zelle habe sie sich jede Nacht in den Schlaf geweint,
- der Prozeß deshalb übermäßige Beachtung gefunden habe, weil sich das Land in einer Rezession befinde und die Öffentlichkeit etwas gebraucht habe, um sich von den wirtschaftlichen Problemen abzulenken,
- ihre Zelle mit Bildern von Gregg und Halen, ihrem Hund, geschmückt sei.

Es war eine verbitterte Pam, die mit dem Reporter der Bostoner Zeitung sprach, eine, die behauptete, hereingelegt, verleumdet, belogen, und immer benachteiligt worden zu sein. Ironischerweise war dies eine geradezu grausame Widerlegung ihrer an Cecelia gerichteten Bemerkung, daß, wenn es einmal vor Gericht um Hauen und Stechen ginge, ihr Wort – das Wort einer berufstätigen Erwachsenen – bei der Jury schwerer wiegen werde als die Worte einer Gruppe von Halbwüchsigen.

Obwohl Pam behauptete, vor ihrer Inhaftierung bei einem Psychiater in Behandlung gewesen zu sein, wurde während ihres Prozesses niemals ein psychiatrisches Gutachten vorgelegt, nichts, was der Öffentlichkeit einen Einblick aus der Sicht eines Experten darüber hätte geben können, warum sie sich so verhielt, wie sie es tat, oder was sie zu ihrem Verhalten getrieben haben mochte.

Wenn, wie viele annahmen, Pam von ihrer Angst vor einem Imageverlust getrieben wurde, dann war ihr Schicksal wirklich unglücklich. Sollte die Vermutung zutreffen, daß der Grund für ihren Wunsch, Gregg tot zu sehen, war, daß sie ihren Ruf und ihre Karriere schützen wollte, dann hat sie in der Tat so gut wie alles verloren. Ihre Arbeit hat sie verloren, genauso wie ihr Ansehen auch, ihren Stolz, den Leumund ihrer Familie und im Grund genommen alle Hoffnung für die Zukunft. In der Tat – dreiundzwanzig Jahre alt und im Gefängnis zu sein ohne jede Hoffnung, jemals wieder freizukommen, das ist vielleicht die grausigste aller Vorstellungen. Bill, Pete, und J. R. erwarten ähnliche Schicksale, aber für sie scheint es letztlich eine Art von Lösung zu geben. Sie haben die Hoffnung, vielleicht entlassen zu werden, obwohl Bill und Pete fast mittleren Alters sein werden, wenn dieser Tag kommt, und J. R. wird längst die Blüte der Jugend verloren haben.

In einem Fall, der voller Ironien steckt, gibt es zwei, die besondere Erwähnung verdienen.

Bevor ihre Welt zusammenstürzte, schon vor dem Herbst, in dem sie Bill kennenlernte, hatte Pam Freunden erzählt, ihr größter Ehrgeiz sei es, eine Persönlichkeit des Fernsehens zu werden, ein Star bei Funk und Fernsehen, eine Figur, deren Name und Gesicht Millionen kennen. In einer nur pervers zu nennenden Art – und sicherlich nicht so, wie sie es sich erträumt hatte – hat sich dieser Wunsch erfüllt. Ihr Name, ihr Gesicht und ihre Taten sind ohne Zweifel Millionen von Amerikanern ein Begriff geworden. Im Alter von dreiundzwanzig Jahren wurde sie zu einer international bekannten Figur.

Die letzte Ironie ist, daß man von ihr irrtümlicherweise als von einer Lehrerin sprach. Während ihrer Tage in Winnacunnet war sie Medienbeauftragte der Schulkommission, eine Bürokratin mittleren Ranges, die nie eine Schulklasse unterrichtet hatte. Aber jetzt als Gefangene hat die Wirklichkeit sie zum Greifen nah eingeholt. Im Staatsgefängnis arbeitet sie jetzt als Lehrerin. Pam Smart, ehemalige Angestellte des Schulamtes, ist identisch mit Pam Smart, Lehrerin anderer Gefangener in höherer Mathematik, Naturwissenschaften und Sprachen. Ihr Gehalt: 1,50 Dollar pro Woche.

EPILOG

Raymond ›Rayme‹ Fowler, der vierte Teenager, dem vorgeworfen worden war, in die Ermordung Greggs verwickelt gewesen zu sein, plädierte auf nicht schuldig der Verschwörung zur Begehung eines Mordes und der Fälschung von Beweisen im Zusammenhang mit dem Tod von Gregg Smart. Gleichfalls auf nicht schuldig plädierte er wegen der Beschuldigung, einen Mord versucht zu haben, eine Anklage, die im Zusammenhang mit einem früheren Anschlag auf Greggs Leben erhoben worden war. Nach Angaben der Behörden, nicht zu reden von den Zeugenaussagen von Bill, Pete und J. R., wartete Rayme zusammen mit J. R. in der Nacht, als Gregg ermordet wurde, im Wagen. Bill hatte darüber hinaus bezeugt, Raymond habe ihn bereits bei einem erfolglosen Versuch, Gregg zu ermorden, im April nach Derry begleitet, zwei Wochen bevor Gregg dann wirklich erschossen wurde.

Raymonds Anwalt, Charles Graham aus Newburyport, Massachusetts, zufolge leugnet sein Mandant nicht, bei beiden Fahrten im Wagen gewesen zu sein, aber er bestreitet, den Eindruck gehabt zu haben, als sei ein Mord geplant oder als werde einer begangen werden. Als geständiger kleiner Dieb (er hatte in der Tat sowohl als Jugendlicher wie auch als Erwachsener bereits Dienst in verschiedenen sozialen Einrichtungen verrichtet, nachdem er wegen Handels mit Diebesgut verurteilt worden war) behauptete er, man habe ihm – wie Graham es formulierte – lediglich gesagt, »da wird so einiges geklaut.«

Komischerweise, fügte Graham hinzu, seien es Raymonds Aussagen bei der Polizei gewesen, die zur Verhaftung von Bill, Pete und J.R geführt hätten. Obwohl Ralph Welch nach seinem Gespräch mit Pete zu den Behörden gegangen sei, sagte Graham, kamen die Ermittler zuerst auf Raymond. Erst als er bestätigte, was Ralph ihnen erzählt hatte, hatten die Ermittler Haftbefehle gegen die drei anderen erwirkt.

Wenn Raymond im Oktober vor Gericht stehen wird, wird der Eckpfeiler seiner Verteidigung offenkundig sein, daß er der Polizei genausoviel wie Cecelia geholfen hat, eine Anklage gegen die Mörder zu ermöglichen. »Seine Komplizenschaft war womöglich geringer oder höchstens so groß wie die Cecelias«, bekräftigte Graham in einem telefonischen Interview. Wenn die Generalstaatsanwaltschaft in der Zeit zwischen dem 11. Juni, als Bill, Pete und J. R. verhaftet wurden, und dem Januar, als sie den Handel mit der Staatsanwaltschaft machten, auf Rayme gehört hätte, hätte sie, wie Graham sagte, die drei auf jeden Fall an der Angel gehabt, auch ohne diesen Kuhhandel abzuschließen, einen Pakt, den er ›das Geschäft des Lebens‹ nannte.

Die Entscheidung, Raymond anzuklagen, war nach Grahams Meinung weiter nichts als der Versuch der Staatsanwaltschaft, das Gesicht zu wahren und ihre Verlegenheit zu kaschieren, daß sie Raymond nicht gehört hatte, bevor sie sich auf diesen Handel mit J. R., Bill und Pete einließ, die sicher auch noch alle drei im Rahmen dieser Vereinbarung als Zeugen gegen Raymond aufgerufen werden dürften.

Obwohl Cecelia im Zeugenstand ausgesagt hatte, daß sie die Polizei dahingehend belogen hatte, sie sei angeblich nicht dabei gewesen, als die Mordpläne gegen Gregg erörtert wurden, und obwohl sie verschwiegen hatte, daß sie zweimal vergeblich versucht hatte, Bill bei der

Beschaffung eines Revolvers zu helfen, wurde keine Anklage gegen sie erhoben, und es ist auch keine beabsichtigt.

Am 6. Mai wurde Pam von Richter Gray wegen Zeugenbeeinflussung und wegen Verschwörung zur Ermordung ihres Ehemannes verurteilt. Die vom Gesetz vorgeschriebene lebenslange Freiheitsstrafe ohne die Möglichkeit vorzeitiger Entlassung wegen Tatbeteiligung bei einem Mord wurde am 22. März verkündet, unmittelbar nachdem die Jury ihr Votum abgegeben hatte, aber die Verurteilung wegen der beiden anderen Delikte wurde zurückgestellt, wie es in derartigen Situationen üblich ist. Bei der Anhörung am 6. Mai verurteilte Richter Gray Pamela zu den jeweils möglichen Höchststrafen für die beiden anderen Delikte: bis zu fünfzehn Jahren wegen Verschwörung und bis zu sieben Jahren wegen Zeugenbeeinflussung. Beide Strafen laufen parallel zu der Verurteilung wegen Beteiligung an einem Mord.

Wie es in New Hampshire der Brauch ist, wurde es den Smarts bei dem Verkündungstermin gestattet, eine sogenannte Erklärung für das Opfer abzugeben, was im Ergebnis auf einen formellen Kommentar zu dem Fall hinausläuft. In Namen der Familie nannte William Smart Pam bei dieser Gelegenheit eine ›kaltblütige Mörderin‹ und sagte, er hoffe nur, er werde sie nie wieder von Angesicht zu Angesicht sehen müssen. Darüber hinaus, fügte er hinzu, hoffe er, daß sie noch ›ein sehr, sehr langes Leben‹ vor sich haben möge.

Von diesen Worten getroffen, sprang Pam von ihrem Sitz auf.

»Das muß ich mir nicht anhören!« schrie sie. »Ich kann das nicht ertragen!«

Ihre Mutter sprang gleichfalls auf und schrie William

Smart an: »Wann wird Ihr Rachedurst endlich gestillt sein?«

Auf der anderen Seite des Gerichtssaals ballte Judith Smart, Greggs Mutter, in einer Geste unbändiger Wut die Fäuste.

Ein Gerichtsdiener, der ganz offensichtlich eine handgreifliche Auseinandersetzung befürchtete, ging dazwischen und verkündete, ein jeder könne diesen Gerichtssaal verlassen, der dies wünsche.

Pam fühlte sich ganz offensichtlich mit angesprochen, und da sie schon vorher den Wunsch geäußert hatte, den Saal zu verlassen, erhob sie sich, als wolle sie gehen.

Richter Gray starrte sie an und rief dazwischen: »Ausgenommen die Angeklagte!«

Bis Mai 1991 verblieben Bill, Pete und J. R. noch im Gefängnis des Rockingham County, aber sie dürften demnächst wohl doch ins Zentralgefängnis nach Concord verlegt werden.

Am 1. April 1991, zehn Tage, nachdem Pam in allen drei Anklagepunkten im Zusammenhang mit dem Mord an ihrem Ehemann schuldig gesprochen und zu lebenslanger Freiheitsstrafe ohne die Möglichkeit eines Straferlasses verurteilt worden war, ließ die Generalstaatsanwaltschaft drei Anklagen des Hillsborough County gegen Pam fallen, die noch auf ihre behaupteten Versuche zurückgingen, Cecelia entweder an der Aussage hindern oder aber sie ermorden zu lassen. Sie war am 4. Januar angeklagt worden, zum Mord aufgefordert zu haben, versucht zu haben, Zeugen zu beeinflussen, und der kriminellen Anwerbung in Verbindung mit Zeugenbeeinflussung schuldig zu sein. Obwohl die beiden Hauptzeugen dieser

Anklage, ihre Mitgefangenen Diana Cullen und Marianne Moses, auf der Liste der seitens der Anklage zu dem Verfahren zu ladenden Zeugen standen, wurde keine von ihnen vernommen. Die Angelegenheit erfuhr beträchtliches öffentliches Aufsehen, als die Anklagen fallengelassen wurden.

Es besteht die sehr große Wahrscheinlichkeit, daß Pams Story einst den Weg auf die Kinoleinwand finden wird. Zusätzlich zu Cecelias Vertrag mit der Once-upon-a-time-Produktionsgesellschaft hat auch Brian Washburn, Greggs selbsternannter bester Freund, bereits erklärt, er prüfe diverse Angebote. William und Judith Smart, Greggs Eltern, haben ebenfalls entsprechende Angebote erhalten, doch sie erklärten Reportern gegenüber, sie würden auf ›absoluter Wirklichkeitsnähe‹ bestehen, bevor sie einem solchen Projekt zustimmten. Pams Eltern, John und Linda Wojas, erzählten, auch an sie habe man sich schon gewandt, aber sie lehnten es ab, solche Angebote auch nur zu prüfen.

Es ist sicher nicht allzu weit hergeholt, wenn man sich vorstellt, Pam könnte ergänzend zu einem potentiellen Film einst ein Buch schreiben und ihre eigene Sicht der Vorgänge darlegen. Anders als in vielen anderen Staaten der USA gibt es in New Hampshire kein Gesetz, das es ihr verbieten würde, von ihrer eigenen Story zu profitieren.

In einem abschließenden Versuch, Pam aus dem Gedächtnis der ganzen Familie zu tilgen, sagte William Smart kurz nach der Verurteilung seiner früheren Schwiegertochter, daß er den Grabstein auf Greggs Grab auswechseln lassen werde, den Pam ihm noch gesetzt hatte. Auf der einen Seite des Gedenksteins aus rosagrauem Marmor waren Greggs Name eingraviert sowie sein Geburts- und sein Todestag. Die andere Seite zierten ein großes Herz, der Name *Smart* sowie die Worte: *Ein Leben, das die Herzen anderer berührt, währt ewig.* William Smart meinte, der Sinn dieser Worte passe in keiner Weise zu den Ereignissen und er werde den Stein ersetzen lassen.

Abgesehen davon, daß sie ein neues Verfahren zu den Anklagen anzustreben gedachten, wegen derer Pam verurteilt worden war, erklärten die Anwälte Sisti und Twomey, wollten sie auch noch gegen die gesetzliche Bestimmung vorgehen, die eine lebenslange Gefängnisstrafe ohne die Möglichkeit vorzeitiger Entlassung aus der Haft auch für den obligatorisch vorschreibt, der als Mittäter bei einem Mord ersten Grades verurteilt wurde; denn dies sei eine äußerst grausame und ungewöhnliche Strafe. Der Oberste Gerichtshof des Staates schreibt diese Strafe für einen überführten Mörder vor, nicht aber für einen bloßen Mittäter.

ENDE

Band 13 390

Ann Rule

Wenn du mich wirklich liebhast

Detective Fred McLean hatte schon eine ganze Reihe von Mördern verhaftet. Aber dieses kleine Mädchen, das seit mehreren Stunden in kalter Dunkelheit in ihrem eigenen Erbrochenen gelegen hatte, war die bemitleidenswerteste mußmaßliche Täterin, der er jemals begegnet war.
McLean entrollte den rosafarbenen Streifen aus Pappkarton, den Cinnamon in ihrer rechten Hand gehalten hatte. In dem schwachen Licht konnte er die Druckbuchstaben auf dem Karton entziffern: ›Lieber Gott, bitte verzeih mir, aber ich wollte sie nicht verletzen‹.

BASTEI LÜBBE

Sie erhalten diesen Band im Buchhandel, bei Ihrem Zeitschriftenhändler sowie im Bahnhofsbuchhandel.